고전 다시 쓰기와 문화 리텔링

古典

고전 다시 쓰기와 문화 리텔링

유강하 지음

단비
danbi

| 제3부 |

픽션, 팩트, 팩션

1812년 크리스마스, 이 세상에 오래도록 전해질 책이 출판되었다. 야코프 루드비히 카를과 빌헬름 카를이라는 이름을 가진 형제, 우리에게 그림 형제로 잘 알려진 이들이 출간한 『그림 동화』가 바로 그것이다. 누구나 좋아하는 이야기, 우리에게 친숙한 「백설 공주」, 「신데렐라」 등의 이야기가 『그림 동화』에 실려 있다.

당시 그림 형제가 출간한 『그림 동화』가 선풍적인 인기를 얻었던 것은 아니다. 신화와 전설, 민담이 수집된 형태 그대로 실렸기 때문에, 과연 이것을 아이들에게 들려줄 수 있겠냐는 비난을 받았다. 그림 형제는 이야기를 과감하게 손질해나갔다. 그 결과

1812년에 처음 출간된 이 책은 1857년 7판을 출판할 때, 이미 상당히 다른 모습을 갖춘 이야기로 변모하였다. 원래의 동화가 도대체 어떤 이야기였기에 그랬을까?

키류 미사오桐生操는 초판 『그림 동화』의 표현 방법들을 그대로 살리면서, 이야기가 원래 가지고 있던 모습과 의미를 되살려 새로운 『그림 동화』를 완성하였다. 『알고 보면 무시무시한 그림 동화』가 그것이다. 이 동화책에 소개된 「백설 공주」의 이야기를 읽다보면 우리가 흔히 말하는 '옛 이야기', '고전古典'이 어떠한 방식으로 변화해왔는지 이해하게 된다.

변화하는 이야기

"거울아, 거울아. 세상에서 누가 제일 예쁘니?"

너무나 잘 알려진 질문, 이 질문은 계모인 사악한 마녀가 요술 거울에 물었던 질문이 아니다. 더 이상 남편의 사랑을 받을 수 없었던 아내, 남편의 사랑을 딸에게 빼앗긴 여인이 불안해하며 던진 질문이었다. 『그림 동화』의 초판 이야기에 따르면 「백설 공주」의 이야기는 딸을 둔 단란한 가정에서 시작된다. 이 동화는 세상에서 가장 아름다운 여인과 결혼했지만, 시간이 지나면서 아내가 아닌 딸을 사랑하게 된 왕의 이야기이다. 공주는 사랑스럽지만 오만했고, 사랑을 빼앗긴 왕비는 분노와 질투에 사로잡힌다. 결국 왕비는 공주를 살해하라는 명령을 내린다. 공주는 살해당하는 것을 극적으로 피할 수는 있었지만, 왕비의 살해 시도는 계속되었다. 결국 백설 공주는 왕비가 건넨 독사과를 먹고 쓰러지고, 상심한 난쟁이들은 그녀를 유리관에 넣어 애도한다. 우연히 그곳을 지나가던 백마 탄 왕자가 유리관 속의 공주를 보고 사랑에 빠져, 난쟁이들을 설득해 유리관에 든 백설 공주를 데리고 떠난다. 그런데 알고 보니 그 왕자는 시체애호가였고, 독사과가 튀어나오는 바람에 백설 공주가 긴 잠에서 깨어나자 어쩔 수 없이 그녀에게 청혼한다.

팡파르가 울려야 하지만, 이야기는 여기에서 끝나지 않는다. 왕비가 된 공주는 어머니를 무도회로 초대한 뒤 복수를 감행한다. 어머니에게 복수하는 백설 공주의 모습은 동화책에서 보아오던 것과 꽤나 다르다. 테이블에 놓인 음식을 먹으면서, 불에 달구어진 쇠구두를 신고 고통스럽게 뛰는 어머니를 냉정한 눈길로 바라보았다는 「백설 공주」의 엔딩은 서늘하다. '오래 오래, 행복하게'라는 상투적인 결말도 찾아볼 수 없다. 이 이야기는 음모와 배신, 근친상간과 살해, 끔찍한 복수가 난무하는 잔혹동화일 뿐이다.

이 동화가 출판되자 "이런 이야기를 어떻게 아이들에게 들려주란 말이오!"라는 사람들의 비난과 비판이 이어졌다. 비난에 직면한 그림 형제는 잔혹한 장면들을 과감히 삭제하고 인물들을 각색하기 시작했다. 잔혹한 동화가 아이들이 꿈꿀 수 있는 교훈적이고 아름다운 이야기로 변모하기까지 약 반세기의 시간이 걸렸다. 「백설 공주」는 계모의 핍박 속에서 간신히 살아남았던 마음 착한 공주가 결국 왕자를 만나 행복하게 잘 살게 되었다는 이야기로 바뀌었다. 동화 속의 백설 공주는 사악한 계모에게 버림받은 가련한 딸, 착한 마음씨로 숲속의 동물들과 난쟁이들을 감동시키는 아름다운 소녀, 고운 미모로 왕자를 반하게 한 어여쁜 소녀가 되었다. 백설 공주 스토리의 변주는 오늘도 진행 중이다.

고전古典으로의 재탄생

먼 옛날부터 전해지던 신화와 전설, 수많은 이야기들은 오늘날까지도 전해지고 있다. 이 이야기들은 과거의 모습 그대로 전하는 것이 아니라 다채로운 해석과 매체들과 만나 다양하게 변화하여 전한다. '옛 이야기' 혹은 '고전'이라고 통칭되는 이야기들은 재해석을 거쳐 시詩, 소설, 영화, 드라마 등으로 '다시 쓰기' 되고 있다. 이 책에 소개된 이야기들은 '고전'을 현재적 해석과 매체로 '다시 쓰기' 한 고전의 변주곡들이다.

이 책에서 '다시 쓰기'의 대상으로 삼은 것은 주로 신화와 역사이다. 그 자체로 부단히 변화하거나 새롭게 서술되는 이야기들이 그 주인공들이다. 신화, 전설, 민담 등 태생적으로 구전적 성격을 지닌 옛 이야기들은 그 자체로 고전이면서, 개인의 욕망이나 시대적 요청 등을 반영하며 계속 변화하고 있다. 신화에서의 변주는 미덕이다. 어쩌면 이러한 이야기들은 오늘도 누군가의 새로운 해석과 서술을 거쳐 신新고전으로 태어나기를 바라고 있는지도 모른다.

'역사' 다시 쓰기에 대한 논의는 더욱 까다롭다. 어떤 의미에서 '역사'는 엄밀한 사실을 추적해야 하는 학문이기 때문이다. 그런데 역사는 누군가의 시선으로 기록된 이야기이기도 하다. 동일한 역사적 사실이나 인물이라 하더라도, 기록자의 가치관이나 세계관에 따라 각기 다르게 해석되고 서술될 수 있다. '사실'과 '역사적 사실'이 동의어가 아닌 이유이기도 하고, 역사를 해석의 학문이라고 부르는 근거이기도 하다. 역사는 고정불변한 사실인 것 같지만, 새로운 증거와 해석으로 전혀 다른 이야기가 되기도 한다. 실증적, 고증적 학문으로서의 역사를 폄하하는 것은 아니다. 역사에 대한 엄정한 잣대는 분명히 필요하다. 하지만 역사라는 것은 서술자의 시선이나 시대적 통념을 반영하기 마련이고, 여기에서 균열이 발생한다. 이 틈새를 통해 이야기들은 무한히 증식하게 된다.

이 글에서는 고전 서사가 '다시 쓰기', 곧 리텔링된 여러 가지 이야기들을 살펴보고, 리텔링의 문화적 가치와 의미를 찾아보려고 하였다. 이야기라는 하나의 원천 소스는 작품으로 만들어지는 것에 머무르지 않고, 영화와 드라마, 공연 등 다양한 매체로 재창작되거나 전시, 축제 등의 문화산업, 그리고 '대장금 신드롬'과 같은 문화현상으로 이어지기도 한다. 과거, 고대인들이 즐겼던 이야기들이 잠재성을 가진 문화콘텐츠로서 기능하는 것이다. 이들은 문화의 성장, 경제적 실익을 추동할 수 있다는 점에서 블루오션으로 자리매김한 지 오래다. 수천 년의 시간을 지나며 이야기들은 그대로 반복되어 전하는 것이 아니라, 시대적 맥락에 따라 변화하며 우리에게 전해진다. 우리가 또 다시 반복되는 이야기에 기대를 거는 이유일 것이다.

나는 이야기가 시대적 맥락에 따라 다르게 변화하고 해석되는 것을 보면서, 또 진부함마저 느껴지는 「백설 공주」나 「미녀와 야수」의 이야기가 변주를 거쳐 되풀이되며 만들어지는 것을 보면서 궁금했다. 사람들은, 또 나는 이렇게 똑같은 이야기에 왜 여전히 기대를 버리지 않는지, 환호하는지 말이다.

이 글을 쓰는 동안 나는 '다시 쓰기' 된 수많은 책과 영화, 드라마를 보았고, 또 그 이야기들이 녹아 있는 많은 도시들을 걸었다. 책과 드라마, 영화와 도시의 벽화, 그리고 길 위에서 나에게 말을 걸어준 이야기의 주인공들에게 고마움을 전한다. 이 책은 한국연구재단의 지원으로 완성될 수 있었다. 재단에 감사를 전한다.

제1부

서사와 재현, 스토리텔링과 리텔링

1장

스토리텔링과 리텔링

"원하는 것은 무엇이든 골라 보아라!"
"저에게 이야기를 주십시오."

　'옛날 옛적에'로 시작하는 많은 이야기들이 있다. 할아버지의 할아버지가 들었을 법한 이야기를, 지금의 아이들도 듣고 즐긴다. 이야기가 선사하는 즐거움은 크게 다르지 않아서, 이야기를 듣는 아이들은 비슷한 대목에서 놀라고 기뻐하며, 울고 웃는다.

　고대인들은 이야기가 가져다주는 놀라운 공감의 힘을 이미 알고 있었던 것은 아닐까? 몽골에는 인간 세상에 '이야기'라는 보물이 생겨난 유래에 관한 신화가 전해지고 있다. 먼 옛날, 소호르 타르바라는 청년이 있었다. 초원에 치명적인 전염병이 돌았는데, 타르바는 그 불운을 피하지 못하고 생사의 갈림길에 서게 되었다. 살지 못할 거라고 생각한 타르바의 영혼은 미련 없이 몸을 떠나 지하세계로 간다. 그런데 지하세계의 왕인 에를렉 칸은 타르바에게 아직 죽을 때가 되지 않았다고 말하고는 그를 돌려보낸다. 에를렉은 지상에서 온 순수한 청년 타르바에게 지하세계를 보여주면서 갖고 싶은 것을 마음껏 골라 가지라는 호의를 베풀었다. 그곳에는 부와 행복을 비롯해서 사람들이 가지고 싶어 하는 모든 것이 있었다. "원하는 것이라면 뭐든지!"라는 엄청난 선물 앞에서, 타르바가 고른 것은 '이야기'였다.'

이야기는 한번 가지면, 언제든지 누구에게든 나누어줄 수 있고, 모든 사람을 따뜻하고 행복하게 할 수 있으며, 사람들을 웃고 울게 만들 수 있는 보물이다. 타르바의 선택 덕분에 인간 세상에는 온갖 이야기들이 넘쳐나고, 아이들은 밤에 할머니의 이야기를 들으며 잠들 수 있게 되었다. 사람들은 이야기를 통해 갈등과 화해, 용서의 의미를 알게 되었으며, 삶의 깊은 의미 속으로 가까이 다가갈 수 있게 되었다.

몽골 신화를 듣다 보면, 보물들 가운데서 기꺼이 이야기를 고른

---

1 김선자, 『오래된 지혜』, 어크로스, 2012, pp.8-9.

타르바에게 고마운 마음이 생겨난다. 물론 신화 속의 그들과 우리가 살고 있는 이 세상은 엄청난 시공간을 경계로 나뉘어 있는 것이 사실이다. 하지만 흥미롭게도 그들과 우리가 함께 즐기는 이야기는, 사랑, 우정, 배신, 용기와 같은 주제에서 크게 벗어나지 않는다. 왜 그럴까? 어쩌면 그 이유는, 오랜 시간이 흘러도 사람들이 살아가는 모습이나 그 속에서 느끼는 감정이 크게 다르지 않기 때문일 것이다.

1. 스토리와 스토리텔링

한동안 문화현상이라 할 만큼 크게 유행했던 '스토리텔링'은 스토리story와 텔링telling이 합쳐진 합성어이다. 간단하게 '이야기하기'로 번역되기도 한다. 인류의 탄생과 더불어 시작되었을 법한 '이야기', '이야기하기'라는 단순하고 평범한 것에 주목하고, 열광하는 오늘날의 현상을 어떻게 이해할 수 있을까. 어린아이와 노인을, 남성과 여성을 한 자리에 불러 모으는 이야기는 낡고 무가치한 것이 아니라 과학과 첨단기술로 무장한 이 세상을 해석하고 해부하는 색다른 시선을 제공한다. 이야기는 시대의 흐름을 거스르지 않고, 과학과 기술과도 어울리고 결합하면서 새로운 모습으로 거듭난다.

이야기가 학문의 영역 안으로 들어오게 되면, 이야기는 분석의 대상이 되어 잘게 나뉘고 쪼개지기도 한다. 하지만 날카롭고 예리한 분석의 칼날이 수없이 가해져도 이야기는 결코 깔끔하게 나뉘거나 분리되지 않으며, 각기 다른 시대와 공간을 변수로 하여 수없이 다른 버전으로 분화하며 생명력을 가진다. 그래서 이야기는 오래 되어도 결코 진부하지 않다.

1) 스토리[2]

인간은 누구나 자기의 생각이나 느낌을 표현하고자 하는 욕구가 있다. 사람들의 생각이나 감정은 말이나 글이라는 수단을 통해 이야기되는데, 이야기를 하거나 듣고 싶어 하는 욕망은 인류의 역사와 함께해왔다. 이런 특징을 포착하여 인간을 호모 나랜스 Homo Narrance로 정의내리기도 한다. 이야기는 인간의 기본적이고 원시적인 특징, 욕망이 결합되어 만들어진 것인데, 인간이 만들어 낸 이야기는 때로 역으로 인간의 삶을 만들기도 한다. 이야기는 인간의 삶, 가치, 추억, 기억과 접속하고 소통하면서 그 의미를 무한히 확장해간다.

---

2 우리 문화권에서 이야기는 스토리라는 역어로 번역되고, 이야기하기는 스토리텔링의 역어로 번역되어 사용된다. 이 글에서는 이야기와 스토리를, 이야기와 스토리텔링을 유사한 의미로 보고 혼용하여 사용함도 일러둔다.

고대인과 현대인을 막론하고 즐겼던 이야기는 도대체 무엇인가? 신화학자이자 소설가인 카렌 암스트롱은 이야기란 의미를 추구하는 동물인 인간이 만들어낸 위대한 것이라고 설명한다. 무질서한 세상 속에서 살아가는 인간은 쉽게 절망에 빠지곤 하는데, 인간이 삶 속에서 의미와 가치를 찾을 수 있도록 돕는 것이 바로 이야기라는 것이다.

인간은 의미를 추구하는 동물이다. 우리가 아는 한, 개는 동족의 삶의 질에 대해 번민하지 않고, 지구 반대편에 있는 개들의 수난에 대해 걱정하지도 않으며, 자신의 생을 다른 관점에서 보려고 애쓰지도 않는다. 그러나 쉽게 절망에 빠지곤 하는 인간은 애초부터 이야기를 꾸며냈다. 그리고 그 이야기들은 인간으로 하여금 더 큰 시야를 갖고 삶을 바라보게 하였고, 삶의 바탕에 깔린 원형을 드러냈으며, 아무리 암울하고 무질서해 보일지라도 인생에는 의미와 가치가 있다고 느끼게 해주었다. 인간 정신에는 또 하나의 독특한 특징이 있다. 이성적으로는 설명할 수 없는 것을 설명하고 경험할 수 있는 능력, 곧 상상력이 그것이다.[3]

세상의 많은 동물들과 달리, 인간은 의미를 추구한다. 동족의

3 카렌 암스트롱, 이다희 옮김, 이윤기 감수, 『신화의 역사』, 문학동네, 2007, p.8.

수난에 대해 아무런 생각도 없는 동물과 구별되는 지점이 바로 '이야기'이다. 이야기는 사람들에게 삶을 살아가는 데 필요한 시야를 제공하고, 무질서한 세계 속에서도 의미와 가치를 느끼게 한다. 한편, 알리 스미스는 이야기가 사람들에게 용기를 주고, 따뜻하게 해줌으로써 변화시킬 수 있다고 말한다.

> 우리가 강을 건널 수 있도록 밧줄을 던져주는 것은 언제나 이야기들이다. 이야기는 우리가 크레바스에 빠지지 않도록 높이 들어 올려주고, 우리를 타고난 곡예사로 만들어준다. 우리에게 용기를 불어넣어주고, 우리를 따뜻이 맞이하며, 우리를 변화시킨다. 이야기에는 근본적으로 그런 힘이 있다.[4]

사람들이 상상력으로 만들어낸 것, 완전한 허구일지도 모르는 이야기는 인생에 의미와 가치가 있다고 느끼게 하고, 우리에게 용기를 주며 우리를 변화시킨다. 그것이 허구라 하더라도 이야기는 인간의 삶을 이야기하고 이해하며, 사람과 세상을 소통시킨다. 이야기는 인간이 만드는 것이지만, 반대로 이야기가 인간을 만들기도 한다. 이것이 낡고 오래된 이야기가 여전히 부단히 반복되면서도 새로운 의미로 읽히는 이유다.

---

4 알리 스미스, 박상은 옮김, 『소녀, 소년을 만나다』, 문학동네, 2008, pp.191-192.

2) 스토리텔링[5]

새로운 세기에 우리 문화산업에서 블루오션이 된 스토리텔링은 "미디어 및 기술의 발달과 적용, 무엇보다도 문화콘텐츠 개념의 대두와 글로벌 마켓의 확장, 창조 사회로의 이행 등 사회 문화적 패러다임의 전환"[6]과 함께 등장했다. 이야기의 상품화, 대중화 과정에서 만들어진 스토리텔링이라는 개념은 학술적 논의를 통해 정립된 것이 아니어서, 연구자들은 이를 학문적으로 개념화하여 의미를 정립, 흡수하려는 시도를 지속해왔다. 연구자들은 스토리텔링을 이야기, 또는 이야기하기로 보는 것에는 대체로 동의하지만, 이를 기존의 서사, 내러티브narrative 등과 어떻게 구별할 것인가에 대해서는 여전히 논의를 지속하고 있다.

최혜실은 스토리텔링이라는 용어가 "이야기와 멀티미디어적, 혹은 구술적 속성[tell], 상호작용성으로서 현재성[-ing]의 특성을 고루 표현하고 있어 정보통신의 발달로 새롭게 변모하고 있는 21세기의 이야기의 속성을 가장 잘 반영"[7]한다고 밝혔다. 이어, 구술성

---

5 이 부분은 다음 논문의 일부를 수정, 보완한 것이다. 유강하, 「스토리텔링과 리텔링-「妻妾成群」과 「大紅燈籠高高掛」의 비교연구를 통한 인문치료 방법론 모색」, 『중국소설논총(中國小說論叢)』(31), 2010.
6 박기수·안숭범·이동은·한혜원, 「문화콘텐츠 스토리텔링의 현황과 전망」, 『인문콘텐츠』(27), 2012, p.10.
7 최혜실, 「스토리텔링의 이론 정립을 위한 시론」, 『국어국문학』(149), 2008, p.689.

과 상호작용으로서의 현재성이 스토리텔링의 주요한 특징이라고 언급하였다. 조태남은 "스토리텔링은 세상과 소통하는 하나의 방식으로, 화자나 필자가 직접 경험하거나 목격한 이야기 또는 다른 사람에게서 전해들은 이야기 또는 자기가 지어낸 이야기를 들려주면서 생각과 느낌을 주고받는 소통의 한 중요한 방식"이며, "인간의 감성에 호소하여 공감대를 이끌어내고 서로 소통하는 효과적인 방법"[8]이라고 설명하였다. 김의숙·이창식은 "스토리텔링은 스토리story와 텔링telling의 합성어로 '이야기하기'다. 스토리텔링은 신화나 전설 또는 사람 사는 이야기 등을 그냥 담화하는 것이 아니라 서사구조를 갖춘 이야기로 풀어주는 작업"이라고 말하면서, "스토리텔링은 사건에 대한 진술이 지배적인 담화양식으로 사건 진술의 내용을 스토리라 하고 사건 진술의 형식을 담화라 할 때 스토리, 담화, 이야기가 담화로 변하는 과정의 세 가지 의미를 모두 포괄하는 개념"[9]이라고 정의하였다. 안영숙·장시광은 스토리텔링이 급속하게 떠오른 신개념이 아니라 구비口碑 전통서사로부

---

8 조태남, 『문화콘텐츠와 스토리텔링』, 경남대학교 출판부, 2008, p.33.
9 김의숙·이창식, 『한국신화와 스토리텔링』, 북스힐, 2008, p.65. 이어, "스토리와 정보, 지식을 총체적인 의미의 '이야기'로 묶을 수 있기 때문에 스토리텔링의 개념은 한가지로 생각할 수 있다. 즉, 원형이 되는 어떤 이야기를 타인에게 전달하는 담화의 방식, 또는 담화과정인 것이다. 여기서 담화는 말에 의한 이야기의 표현뿐만 아니라 다양한 매체를 통한 이야기의 표현으로 확장될 필요가 있다. 이러한 원형적인 개념의 스토리텔링은 시작과 끝이 수용자에게 맡겨지는 게임 등 이야기의 개념에서 벗어난 것까지 포괄할 수 있다"고 설명하였다. 같은 책, p.66.

터 이어진 것이고, 문화 현상을 이해하는 근본 틀이라고 설명하였다.[10] 스토리텔링은 예전부터 있어온 것이지만, 다만 그것을 표현하는 매체가 달라졌다는 설명이다.

이처럼 스토리텔링에 관한 고민은 용어를 분석하는 것에서 시작하여, 점차 그것이 나타나는 형식과 특징, 방향을 찾는 데 중점을 두어왔다. 특히 상호작용과 소통에 큰 의미부여가 되었는데, "수용자가 수용자의 위치에 그치지 않고 스스로 창작자가 되어 그 스토리를 연장, 가공, 변형, 재창작하면서 전개되는 스토리"[11]라는 설명과 같은 방식이다.

스토리텔링에 관한 초기의 논의들은 더욱 깊은 고민으로 이어진다. 특히 유사한 용어·개념과 어떤 공통점과 차이점을 가지는지에 대한 논의도 찾아볼 수 있다. 김광욱은 인터랙티브interactive 개념을 중시하는 스토리텔링의 개념 정립에 대해, 이는 시대를 초월해 있는 것으로서 오늘날의 특수한 상황에 한정지어 사용하는 것은 재고再考의 여지가 있다고 비판하였다.[12] 김광욱은 스토리텔링을 이야기text와 이야기하기narrating, 이야기판champ을 포괄하는 개념으로 설정하고, 여기에는 설화, 소설, 영화, 애니메이

---

10 안영숙·장시광, 「문화현상에서 스토리텔링 개념 정의와 기능」, 『온지논총(溫知論叢)』 (42), 2015, pp.338-339.

11 박덕규, 「지역문화 스토리텔링 활성화를 위한 시론」, 『한국문예창작』(7-1), 2008, p.270.

12 김광욱, 「스토리텔링의 개념」, 『겨레어문학』(41), 2008, p.250.

션, 게임 등이 모두 포함된다고 설명하였다.[13] 김광욱은 내러티브와 스토리텔링의 차이에 대해서도 설명을 덧붙였다. 대표적인 내러티브로 인식되는 소설은 작가의 주관적이고 뚜렷한 생각이 담긴 창작으로서 완결되어 닫힌 구조를 가지고 있으면서도 독자를 양산하고, 다양한 반응과 담론을 생산한다는 점에서 내러티브이자 인터랙티브의 기능을 가진 스토리텔링으로 이해할 수 있다고 설명하였다. 류은영은 '사실적 혹은 허구적 사건을 시간과 인과 구조에 따른 이야기 형식으로 구성 서술하는 담화 양식'인 내러티브와 달리, "스토리텔링은 '구술적 전통의 예술'로서, 사실적 및 허구적 사건을 시각이나 청각 등에 호소하며 실시간적으로 재연해 전달하거나 소통하는 시공간적 또는 다감각적 또는 상호작용적 담화 양식"[14]이라고 언급했다. 스토리텔링을 담화 양식이자 예술로 평가하면서, 완결성의 여부와 인터랙티브, 즉 상호작용과 소통이 내러티브와 스토리텔링을 구별 짓는 중요한 근거가 된다고 보았다.[15]

기존의 논의들을 살펴보면, 스토리텔링은 서사 구조를 가진 이야기면서 상호작용[인터랙티브]과 소통[커뮤니케이션]을 큰 특징으

---

13 김광욱, 같은 논문, p.269.
14 류은영, 「내러티브와 스토리텔링: 문학에서 문화콘텐츠로」, 『인문콘텐츠』(14), 2009, pp.244-245.
15 류은영, 같은 논문, pp.244-245.

로 하는 것으로 이해할 수 있다. 스토리텔링에 관한 논의는 과연 무엇이 스토리텔링인지를 학술적 개념으로 정리하려는 노력에서 시작하여, 문화의 장 속에서 어떠한 방식으로 표출되고 변화되고 있는지 이해하려는 방향으로 진행되어왔다. 매체에 따라 천변만화千變萬化하는 스토리들은 디지털 스토리텔링, 영화 스토리텔링, 활자 스토리텔링, 뮤지엄 스토리텔링 등 다양한 용어와 결합하며 문화라는 거대한 장場에서 다양하게 흡수되고 있다. 그뿐만 아니라, 문화콘텐츠, 교육, 도시설계, 엔터테인먼트 등 다양한 분야에 활용되고 있다.

'상호작용', '소통', '이야기', '담화' 등은 스토리텔링을 설명하는 대표적인 용어들이다. 고대로부터 기원을 찾을 수 있는 스토리텔링을 오늘날 다시 부활시켜도 전혀 어색하지 않은 이유다. 말하고 싶어 하는 인간의 본능이 변하지 않는 이상, 스토리텔링은 사람들의 상상력과 짝이 되어 더욱 많은 이야기들을 만들어낼 테고, 상상력과 미디어의 발달은 모든 사람을 스토리텔러로 만들어줄 것이다.

2. '다시re-, 再'의 의미

1) 리텔링

문화계의 한 흐름을 주도하는 리텔링을 최근의 문화 현상으로 받아들여야 할 것인가? 역사의 오랜 흐름을 관찰해보면, 예로부터 전해지던 이야기를 다시 쓰기 하는 것이 완전히 새로운 것은 아님을 발견하게 된다. 옛 이야기들이 전승되면서 시대에 따라 달라지는 것은 자연스럽다. 시대적 요청, 문화적 욕구를 반영하고, 표현 매체에 따라 변화가 불가피하기 때문이다. 시대적, 문화적 맥락의 개입을 수용하여 변화된 이야기들은 '변용', '변천' 등의 용어로 설명되어왔는데, 이러한 이야기들이 '개인', 즉 '작가'의 이름을 내건 작품으로 '다시 쓰기' 되었을 때는 그 함의가 달라진다. 작가들이 원래의 이야기에 자신들의 문학적 상상력을 발휘하여 또는 상상력을 무기 삼아 자신들의 이야기를 더하기 때문이다. 이처럼 새로운 과정을 거쳐 조금씩 달라진 이야기는 결과적으로 작가 정신이나 의식, 시공간적 배경을 반영한 이야기, 비슷하면서도 다른 이야기가 된다.

'텔링telling, 述'은 글말로 '서술敍述'하고 입말로 '구술口述' 또는 '진술陳述'하는 방식을 모두 포함한다. 텔링이란 특정한 장르나 매체를 이용하여 개인의 의견을 표출하고, 발화한다는 의미이다. 따라서 스토리텔링은 이야기를 말하고telling, 글로 쓰고writing, 제작하는making 등 '발화'의 모든 방식을 담게 된다. 시대의 변화에 따라 매체가 다양해진 만큼, 이야기를 표현하는 방식도 다양해지기 마련이다. 이때, 약간의 변화와 수정은 새로움만큼이나 사람들의 호기심을 자극하고 욕구를 충족시킨다. 원래 있던 이야기를 바꾸어 다시 이야기하는 리텔링의 탄생과 유행은 이런 사실과 무관하지 않다.

리텔러들이 기존의 이야기를 '다시' 하는 경우, 매체의 특성에 따라 알맞은 용어를 선택하거나 만들어 사용하기 마련이다. 국내의 경우, '창조적 변용'[16], '변용'[17] 소재 차원의 '활용',[18] '다시 쓰기',[19] '리텔링retelling',[20] 리라이팅rewriting, 고전의 재해석, 변용 등 다양한 용어로 사용되고 있다. 중국에서는 이미 오래전부터 원래 있던 신화나 전설, 역사에 대한 다시 쓰기가 활발하게 이루어져왔다. 원

16 권성우, 「서사의 창조적 갱신과 리얼리즘의 퇴행 사이-황석영의 『바리데기』론」, 『한민족문화연구』(24), 2008, p.232.
17 이원지, 「한국설화의 연극적 변용 연구」, 한양대학교 석사학위논문, 2010.
18 이규현, 「소설에서의 역사적 활용과 글쓰기-김훈의 『남한산성』과 앗시아 제바르의 *Vaste est la prison*을 중심으로」, 『불어문화권연구』(17), 2007, pp.129-173.
19 최윤정, 「우리 신화, 그 탈주-담론의 심층사회학-바리데기 신화 다시 쓰기」, 『비교한국학』(20-2), 2012.
20 유강하, 「틈새를 메우는 문학적 상상력 '리텔링'-'왕소군 고사'의 리텔링을 예로」, 『중국어문학논집』(63), 2010, pp.447-449.

래의 이야기를 다시 쓰기 한 작품들은 '개편改編',[21] '중석重釋(재해석)',[22] '현대적 해석現代闡釋',[23] '중술重述(다시 쓰기)',[24] '재창작再創作',[25] '현대적 전파'[26] 등의 용어로 설명되어왔다. 현재 중국에서는 스토리텔링과 리텔링을 각각 '이야기하기講故事'[27]·'이야기 쓰기寫故事'와 '다시 쓰기重述'로 번역하여 사용하는데, 이때 '술述'의 용어는 '구술口述'과 '서술敍述'을 동시에 내포한다.

	쓰기(스토리텔링)	다시 쓰기(리텔링)
한국어	이야기(하기) 이야기 만들기(창작하기)	다시 쓰기, 다시 하기, 각색, 재해석, 개편, 재구성, 개작, 변용, 갱신, 변천, 이본(異本), 영화화, 각색, 수용, 활용
중국어	講故事, 寫故事[28]	重述, 重釋, 改編, 改作, 再構, 闡釋, 再創作, 傳播

---

21 張旭은 경전이 새로운 경전으로 거듭난다고 말하면서, 이를 '改編'(Film Adaptation)의 용어로 설명하였다. 張旭, 「從經典到僞經典—論《白蛇傳說》的電影改編」『棗庄學院學報』(28-3), 2012.

22 董上德, 「"白蛇傳故事"與重釋性叙述」, 『中山大學學報』(47-6), 2007.

23 王澄霞, 「《白蛇傳》的文化內涵和白娘子形象的現代闡釋」, 『揚州大學學報』(12-1), 2008.

24 王玉國, 「革命叙事與人性叙事的更迭—論白蛇故事在現代重述中情節動因的演變」, 『安慶師范學院學報』(29-1), 2010; 李小娟, 「"重述神話"中自由與秩序的困惑—論《青蛇》與《人間》對"白蛇傳"的"神話重述"」, 『重慶三峽學院學報』(27-6), 2011. 李小娟은 '神話重述'을 'Rewording Myth'의 영어로 번역하여 사용하였다.

25 鄧筱溪, 「從《白蛇傳》到《青蛇》—一次顚覆性的再創作」, 『北京電影學院學報』(5), 2007.

26 閆寧, 「從電影《白蛇傳說》看文化經典的現代傳播」, 『電影文學』(7), 2012.

27 孫正國은 스토리텔러를 '講述者'로 사용하였다. 孫正國, 「論表演媒介中《白蛇傳》的故事講述者」, 『民族文學研究』(2), 2011.

28 http://dict.baidu.com/s?wd=storytelling

지칭하는 용어는 다르지만 이들은 모두 원작原作 또는 원래의 이야기를 바탕으로 하고, 다시 쓰기를 시도하는 작가들의 목소리를 다양한 장르로 표현했다는 공통점을 가지고 있다. '리텔링'은 순수한 창작이라기보다는, 원작이라 할 수 있는 고유의 이야기나 창작물에 수정 또는 개작, 각색을 하여 새로운 이야기를 만드는 것이다. 이렇게 새로운 이야기를 만들어내는 방식을 리텔링이라 하고 리텔링을 하는 작가들을 리텔러라고 한다. 리텔러는 원래 있던 이야기나 작품을 다양한 매체로 표현할 수 있고, 이때 원래의 이야기나 줄거리는 리텔러의 생각이나 철학에 따라 다양하게 변화할 수 있다. 이야기는 유사하게 나타날 수도 있지만, 비틀리거나 전복되기도 한다.

2) 리텔링의 이유

'다시' 쓰기 한다는 것은 '원래의 것'을 전제로 한다. 신화·전설과 역사 이야기는 원래부터 있던 이야기, 누구나 알고 있는 대표적인 이야기라 할 수 있다. 때로 이 이야기들은 '고전古典'으로 이해되곤 한다. 사전적 의미의 '고전'은 '오랫동안 많은 사람에게 널리 읽히고 모범이 될 만한 문학이나 예술 작품'을 의미하고, '옛날의 서적이나 작품'을 통틀어 이르기도 한다. 그런데 사람들은 왜 고전을 다시 쓰고, 다시 말하고 싶어 하는 것일까? 리텔링을 시도한 작가들의 이야기를 통해 그 실마리를 찾을 수 있다.

새로운 소재의 빈곤

　새로운 작품은 새로운 이야기들인가? 새로운 이야기에 대한 창작 욕구는 커지지만 새로운 것, 참신한 것은 점점 희귀한 요소가 되고 있다. 이를 긍정한다면 '창작'이라는 것은 애초 불가능하다는 비관적 인식만 남게 된다. 그러나 '창작'이라는 것을, 완전히 새로운 것을 만드는 것이 아니라 새로운 요소를 가미함으로써 다른 작품으로 만들어내는 것, 즉 완벽한 새로움을 추구하는 것만이 아니라, 기존의 이야기에 자기만의 새로운 생각과 해석을 덧붙여 다른 이야기로 만드는 것까지 포함하는 것으로 정의할 수 있다면, 창작은 더욱 광범위한 함의를 가지게 된다.

　'적당한 새로움'은 낯설거나 이질적이지 않고, 오히려 편안하면서도 신선함을 가져다준다. 기존의 이야기에 약간의 변화를 주거나 새로움을 뒤섞는 방식은 고대로부터 유용한 창작 방법 가운데 하나였다. 작가는 모두 알고 있는 이야기를 '다시' 이야기한다고 밝힘으로써 표절 등의 의혹에서 벗어날 수 있고, 덧붙여진 상상력은 기존 이야기의 진부함을 떨어낼 수 있는 신선한 요소로 작용하게 된다. 다시 쓰기는 과거와 현재를 아우를 수 있다는 매

력, 다시 말해 친근함과 참신함을 동시에 담보하는 이야기가 되는 것이다.[29]

물론 원전을 바탕으로 한 영화나 공연들이 원전의 훼손, 재현, 픕진한 묘사나 재구 등에서 논란을 벗어나지 못하는 실정이지만, 이조차도 마케팅의 한 수단이 되어 더욱 크게 유행하고 있는 형편이다. 창작자들은 기존의 이야기를 영화나 소설로 리텔링한다고 공개적으로 밝힘으로써 사람들의 기대를 불러 모은다. 새로운 소재의 고갈, 빈곤이라는 근본적이고도 현실적인 이유는 리텔링으로 눈을 돌리게 하는 이유가 된다.

틈입의 즐거움

모두 알고 있는 이야기를 다시 하고 싶게 만드는 매력은 '이야기의 틈'에 있다. 틈새는 이야기의 행간 사이에 무수히 많이 숨어 있다. 그 틈새는 이야기와 독자들을 소통하게 하는 숨구멍, 또는 궁금증을 촉발하는 자극제와 같은 역할을 한다. 아랑전설을 리텔링하여 『아랑은 왜』를 완성한 김영하의 서문에는, 작가를 리텔링으로 이끌었던 이야기의 '틈'의 정체가 밝혀진다.

---

29 김호연·유강하, 『인문치료학의 정립을 위한 시론적 연구』, 강원대학교 출판부, 2009, p.132.

세상 모든 이야기에는 어떤 틈이 있다. 이 틈이야말로 이야기가 어떻게 만들어졌는가를 짐작할 수 있게 해주는 중요한 단서다. 어떤 이야기가 덧붙여지거나 이미 있던 이야기의 요소가 사라질 때, 거기에는 언제나 작은 흔적이 남게 마련이다. ……

그러므로 아랑의 전설을 토대로 새로운 형식의 역사소설을 만들겠다고 한다면 이런 틈을 그냥 지나쳐서는 곤란하다. 피살자의 시신을 부검하여 사인을 밝혀내는 법의학자의 자세로 아랑전설을 전면적으로 재검토하여야만 한다."[30]

각 지역에서 만들어졌거나 다른 지역으로 옮겨지는 과정에서 부단히 변화했던 설화에는 틈이 생기기 마련이다. 김영하는 이런 틈을 '법의학자의 자세'로 재검토해야 한다고 말한다. 억울한 소녀의 석연치 않은 죽음과 추문에 대한 이야기에 대해 고개를 갸웃하는 작가의 태도는 사뭇 진지하다.

'세계신화총서' 시리즈의 집필진 가운데 한 명인 재닛 윈터슨의 말도 귀담아들을 만하다. 윈터슨은 시간이 지나면서 쌓인 이야기를 지층에 비유하면서, 지층이 결코 완전할 수 없는 이유를 설명한다. 지층은 굴절되기도 하고, 단절되기도 하며, 퇴적물이 부식됨에 따라 다른 모습으로 남겨지기도 한다. 윈터슨은 문자와 말로

---

30 김영하, 『아랑은 왜』, 문학과지성사, 2005, pp.16-17.

켜켜이 쌓인 이야기의 불완전함과 모호성을 지적한다.

　퇴적암은 퇴적층이 바다 밑바닥에 켜켜이 쌓이면서 광대한 시간
대를 거쳐 형성된다.

　이런 식으로 형성된 퇴적암은 일반적으로 수평면 또는 지층이 순
차적으로 배열되어 있으며, 가장 오래된 지층이 가장 아래쪽에 놓
인다. (······)

　각각 그 위에 쓰인 동시대의 삶의 기록이라는 점에서 퇴적암의
지층은 **책의 책장**들과 같다. 불행히도 그 기록은 **절대로 완전하
지 않다.** 어느 쪽에서든지 퇴적이 일어나지 않거나 기존의 퇴적물
이 **부식되어버리는** 새로운 시기가 늘 퇴적층 형성을 **방해하기** 때문
이다. 지층이 **비틀리거나 접히면,** 혹은 산을 만드는 것 같은 거대
한 지각변동 때문에 완전히 뒤집히면 퇴적층의 연속은 더욱 **모호해
진다**······

　퇴적암의 지층은 책의 책장과 같다······

　양쪽 다 동시대의 삶의 기록이 쓰여 있다······

　불행히도 그 기록은 절대로 완전하지 않다······

　그 기록은 절대로 완전하지 않다······[31]

---

31 재닛 윈터슨, 송경아 옮김, 『무게』, 문학동네, 2005, pp.9-10.

마치 지층과 같은 책은 작가에게 기록의 모호성과 불완전성을 각인시킨다. 지층이 예기치 못하게 부식되거나 단층 운동의 방해로 굴절되거나 단절되는 것처럼, 아무리 잘 구성되었다 하더라도 기록의 완전한 전승은 어렵다는 말이다. 지층을 부식시키거나 휘게 만드는 외부적 힘, 즉 원래의 이야기를 다르게 만드는 요인은 무엇일까. 지층 사이의 틈새, 즉 기록의 행간으로 틈입한 각기 다른 문화적, 시공간적 배경, 작가의 개인적 인생관과 가치관, 상상력 등이 모두 틈입의 요소가 될 수 있다.

신화와 전설뿐만 아니라, 역사에도 틈이 있다. 해석되지 않는 역사서 속의 몇 글자는 무한한 상상력으로 증식되어 새로운 이야기로 만들어진다. 이에 사라지고 없는 백제百濟의 역사를 추적한 『잃어버린 왕국』의 한 단락을 참고할 수 있다.

내도해파. 이 넉 자의 단어는 캄캄한 미궁 속을 파헤치고 들어가는 구멍인지도 모른다. 이 넉 자의 단어 속에 수천 년에 걸친 비밀이 숨어 있을지도 모른다. 그렇다. 이 넉 자의 단어야말로 '비밀의 문'을 여는 열쇠구멍이다. 수천 년 동안 한 번도 열린 적이 없는 이 문을 열기 위해서는 내 몸을 가루 내어, 그 구멍에 딱 들어맞는 아주 작은 열쇠 하나를 만드는 일일 것이다.[32]

---

32 최인호, 『잃어버린 왕국』(1), 열림원, 2003, p.77.

역사서의 행간, 역사기록의 틈은 작가를 '그 시간'으로 이끈다. 동일한 시공간은 아니지만 역사 속으로 들어가, 역사의 기록을 열쇠 삼아 이야기를 풀어나간다. 이로써 풀리지 않는 이야기는 점차 형태를 갖추게 된다. 때로 역사를 '다시 쓰기' 한다는 것은 일말의 진실을 찾기 위한 탐정놀이와도 같다. 역사탐구는 역사의 '사실'을 찾게 할 수 있지만, 그 모든 '사실'이 '진실'과 동의어는 아닐 것이다. 역사를 찾아가는 길에도 상상력이 필요하다. 그것이 신화든, 전설이든, 역사든 모든 이야기의 틈은 작가들의 상상력이 드나들며 생명력을 불어넣을 숨구멍이 된다. 그 숨구멍을 통해 이야기는 숨을 쉬고, 전해지며 다시 긴 생명력을 갖게 된다.

'정말 그랬을까?', 이야기에 대한 끝없는 의심

원래 있던 모든 이야기가 리텔링의 대상이 되지만, 리텔링되기 위해서는 먼저 작가 또는 발화자에 의해 선택이 되어야 한다. 역사를 면밀히 관찰하면 한번 리텔링되었던 이야기가 반복해서 리텔링의 대상이 된다는 것을 알 수 있다. 리텔러들이 '그 이야기'를 선택했기 때문인데, 그들이 '그 이야기'를 선택한 이유는 무엇일까. 새로운 것을 찾는 사람들의 욕구를 충족시키려는 것도 있겠지만, 때로 '다시 쓰기'는 리텔러들의 재해석 욕구를 더욱 크게 반영하는 것처럼 보이기도 한다. 재해석은 전통적 해석의 거부가 아니라, 해석의 장을 확대하고 확장시키는 창조적 행위이다.

재해석의 대상이 되는 이야기는 신화, 전설, 민담뿐만 아니라 경전도 예외가 아니다. 이스라엘의 데이비드 그로스먼은 『사자의 꿀』을 다시 쓰기 하면서, 다음과 같이 말했다.

그[삼손]는 신화적 영웅이자 사나운 전사이며, 맨손으로 사자를 찢어발긴 사람이며, 블레셋 사람들과 싸운 전쟁에서 유대인의 카리스마 넘치는 지도자였으며, 헤브라이어 성경 전체에서도 의심할 바 없이 가장 맹렬하고 화려한 인물로 꼽힐 만한 사람이었다.

그러나 내가 나의 성경의 몇 페이지에서, 그러니까 사사기 13장부터 16장에서 읽어낸 삼손은 그런 익숙한 삼손의 모습과 크게 어긋난다. 나의 삼손은 용감한 지도자도 아니고(사실 그는 실제로 그의 민족을 지도한 적이 없다), 하나님의 나실 사람도 아니고(그는 매춘부를 찾아다니며 육욕에 탐닉한 사람이었다는 사실을 인정할 수밖에 없다), 단순한 근육질의 살인자도 아니다. 나에게 삼손의 이야기는 무엇보다도 자신에게 부과된 엄청난 운명—그는 이 운명을 결코 실현할 수 없었으며, 또 완전히 이해하지도 못했던 것 같다—에 적응하려고 끝도 없이 몸부림치며 평생을 보낸 사람의 이야기다. 자신의 아버지와 어머니에게 낯선 존재로 태어난 아이의 이야기다. 부모의 사랑, 나아가 사랑 자체를 얻으려고 쉼 없이 갈망하였으나 결국 얻지 못하고 마

는 숭고한 장사의 이야기다.[33]

그로스먼은 성경(『구약』「사사기」) 속의 '영웅 삼손'에 대한 칭송
을 내려놓고, 경전의 틈을 진지하게 들여다본다. 작가는 "삼손이
정말 그랬을까?"라는 단순한 질문에서 시작하여, 이야기를 읽고,
분석하고, 이해하려고 노력함으로써 스스로의 질문에 답하려고
노력한다. 결국 작가는 삼손에게서 '사사士師'라는 무거운 짐을 벗
겨내고, '사랑'을 얻으려고 갈망했지만 끝내 사랑을 찾지 못한 한
사내를 찾아낸다.

정형화된 해답을 보류하고, 새로운 해석을 시도하려는 노력은
다시 쓰기로 이어진다. 이야기 속의 주인공이 "정말 그랬을까?"라
는 단순한 의심과 질문은 호기심으로 확장되고, 이는 이야기의
새로운 장을 열게 한다. 과거에 붙이는 단서 '만약'은 무용하지만,
리텔러들에게 '만약'은 무궁무진한 가능성과 매력을 지닌 요소가
된다.

이야기 뒤집기, 전복의 즐거움

'옛날 옛적에'로 시작하는 어떤 이야기들은 내재된 폭력을 태고
의 순수함으로 가장하기도 한다. 때로 낡고 폭력적인 이야기들은

---

33 데이비드 그로스먼, 정영목, 『사자의 꿀』, 문학동네, 2006, pp.29-30.

스스로를 전통이라는 아름다운 이름으로 꾸미고, 강요한다. 전통은 "어떤 집단이나 공동체에서, 지난 시대에 이미 이루어져 계통을 이루며 전하여 내려오는 사상·관습·행동 따위의 양식"[34]이다. 전통은 오랜 시간에 걸쳐 이야기와 노래, 문자로 전해지면서 무의식의 너른 면에 안전하게 포진해 있는데, 이런 의미에서 보자면 결론을 뒤집는 리텔링은 오랜 시간에 걸쳐 자연스럽게 전해진 전통을 잇는 동시에, 그것에 고의적 균열을 가하여 강요된 무의식과 전통을 비판하는 작업이라고 할 수 있다.

리텔러들은 새로운 인물이나 배경을 새롭게 설정하거나, 변형하여 이야기의 결론을 바꾸기도 한다. 더 정확하게 말하자면 뒤엎는다. 다시 쓰기, 즉 기존의 텍스트를 다르게 읽고 재구성하는 것은 '전통'의 명맥을 잇는 행위가 될 수도 있는 반면, 전통을 전복시키는 도발적인 시도가 될 수도 있다. 성폭력의 고통스러운 경험을 글쓰기 한 작가 김형경은 어린 시절부터 들었던 '선녀와 나무꾼' 이야기를 끔찍하고 서늘한 잔혹동화로 해석한다.

여자는 그 동화를 떠올린다. 나무꾼이 잘못했다고, 산신령이 나쁘다고, 아무것도 모르는 채 날개옷을 잃고 낯선 나무꾼의 아내로 살게 된 선녀가 불쌍하다고 눈물 흘렸던 아이를 떠올린다. 벌거벗은

---

34 국립국어원(http://www.korean.go.kr).

몸으로 지상에 포박된 선녀의 마음을 이해할 것 같다. 어렸을 때는 막연히 불쌍하다고만 생각했던 선녀의 내부로 들어가 그 선녀가 느꼈을 좌절과 공포, 캄캄한 단절감을 고스란히 느낀다. 나무꾼이 나쁘다고, 산신령이 잘못했다고 생각하면서 …….[35]

'선녀와 나무꾼'은 사냥꾼에게 쫓기던 사슴을 구해준 보답으로 선녀 아내를 얻게 된 순박한 나무꾼의 이야기이다. 성폭력의 끔찍한 경험을 가진 작가는 원하지 않는 혼인과 임신, 출산을 하게 된 선녀를 동정한다. 작가는 전래동화에서 "남자는 어떤 방법으로든 여자를 제 것으로 만들기만 하면 된다는 보쌈 같은 관습"을 읽어낸다. 이어, 이것은 아름다운 전래동화가 아니라, "우리 문학사에 등장하는 최초의 성폭행문학"이자 "냉혹하고 잔인한" 이야기라고 단정한다.[36] 작가는 전래동화에 대한 해석을 뒤집고, 이를 그대로 받아들이기를 거부한다. 기존 이야기에 대한 거부와 재해석을 통해, 작가는 고통스러운 과거와 대면하고 치유로 나아가는 길을 발견하게 된다.

중국의 '사대 민간전설' 가운데 하나인 '백사전白蛇傳'을 다시 쓰기 한 리루이李銳와 쟝윈蔣韻은, 이 전설을 다시 쓰기 하기 위해

---

35 김형경, 『세월』(2), 문학동네, 1995, p.89.
36 김형경, 같은 책, p.89.

'전복'과 '반성'이 필요했다고 말한다.[37]

> 『백사전』은 신화일 뿐, 역사적 사실이 아닙니다. …… 백사의 이야
> 기는 본래 부단히 다시 쓰였고, 부단히 다시 쓰이는 과정에서 하나
> 도 변하지 않은 것은 없었습니다. 지금 우리에 의해 다시 쓰인 작품
> 에는 당연히 우리의 전복적 사고와 다시 쓰기의 사유가 들어가 있
> 습니다.[38]

작가인 리루이와 쟝원이 반복을 거듭했던 탐색과 반성, 전복
적 사유는 '백사전'을 공유했던 많은 사람들의 공유된 기억과 지
식을 되짚어 보기, 뒤집어 보기, 낯설게 보기의 모든 과정을 포함
한다. 두 작가는 전통이라 할 수 있는 이야기를 뒤집어 보고, 낯선
시선으로 바라보고 진지하게 탐색했기에 현재 두 남녀의 애절한
사랑이야기로만 남아 있는 이 러브스토리에서 박해, 차별, 폭력이
라는 심각한 문제를 제기할 수 있었다. 그 결과 최근까지 이어진
'백사전' 다시 쓰기에서 시종일관 반복되고 있는 해피엔딩의 결말
은 이 작품에서 그대로 반복되지 않고 전복되었다.

---

37 李銳, 「關于『人間』」, 『名作欣賞』, 2007, p.85.
38 "『白蛇傳』本來就是神話, 就不是史實. …… 白蛇的故事本來就是一個不斷被重述、不
斷被改寫的過程, 從來就沒有一成不變. 現在旣然是由我們來重述, 當然就要有我們
的顚覆和重新思考." 李岩 主編, 「關于『人間』的問答」 (2007/5/21) http://book.sohu.
com/20070521/ n250131091.shtml

옛 고전은 어떻게 현대와 만날 수 있을까? 고전이 동일한 답을 제시하고 강요하기만 한다면, 그것은 살아 있는 고전이 될 수 없다. 작가의 목소리, 시대정신을 담아 새롭게 리텔링된 이야기들은, 새로운 고전이 되어 다시 사람들과 만나게 될 것이다.

다시 쓰기 된 이야기의 바닥에는 "왜?"라는 궁금증과 순수한 호기심이 깔려 있다. 우리는 "왜?"라고 때로 따지듯 묻고, 머리를 긁적이며 고개를 갸웃거리기도 한다. 타르바가 저승에서 가져온 이야기는 말₌과 글𝔁로 이어져 사람들의 가슴과 머리를 울리고, 파토스를 일렁이게 하는 살아 있는 것이다. 이야기에 숨겨진 기쁨과 슬픔, 분노와 안타까움은 서로 다른 색깔의 "왜?"를 만들어내고, 이 순수한 질문이나 감탄에서 비롯된 상상력은 서로 다르고 유사한 버전의 새로운 이야기의 탄생으로 이어진다. 완벽하지 않은 이야기, 틈이 있어 더욱 아름다운 이야기들은 사람들을 유혹한다. 다시 쓰기를 자극하는 이야기의 틈은 결핍이 아니라 미덕이다.

2장

고전 서사 리텔링

1. 신화 리텔링

1) 신화 서사와 그 의미

흔히 신화는 환상적이고 사실이 아닌 이야기, 오래되고 낡은 이야기, 재미있는 이야기 등으로 이해된다. 신화는 아이들을 위한 것이거나, 무료한 시간을 달래기 위한 어떤 것으로 설명되기도 한다. 그러나 최근 문화산업, 특히 영화계를 섬세하게 들여다보면 첨단의 시대와 가장 잘 만나는 콘텐츠 가운데 하나가 바로 신화이라는 사실을 발견하게 된다.[39] 신화를 만들고, 전승하고, 비슷한 이야기에 매료되어 살아가는 인간인 호모 미토스는 인간의 숙명인지도 모른다.

신화에는 나이가 없다. 몇천, 몇만 년을 살아왔지만 언제나 청청한 청춘이다. 그야말로 만수무강한 게 신화다. 신화의 세계는 태초의 '시작'을 말하면서도 꺼지지 않을 '영원'을 가리키고 있다. ······ 인간은 어느 시대에나 '신화인神話人'이다. 인간은 '호모 미토스Homo Mythos'다. 그것은 인간의 숙명이자 본질이다.[40]

그렇기 때문에 신화의 시대와 가장 멀리 떨어진 이 시대에 신화의 의미와 가치를 되묻는 것은 의미가 있다. 흔히 '신들의 이야기'로 이해되곤 하는 신화에 대한 다양한 목소리는 신화의 의미를 더욱 확장한다. 조셉 캠벨은 신화의 의미를 이렇게 말한다.

신화란 우리가 인간으로서 겪는 곤경에서 헤어날 수 있도록 돕기 위해 만들어진 것이다. 신화는 사람들에게 세상 속 저마다의 위치

---

39 최근 몇 년간 전 세계적 흥행을 이끌었던 『반지의 제왕(The Lord of the Rings)』 시리즈, 『해리 포터(Harry Potter)』 시리즈를 비롯하여 『토르(Thor)』 시리즈, 『타이탄(Titans)』, 『트로이(Troy)』, 『신들의 전쟁(Immortals)』 등 일일이 열거할 수 없을 정도로 많다.
40 김열규, 『한국신화, 그 매혹의 스토리텔링』, 한울, 2012, pp.5-6.

와 진정한 방향을 찾아준다.[41]

신화는 신들의 이야기이지만 결국은 사람으로 귀결되는, 귀결될 수밖에 없는 이야기이다. 우리가 신화에 관심을 가지는 것, 신화 이야기에 귀를 기울이는 것은 신화가 들려주는 이야기의 유의미성 때문일 것이다. 앞서 언급한 것처럼, 신화는 흥미와 재미에만 머무르지 않고, 인간과 삶의 가치와 의미를 깨닫게 한다. 조셉 캠벨은 비신화非神話의 시대를 살고 있지만, 신화神話에 열광하는 역설적인 현실을 이렇게 설명한다.

"오늘날 우리는 비신화화非神話化한 세계를 살고 있어요. 참 역설적이게도, 그 결과 내가 만난 많은 학생이 신화에 관심을 기울이고 있더군요. 왜 신화에 관심을 기울이느냐고 했더니, 거기에는 메시지가 있다는 겁니다. 오늘날 신화를 공부하는 사람에게 신화가 어떤 메시지를 주는지는 설명할 수가 없군요. (……) 내가 학생들에게 들려주는 이야기는 삶의 지혜에 관한 이야기입니다. 우리가 학교에서 배우는 것들은 삶의 지혜와는 상관없는 것이지요. 우리는 테크놀로지를 배웁니다. 우리는 정보를 얻습니다. 재미있는 것은, 많은 교수들역시 자기가 가르치는 학문이 삶의 가치와 어떤 관계가 있냐고 물으

---

41 카렌 암스트롱, 이다희 옮김, 이윤기 감수, 『신화의 역사』, 문학동네, 2007, p.12.

면 고개를 갸우뚱한다는 겁니다.[42]

사람들은 어떤 메시지, 그들의 마음을 울리는 말 한 마디를 듣기 위해 기꺼이 시간을 투자하여 이야기에 귀를 기울인다. 정보가 돈으로 환산되는 정보의 시대에 사람들은 정보가 아니라, 삶의 지혜에 목말라 한다. 정보는 새로운 사실을 알려줄 뿐이며, 삶에 대해 의미 있는 대답을 해주기 어렵기 때문이다. 신화는 많은 정보나 지식을 통해 얻을 수 없는 삶의 의미와 가치에 대해 말한다.

신화는 누군가가 어떤 일을 하든, 인간과 삶에 대한 의미를 찾게 한다. 그 의미란 정형화된 것이 아니라, 각자의 내면에 들리는 목소리이며 속삭임이다. 삶의 의미를 찾고 싶은 '인간'이라는 숙명을 살아가는 우리가 신화에 매혹되고, 신화에 끌리는 것은 어쩌면 자연스러운 귀결인지도 모른다.

---

42 조셉 캠벨·빌 모이어스 대담, 이윤기 옮김, 『신화의 힘』, 이끌리오, 2002, p.37.

2) 신화를 리텔링한다는 것

프로젝트, '신화 다시 쓰기'[43]

우리나라뿐만 아니라 그리스와 북유럽, 중국을 비롯한 세계의 모든 민족은 그들만의 신화를 갖고 있다. 문자보다는 노래와 구술로 그 생명력을 이어온 신화는 그 내용이 같지 않다. 구전되어 내려오면서 사람들의 욕망에 의해 팽창되거나 굴절되기도 했고, 몇몇 이야기는 사라지기도 했다. 그러나 이런 변형과 굴절이 불완전함과 동의어는 아니다.

알렉산더 매컬 스미스는 본래 '신화神話'란 살아 있는 것으로 변형은 자연스러운 일이라고 말한다. 더욱 더 정확하게는 '입에서 입으로 전해지는 과정에서 직조되고 혼합된 재창조물'이라고 말한다. 신화는 학문적 호기심을 채워주거나, 전승의 정확함을 추구하는 학문이 아니라는 것이다.

순수주의자들은 여기[신화 다시 쓰기]에 반대할지도 모르지만, 신화는 살아 있으며 응용할 수 있도록 존재한다. 동시에 21세기식 해석이 가미되지 않은 순수한 중세본을 원한다면 그런 판본들이 지금

---

43 '신화 다시 쓰기' 프로젝트에 대한 내용은 다음의 연구를 수정, 보완하였다. 유강하, 「21세기의 새로운 '변신이야기' - 『벽노(碧奴)』 속의 '변형(變形)' 이미지와 신화가 가지는 의미에 대하여」, 『중국어문학논집』(54), 2009, pp.465-466.

도 존재하며 구할 수 있음을 독자들에게 상기시켜야 할 것이다. 그러나 우리는 그러한 초기 텍스트들도 입에서 입으로 전해지고 그 과정에서 직조되고 혼합된 재창조물이라는 사실을 명심해야 한다. 신화는 바람에 흔들리는 뜬구름의 그림자이다.[44]

신화가 시대에 따라 다른 형식과 내용으로 변화할 수 있다는 생각은 신화의 의도적 비틀기와 전복이라는 발상으로 전환된다. 발랄한 상상력은 신화를 공유했던 사람들, 세상의 모든 사람들을 위한 전지구적 프로젝트의 탄생으로 이어졌다. 지난 세기 말인 1999년, 캐논게이트Canongate 출판사는 다양한 시대와 지역에서 생성된 신화들을 현대적인 시각으로 다시 쓰는 출판 프로젝트를 기획하였다. '세계신화총서Canongate Myth Series'라는 이름으로 기획된 이 프로젝트는 각국을 대표하는 작가들의 작품을 전 세계에서 같은 날에 출간하는 대규모의 출판 사업이다. 프로젝트의 주제는 세계 각지의 신화이다. 프로젝트의 참여진으로 선발된 각국의 작가들은 신화를 재해석하거나 변형하고 소설, 극 등 문학의 여러 장르를 빌어 본격적인 '다시 쓰기'의 작업에 착수하였다. 초국가적 프로젝트의 주제로 신화가 선정된 것은, 이 시대 신화가 가지는 의미와 가치, 즉 신화가 가르쳐주는 삶에 대한 통찰력과 의미

---

44 알렉산더 매컬 스미스, 이수현 옮김, 『꿈꾸는 앵거스』, 문학동네, 2007, p.12.

때문일 것이다. 백 년 이상 읽힐 수 있는 고전을 만든다는 야심찬 계획에 따라 기획된 이 총서 시리즈에는 서구의 유명작가들이 대거 참여하였고, 중국에서는 쑤퉁蘇童, 리루이李銳, 예자오옌葉兆言, 아라이阿來가 선정되었다.

작가들은 그들이 향유했던 신화와 전설 속에 살아 있는 수많은 존재들을 발견한다. 그들의 목소리를 통해 신화 속의 틈새를 현재적 시선으로 들여다보며, '지금, 여기'의 맥락에서 소수자, 폭력, 차별, 인간성, 평화 등의 문제를 환상적 언어로 그려낸다. 현실 위에 덧입혀진 환상성, 현실과 상상을 오가는 상상력은 독자들을 즐겁게 한다. 신화의 변주에 대한 기대감은 새로운 신화의 탄생을 추동하는 동력이 된다.

이 프로젝트 안에 포함되지는 않았지만, 우리 문학계와 문화계에서도 다시 쓰기는 부단히 진행되어왔고, 진행 중이다. '선녀와 나무꾼', '아랑전', '심청전', '장화홍련전' 등의 이야기는 계속해서 새로운 고전으로 다시 쓰이고 있다.

신화 다시 쓰기, 인간과 삶을 위한 현재적 해석

신화를 다시 쓰기 하는 이유는 무엇이고, 신화 다시 쓰기의 의미는 무엇일까? 온 세상에 편만한 이야기들을 자기만의 언어로 다시 쓰기 하는 리텔러들의 이야기를 통해 그 의미를 탐색할 수 있다.

신화, 민담, 전설에 담긴 이야기들이 오랫동안 생명력을 갖는 이유는 변주가 가능한 수많은 상징들과 숨겨진 진실 때문일 겁니다. 옛날에 말이야, 하고 들었던 이야기가 세월이 지난 후, 그게 사실은 말이야, 하고 비밀이 드러나는 거죠. 그제야 우리는 이야기의 자초지종을 알게 됩니다만, 알게 된 그것이 진실의 전부일까요?[45]

"그것이 진실의 전부일까요?"라고 묻는 작가의 도발적인 질문은 신화의 열린 틈, 숨구멍에 닿아 있는 비밀의 문이다. 그 문은 찾는 것도, 여는 것도 쉽지 않다. '신화 다시 쓰기神話重述' 프로젝트의 참여 작가인 리루이와 장원에게 다시 쓰기는 만만한 과정이 아니었다. 중국의 사대 민간전설四大民間傳說 가운데 하나이자 '제1차 국가급 비물질 문화유산第一批國家級非物質文化遺産'에 처음으로 이름을 올린 유명한 백사전을 다시 쓰기 한다는 것은 큰 부담이었을 것이다. 리루이와 장원은 '백사전'을 리텔링하기 위해 여러 판본을 수집하여 대조했고, 학술연구 못지않은 분석을 했으며, 이야기에 대한 탐색과 수정, 깨달음을 반복했다고 밝히고 있다.

이처럼 수천 년이 지난 전설을 '다시 쓰기' 할 때, 작가는 거대한 그늘에 덮일 수 있고, 지금까지의 독서 습관이 만들어낸 기대의 함

---

45 조선희, '작가의 말', 『모던 아랑전』, 노블마인, 2012, p.370.

정에 걸려 들어가기 쉽다. 그래서 반복적인 토론, 반복적인 탐색, 반복적인 수정, 반복적인 깨달음 끝에 우리의 이야기가 만들어졌다.[46]

지금까지의 독서 습관에 매몰되지 않기 위한 깨어 있음, '반복적인 탐색, 수정, 깨달음'은 리루이와 장원만의 고민이 아니라, 다시 쓰기를 시도하는 많은 리텔러들의 고심과도 중첩된다. 다만 그것이 어떠한 방식으로 재현되든, 리텔링된 이야기는 '현실에 뿌리를 내리고 살아가는 작가의 이야기'라는 점은 분명해 보인다. 서사무가敍事巫歌인 '바리데기 신화'와 전설인 '심청전'을 다시 쓰기한 황석영은 이렇게 말했다.

채만식 선생이 『심학규전』을 새로 썼을 때의 시각과 내가 『심청』을 다시 쓴 계기와 시각은 각자 당대의 현실 인식에 근거한 것이리라. 사람 사는 얘기란 예나 지금이나 물량만 커졌을 뿐 별로 달라진게 없는데, 이것은 요즈음의 내가 다시 확인하게 되는 세계의 모습이다.[47]

"심청은 정말로 바다에 던져졌을까?" 스스로에게 던진 이 질문

---

46 李銳, 『人間』, 偶遇因緣(代序).
47 황석영, '작가의 말', 『심청, 연꽃의 길』, 문학동네, 2011.

에 작가는 합리적 추론을 제기한다. 실제 인신공희가 아니라, 상징적인 방식으로 이 제의가 이루어졌다는 합리적인 해석이다. 심청을 대신한 인형이 바다에 던져지고, 살아 있는 심청은 심청도 그 무엇도 아닌 완전히 새로운 존재가 되어 새로운 땅에서, 새로운 이름으로 태어나게 된다. 효를 위해서, 아버지를 위해서 상징적인 죽음을 거친 심청은, 이제 스스로의 인생을 결정하며 살아갈 수 있다. 그렇기 때문에 작가는 '심청전'에서 효의 미담을 걷어내고 새로운 이야기를 창조할 수 있었던 것이다.

태생적으로 구전적 성격을 가진 신화, 전설, 민담은 텍스트의 정밀함, 엄밀함을 추구하지 않는다. 오랜 시간 동안 인류의 생각과 마음, 꿈과 눈물을 담아온 이야기는 '지금, 여기'에서 오늘을 살아가는 사람들을 위해 얼마든지 변화할 준비가 되어 있다. 삶에 대한 다채롭고도 진지한 해석, 어쩌면 수많은 신화들은 다시 쓰이기를 기다리고 있는지도 모른다.

2. 역사 리텔링

1) 사실과 해석, 그리고 이야기

신화, 이야기, 소설, 역사는 '서사敍事, narrative'라는 특징을 공유한다. '사실'이라는 조각들에 의미를 부여하기 위해서는 서사적 장치가 필요한데, 서사적 장치는 상상력이나 해석의 개입과 연관되며 무수한 논의를 낳았다. 주관적인 해석이나 상상력의 개입은 '역사'라는 장르와 어울리지 않아 보이기 때문이다.

사실과 허구는 완벽하게 대립되는 개념인 듯 보이지만, 실제로는 합집합과 교집합, 공집합을 이루며 다양한 관계를 형성한다. 객관적 사실이 서로 다른 해석을 만나 완전히 다른 서사로 완성되는 과정은 『한비자韓非子』의 한 단락을 통해 확인할 수 있다. 전국시대戰國時代의 뛰어난 철학가이자 정치가인 한비자는 위衛나라 군주와 미자하彌子瑕 사이에서 있었던 사실을 예로 들었다. 한비자는 미자하의 에피소드를 통해 유세의 어려움과 설득의 어려움을 말하고 있지만, 그 이면에는 사실과 해석에 대한 진지한 사유가 자리하고 있다. 똑같은 단 하나의 사실이 여러 갈래로, 때로 정반대의 의미로 해석되고 이야기되기도 한다는 사실이 바로 그것이다.

옛날에 미자하라는 사람이 있었는데, 위나라 군주에게 총애를 받았다. 위나라 법에 따르면, 군주의 수레를 몰래 탄 사람은 월형刖刑을 받았다. 미자하의 어머니가 병이 나자, 어떤 사람이 밤에 몰래 미자하에게 알려주었다. 미자하는 [마음이 급해져서 사람들을 속여] 군거君車를 몰래 타고 나갔다. 군주가 이 소식을 듣더니, 미자하를 칭찬하여 말했다.

"효성스럽구나! 어머니를 생각하여 월형을 받을 것도 잊다니!"

다른 날, 군주와 함께 과수원에 놀러나갔다. 복숭아를 먹었는데 맛이 달자, 다 먹지 않고 남겨 군주에게 맛보게 했다. 그러자 군주가 말했다.

"나를 사랑하는구나. 그 달콤한 맛도 잊고, 과인에게 맛보게 하는구나!"

미자하가 나이가 들자 미모가 쇠하고, 군주의 사랑도 식었다. 군주에게 죄를 짓자, 군주가 말했다.

"이 자는 옛날에 내 수레를 몰래 탄 적이 있고, 먹다 남긴 복숭아를 내가 먹게 한 적이 있다."(『한비자』「세난說難」)

한비자는 위의 이야기를 언급한 뒤 이렇게 말했다. "미자하의 행동은 처음과 변함이 없었다. 전날에는 칭찬을 받았지만 나중에는 죄를 얻은 것은 애증이 변했기 때문이다." 미자하와 왕이 공유했던 '사실'에는 변함이 없지만, 같은 사실은 칭찬과 책망이라는 상반되는 해석으로 이어졌다. '사실事實'은 여전히 같지만, 훗날 동일한 사건에 대한 기억과 해석은 사뭇 다르다. 같은 사실에 대해 다른 해석을 가능하게 한 것은 더 이상 아름답지 않은 미자하의 용모, 이미 차갑게 식어버린 왕의 마음이었다. 변덕스러운 인간의 감정과 마음은 사실을 이처럼 왜곡할 수도 있고, 과거의 아름답던 추억조차 기억하기 싫은 과거의 조각으로 만들 수도 있다.

이 역사 이야기에서 찾아낼 수 있는 건조한 사실, 즉 팩트fact는 무엇인가? 위나라 군주가 미자하와 과수원에 갔고, 미자하가 먹던 복숭아를 군주에게 주었다는 것이다. 이 사실을 생기 있게 만드는 것은 이 사실에 대한 기억, 좀 더 정확하게 말하자면 이 기억을 이야기로 불러내는 방식이다.

미자하를 사랑했던 과거의 왕은 "나를 사랑하는구나. 그 좋은 맛을 잊고서 나에게 먹여주는구나"라며 감동을 느꼈지만, 훗날 미자하에 대한 사랑이 식은 시점에서 바라본 과거는 결코 아름답지 않았다. 변할 리 없는 과거의 사실은 전혀 다른 언어로 해석되어, 군주는 "먹다가 남은 복숭아를 나에게 먹인 일이 있었다"며 분노했다. 과거의 사실 자체는 전혀 변하지 않았다. 정작 변한 것은 군주의 마음과 언어였다. 그렇기 때문에 한비자는 사실을 아는 것 자체가 중요한 것이 아니라, 사람의 마음을 아는 것이 어려운 것이라고 말했다.

중요한 것은 구체적 사실에 대한 스토리텔러의 기억과 해석이다. 한비자의 통찰력 있는 서술은 역사가 '역사소설/역사소설'이 되는 메커니즘을 보여준다고 할 수 있다.

2) 역사'소설'과 '역사'소설

역사를 소재로 한 문학작품이나 영상물들은 완전히 새로운 이야기보다 쉽게 주목받는다. 이미 알고 있는 이야기는 독자나 관객들이 즐겁게 틈입할 수 있는 익숙하면서도 낯선 대상이 된다. 이미 알고 있기에, '나도 한 마디'가 가능한 익숙한 소재들은 독자들의 개입을 부추긴다. 역사적으로 익숙한 소재일수록 더욱 자주 리텔링된다는 사실은, 이러한 틈입의 욕망과 무관하지 않을 것이다.

'역사 다시 쓰기'는 독자나 관객의 호기심을 불러일으키고 즐거움도 선사할 수 있다는 점에서 긍정적이지만, '역사'에 균열을 가하고 헤집는 것은 자칫 불경스러운 일로 받아들여질 수도 있다. 역사소설 또는 역사를 소재로 한 작품들을 바라보는 다양한 시선과 논의들은 이러한 현상을 반영한다. 그렇기 때문에 다시 쓰기된 역사물에 관한 논의를 살펴보는 것은 필요하고 유의미하다. 여기에서는 실제로 작품을 창작하는 작가들의 이야기를 통해, 역사'소설'과 역사소설'의 차이를 살펴볼 것이다.

역사소설은 허구성을 추구하는 소설과 사실성을 담보해야 하는 역사를 아울러야 하는 기이한 조합이다. 역사가 가지는 특징과 소설이 가지는 특징이 확연히 다르므로, 역사를 다루는 역사가의 입장과 태도와 역사소설을 구성하는 소설가의 입장과 태도 사이에는 차이점이 있다. 과거를 탐구하고, 탐구된 과거를 새롭게 재구성한다는 점에 있어서는 동일하지만, '소설'이라는 외피를 입고 있는 소설가는 역사의 행간, 기억의 빈틈을 메우는 데 있어 역사가보다 훨씬 자유로울 수 있고, 작품은 그 자체로 소설이기 때문에 상상력의 자유로운 개입이 허용된다.[48]

역사소설을 어떻게 볼 것인가 하는 문제는, 역사소설의 탄생과 동시에 일어난 질문이기도 하다. 역사소설은 논쟁에서 자유롭지 않다. '역사'에 방점을 둘 경우 허구와 상상력의 개입은 불편한 것이 되지만, '소설'에 방점을 둘 경우 허구와 상상력의 개입은 오히려 참신한 요소가 된다.

역사소설을 집필하는 작가들의 의식 역시 역사소설이 역사냐, 소설이냐 하는 문제에서 자유롭지 못하다. 역사소설을 대하는 작가들의 입장을 크게 두 가지로 나누어 볼 수 있다. 소설적 측면을 강조하는 역사'소설'로 보는 입장과, 역사적 측면을 강조하고 최대한 상상력을 억제하는 '역사'소설로 보는 입장이 그것이다. 서로 다른 입장에 따라, 그 내용은 크게 달라질 수밖에 없다. 여기에서는 전자前者의 입장을 잘 보여준다고 할 수 있는 김훈과 후자

---

48 이러한 점에서 역사소설은 역사학에서의 포스트모더니즘과 유사한 측면이 있다. "사실 최근의 역사학도 과거의 휘그적 전통에서 벗어나 역사는 문학의 한 형태가 되어야 하고 역사가는 객관적 사실의 전달자가 아닌 픽션의 창조자 역할을 해야 한다고 강조하는 포스트모더니즘의 영향을 강하게 받고 있다. 물론 포스트모더니즘은 역사가들을 설득하는 데는 실패했지만, 역사적 사실에 대해 과학적 객관성을 넘어 역사가 자신의 목소리를 담거나 독자들이 스스로 의미를 창조할 수 있는 특권을 어느 정도 부여했다는 점에서는 의미가 있다. 이런 점에서 일면 역사학에의 포스트모더니즘의 영향은 역사소설의 모습과 매우 닮아 있다."(데이비드 캐너다인 엮음, 문화사학회 옮김, 『굿바이 E. H. 카』, 푸른역사, 2005, p.51.)

後者의 견해로 이해할 수 있는 김탁환의 목소리를 교차하여 들어 본다.

역사'소설'

대개 역사 기록은 건조하고, 친절하지 않으며, 단편적이고 파편화되어 있는 경우가 종종 있다. 특히 부차적인 역사적 인물의 경우, "이름은 있지만 그 사람이 드러나지 않거나 단편적인 행적은 언급되지만 인생 전체를 포괄하기에는 부족한"[49] 경우가 많다. 역사 기록의 성긴 틈은 작가들의 상상력이 발휘되는 창조적 공간이 된다. 그러나 그렇다 하더라도 '역사'를 다루는 작가의 태도는 신중할 수밖에 없다.

『칼의 노래』, 『현의 노래』, 『남한산성』에 이어 『흑산』까지 일련의 역사소설을 선보이고 있는 김훈은 소설의 앞쪽에 '일러두기'를 따로 마련하였다. 이는 여전히 논쟁 중인 역사소설에 대한 작가의 개인적인 견해인 동시에, 자기변호이기도 할 것이다. 김훈의 '일러두기'는 역사소설을 대하는 작가의 의식, 태도의 변화 그 자체이다. 다시 말해, 김훈의 '일러두기'는 '역사'소설에서 역사'소설'로 나아가는 의식의 흐름, 변화를 읽게 한다. 먼저 역사소설의 화려

---

49 김탁환, (창작보고서) 「실존인물의 삶을 어떻게 그릴 것인가?」, 『나, 황진이』, 푸른역사, 2006, pp.311-312.

한 시작을 열었던 『칼의 노래』(2005)에서는 다음과 같은 여섯 가지를 미리 일러두고 있다.

1. 이 글은 오직 소설로서 읽혀지기를 바란다.
2. '여진'이라는 여성은 이순신의 『난중일기』에 등장하는 실명의 여인이다.
그러나 1권 36쪽에서 43쪽 사이에 기술한 이순신과 여진의 관계는 글쓴이가 지어낸 것이다.
3. 1권 44쪽에서 52쪽 사이에 기술한 '길삼봉'의 대목과 48쪽에 기술한 '남사고'의 대목은 『연려실기술』에 바탕한 것이다.
4. 이순신의 장계, 임금의 교서, 유시를 인용한 대목들은 대체로 이은상의 『충무공전서』의 문장을 따랐다. 그러나 글쓴이가 지어낸 대목도 있다. 그 부분을 분명히 하지 못한다.
5. 해전海戰의 사실은 대체로 『난중일기』를 따랐으나, 이야기의 전개를 위해 글쓴이가 지어낸 전투도 있다. 그러나 이순신 스타일''의 전투에서 어긋나지 않도록 노력하였다.
6. 책의 부록으로 첨부한 「인물지」와 「연보」에서 소설과 사실의 차이가 드러나기를 바란다.[50]

---

50 김훈, '일러두기', 『칼의 노래』(1·2), 생각의 나무, 2005.

작가는 이 소설이 "오직 소설로서 읽혀지기를 바란다"고 말한다. 소설에 「인물지」와 「연보」를 부록으로 첨부하여 "소설과 사실의 차이가 드러나기를" 바라고, 이것이 소설이니만큼 새롭게 지어낸 전투도 있다는 사실을 고해성사처럼 밝히고 있지만 지어낸 허구가 어디서부터 어디까지인지에 대해서는 더 자세히 설명하지 않았다.

『남한산성』(2007)은 여기서 한걸음 더 나아간다. 이 글을 소설로만 읽어주기를 바라는 작가의 소박한 바람은 "이 책은 소설이며, 오로지 소설로만 읽혀야 한다"는 단언으로 시작한다. 물론 완전한 허구는 아니다. 작가가 소설을 위해 참고한 책들은 정확하고 엄밀하다. 작가가 참고한 각종 기록과 보고서, 연구서는 상상력을 관통하는 '역사'라는 실체를 확인하게 하지만, 소설의 주인공이 실명으로 등장한다 하더라도 소설에 묘사된 모습이 역사적 평가의 잣대가 될 수 없음을 분명히 밝힌다.

1. 이 책은 소설이며, 오로지 소설로만 읽혀야 한다.
2. 실명으로 등장하는 인물에 대한 묘사는 그 인물에 대한 역사적 평가가 될 수 없다.
3. 시대의 모습과 흐름을 이해하기 위해 참고한 자료는 다음과 같다. (『국역 연려실기술』(이긍익, 민족문화추진회, 1977) 중에서 「인조조 고사본말仁祖朝故事本末」; 『난중잡록亂中雜錄』(조경남); 『산성일기』(작자 미상, 김광순 옮김, 서해문집, 2004); 『신완역 병자록新完譯 丙子錄』(나만갑

지음, 윤영재 옮김, 명문당, 1987); 『남한산성 문화유산 지표 조사 보고서』(토지박물관 학술조사총서 제7집, 광주군·한국토지공사 토지박물관, 1999); 『남한산성 행궁지行宮址 시굴 조사 보고서』(토지박물관 학술조사총서 제6집, 광주군·한국토지공사 토지박물관, 1999); 『역주 병자일기丙子日記』(남평 조씨南平 曺氏 지음, 전형대·박경신 역주, 예전사, 1991); 『남한일기南漢日記』(석지형 지음, 이종훈 옮김, 광주문화원, 1992); 『임진왜란과 병자호란』(정약용 지음, 정해렴 역주, 현대실학사, 2001).

4. 옛 기록에 서로 다른 부분이 많다.[51]

『흑산』(2011)의 '일러두기'에는 역사소설에 대한 작가의 사유가 더욱 깊고 넓어졌다. 역시 역사소설에 대한 작가의 고민이 묻어난 것으로 읽을 수 있다. 작가는 "소설로 읽히기를 바란다", "소설로 읽혀야 한다" 등의 말을 버리고, "이 책은 소설"이라고 단정했다. 이어 작가는 일러두기의 말미에 "온전하지 못하다", "온전한 사실이 아닐 것이다"라는 유사한 언급을 반복한다. 이는 사실과 허구라는 이율배반적 요소를 안고 있는 역사소설에 대한 작가의 깊은 고민과 맞닿아 있는 듯 보인다.

1. 이 책은 소설이다.

---

51 김훈, '일러두기', 『남한산성』, 학고재, 2007.

2. 이 책에 등장하는 정약현, 정약전, 정약종, 정약용, 주문모, 황사영, 정명련, 황경한, 장창대, 구베아는 18세기 말에서 19세기 초에 살았던 실존 인물의 이름이다. 그러나 이 이름에 많은 허구의 이야기들이 얽혀 있어서, 소설 속의 인물들은 누구도 온전한 실존 인물이 아니다.

3. 그 밖의 등장인물들은 모두 작가가 만들어낸 허구의 인물이다. 그러나 소설이 배경으로 삼고 있는 역사 속의 시간과 공간을 실제로 살아냈던 사람들의 삶과 죽음의 표징과 파편들이 그 허구의 인물들에 뒤섞여 있다. 여러 실존 인물들의 이 구석 저 구석을 뜯어내고 합쳐서 한 명의 허구를 지어내기도 했으니 이 인물들의 허구성 또한 온전하지 못하다.

4. 소설이 배경으로 한 시점은 18세기 말에서 19세기 초이지만 그보다 조금 앞선 시기와 조금 늦은 시기의 정황들을 한 시점으로 몰아넣었다. 그러므로 소설이 배경으로 삼은 시대의 정확성도 온전하지 못하다.

5. 책 뒤에 붙인 연대기는 소설이 아니다. 연대기는 소설과 관련된 시대의 정황을, 기록을 통해서 재구성한 것이다. 기록과 사실에는 많은 편차가 있다. 그러므로 수많은 기록을 재구성한 결과는 온전한 사실이 아닐 것이다.[52]

---

52 김훈, '일러두기', 『흑산』, 학고재, 2011.

2012년 『현의 노래』(개정판)에서는 순서를 매겨, 친절하게 설명하는 방식을 완전히 탈피하여 기존의 역사소설과는 사뭇 다른 형식으로 '일러두기'를 작성하였다. 작가는 2011년 『흑산』의 '일러두기'에서 반복되었던 "온전한 사실이 아닐 것이다"와 같은 머뭇거림, 조심스러움의 태도에서 벗어나, "인물이나 장소조차도 이 소설에서는 허구로 읽혀져야 옳다"는 확고한 태도를 표명했다. 이를 통해 작가의 역사'소설'에 대한 입장을 확인할 수 있다.

이 소설의 골격은 『삼국사기』 권삼십이 지일·락卷三十二 志一·樂에서 빌려왔다. 『삼국사기』의 기사 중에서, 미의식이 정치 이데올로기에 매몰되어 있다고 판단되는 대목은 빌려오지 않았다.

가야금과 우륵에 관한 『삼국사기』의 기사는 소략해서 기댈 만하지 못했다. 그러나 옛글의 영성零星함은 천오백 년 뒤에 소설을 쓰는 후인의 복이었다.

여러 인물들을 그 시대의 질감 속에서 지어냈다. 이 책은 다만 소설이다. 사서에 실명이 등장하는 인물이나 장소조차도 이 소설에서는 허구로 읽혀져야 옳다. 그것이 글쓴이의 뜻이다.[53]

---

53 김훈, '일러두기', 『현의 노래』(개정판), 문학동네, 2012.

역사와 소설 사이에서 위치를 잡으려는 작가들의 고민은 신경숙의 말에서도 확인할 수 있다. 신경숙은 『리진』(1·2)의 작가노트에서 역사에서 소설로 이행하며 만들어진 역사소설의 궤적을 이렇게 설명했다.

> 내가 리진의 존재를 처음 알게 된 것은 사 년 전이다. R이 외국어대학교 블레스텍스 교수가 백 년 전에 프랑스에서 출간된 조선에 관한 책을 가지고 있는데 특이한 이야기가 있어 번역을 했다며 보여주었다. A4용지 한 장 반 정도 되는 분량이었다. …… R에게 전화를 걸어 A4용지 한 장 반 안에 갇혀 있는 그 여인을 소설로 되살려내보겠노라 했다. 그날로부터 나는 하던 일을 접고 리진을 찾아 헤맸다. …… 행여 파리에 그녀의 흔적이 조금이라도 남아 있을까 싶어 틈이 나면 파리로 건너가 그녀의 행적을 뒤졌다. …… 센 강변이며 기메 박물관을 드나들던 날들. 그녀를 파리로 데려왔다는 외교관의 자취를 따라 다녀봤으나 어디에도 그녀는 없었다. …… 파리에서 그녀의 자취 찾기를 포기하고 한국을 뒤졌다. 마찬가지였다. 조선시대가 어떤 시대인가? 온갖 것들이 어떤 방편을 통해서든 기록되던 시대인데도 그녀에 대한 것은 단 한 줄도 찾을 수가 없었다. 실존 인물인가? 의아할 지경이었다. 크게 실망을 했으나 여러 달이 지나자 다른 근력이 생겼다. 전기를 쓰려는 게 아니라 소설을 쓰려는 것이다, 싶었던 것이다. 소설가는 결국 허공에 허구의 집을 짓는 존재 아닌

가. 해보자, 싶었다.[54]

신경숙은 한 장 반에 묘사된 한 여인. 작가는 더 이상 찾을 수 없는 여인의 흔적 앞에서, 그녀가 과연 실존인물인지 의아할 지경이었다며 당시를 회상했다. 한국과 프랑스를 오가며 서서히 전의를 상실해가는 작가를 다시 일으킨 것은 그녀가 쓰려는 것이 '소설'이라는 깨달음이었다.

작가가 써내려간 이 글 속에는 역사/역사소설에 대한 근본적인 물음이 내재되어 있다. '과연 개인의 삶이 한 장 반으로 요약될 수 있는 것인가? 한 장 반의 기록으로도 기록되지 못한 사람들은 그들의 삶조차 의심받아야 하는가?'라는 질문이다. 이 질문은 유치하고 우스꽝스러울 수도 있지만, 역사'소설'의 집필을 가능하게 하는 진지한 질문이자, 추동력이 된다.

'역사'소설

과도한 상상력의 개입에 우려를 표하면서, '보사지궐補史之闕'로서의 역사소설에 무게를 두어야 한다는 목소리도 있다. 소설이라고 해도 과도한 상상력에 대해서는 경계를 표시하는 작가들이 있는데, 김탁환이 대표적이다. 김탁환은 한 인간을 위한 글쓰기는

54 신경숙, 『리진』(2), 문학동네, 2007, pp.342-347.

다음과 같은 세 층위에서 논란을 빚을 수밖에 없다고 말한다. "하나는 내가 모은 것이 그에 관한 기록의 전부인가 하는 것이고, 둘째는 내가 그의 삶과 관련된 여러 기록들 중에서 사실과 허구를 정확히 가리고 있는가 하는 것이며, 셋째는 과연 그의 삶을 제대로 평가하고 있는가 하는 것이다."[55] 그런데 작가의 말을 정확히 되짚어 읽다보면 작가가 언급한 세 가지 층위에 대한 의문을 가지게 된다. 기록으로 한 사람을 온전히 복원할 수 있는가, 사실과 허구의 경계라는 것이 정확하게 가려질 수 있는가, 마지막으로 사람의 삶을 제대로 평가할 수 있는가 하는 의구심이 그것이다. 세상의 어떤 기록으로 한 사람을 담아낼 수 있을 것이며, 사실과 허구의 경계가 그토록 명쾌하게 나뉠 수 있는 성질의 것인지에 대한, 마지막으로 사람의 삶은 평가에 앞선 온전한 이해가 앞서야 하는 것은 아닌지에 대한 의문을 제시할 수 있는 것이다.

김탁환은 소설의 서두나 말미에 흔히 있는 '작가의 말'에 논문이라 해도 손색이 없는 「창작 보고서」를 첨부하였는데, 「창작 보고서」에는 다음과 같은 내용이 포함되어 있다.

제 작품은 대중성과 주석판, 이렇게 두 가지 판본으로 세상에 나

---

55 김탁환, (창작 보고서) 「실존인물의 삶을 어떻게 그릴 것인가?」, 『나, 황진이』, 푸른역사, 2006, p.311.

갑니다. 본문보다 많은 각주가 붙은 책의 출간을 고집한 것은 역사소설도 이제는 야사 위주의 짜깁기로부터 탈피하여 철저한 고증과 문체미학을 추구하여야 한다고 믿기 때문입니다. 문장 하나마다 시 한 수가 겹치는 소설을 쓰는 상상을 오랫동안 해왔는데, 이 작품을 통해 어느 정도는 그 꿈을 이룬 것 같아 기쁩니다.[56]

작가는 '야사 위주의 짜깁기'에서 탈피하여 '철저한 고증과 문체미학을 추구'해야 한다는 자신의 믿음을 고백했다. 그런데 어떤 것이 역사적 사실인지는 남겨진 기록과 문물만으로는 알기 어렵다. 설령, 기록이 남아 있다 하더라도 온전한 역사적 진실을 담보한다고 말하기는 어렵다. 김탁환 자신도 "정사라고 해서 완전히 보편적인 것은 또한 아니다. 정사 역시 오랜 시간 사초를 쓰고 정리하여 사서를 편찬하는 집단의 이익과 밀접하게 연관될 수밖에 없다"[57]고 인정하고 있으니 말이다.

한가지 분명한 사실은 '역사소설이든 역사소설'이든 그것이 소설이라는 장르로 완성되었다면, 이들에 대한 논의는 리텔링된 장르의 특성이라는 전제 위에서 진행되어야 한다는 점이다. 리텔러들에게 역사소설은 매력적인 존재가 분명하지만, 여기에 대해서

---

56 김탁환, '작가의 말', 같은 책, p.345.
57 김탁환, (창작 보고서)「실존인물의 삶을 어떻게 그릴 것인가?」, 같은 책, p.313.

는 여전히 고민과 논의가 필요하다. 그 논의는 역사소설에 대한 경계와 울타리를 더욱 견고하고 세련되게 재단하는 것이 아니라, 서로 긍정적 영향을 주고받으며 성장할 수 있는 방향으로 이어져야 한다.

제2부 古典

재현된 서사, 복원된 서사, 전복된 서사

3장

한국의 신화 리텔링

1. 바리데기, 화해와 치유의 여신

바리데기 신화는 우리나라의 대표적인 무속신화이다.[58] 죽은 자
를 천도하는 의례인 「진오기굿」, 「안안팎굿」, 「오구굿」 등에서 구

---

58 김의숙·이창식은 우리 무속신화의 종류를 다음과 같이 소개하고 있다. "군웅본풀이(왕
장군), 성조본풀이(성조·성주·황유양), 지장본풀이(지장아기)·원청강본풀이(오늘이)·세경본
풀이(자청비)·차사본풀이(강림)·세민황제본풀이, 삼신할머니본풀이, 이공본풀이(할락궁
이), 삼공본풀이(감은장아기), 서귀포 당신(바람운이), 조왕본풀이(여산부인), 오구본풀이
(바리공주, 바리데기), 제석본풀이(당금애기)"(김의숙·이창식, 『한국신화와 스토리텔링』, 북스힐,
2008, pp.203-368).

연되는 우리나라의 「바리데기」 서사무가敍事巫歌는, 태어나자마자 버려진 막내 공주가 다시 돌아와 부모님을 위해 저승으로부터 생명수를 가지고 돌아온다는 이야기를 담고 있다.

「바리데기」 서사무가는 우리나라 전역에 걸쳐 전승되어왔다. 서울에서는 「바리공주」, 경상북도 안동에서는 「비리데기」, 전라도 광주에서는 「바리데기」, 전라남도 고흥高興에서는 「오구물림」, 함경남도 홍원洪原에서는 「오기풀이」, 함경남도 함흥에서는 「칠공주」 등의 이름으로 전해져 내려왔다. 이 이야기는 지역마다 제목의 차이만큼 크고 작은 차이를 보인다. 하지만 바리가 일곱째 공주로 태어나 버려진 후, 고된 삶의 여정을 이어나간다는 큰 줄거리만큼은 변함이 없다.

산 자와 죽은 자를 이어주고, 저승까지의 길을 안내하는 바리데기는 이제 더 이상 저승길의 여신이 아니다. 바리는 때로 지옥과도 같은 고통스러운 현실에서 사람들을 위로하고, 화해시키고 치유를 해주는 소녀 또는 여신이기도 하다. '바리데기'는 시詩, 소설, 드라마, 뮤지컬, 연극으로 수없이 변주되었고, 오늘도 그 길 위에 있다.

1) 바리를 위한 노래들 _ 강은교의 시

바리데기 서사는 장르를 구분하지 않고 다양한 방식으로 다시 쓰기 되어 온 소재 가운데 하나이다. 시인 강은교는 「바리데기의 여행旅行 노래」라는 제목으로 바리공주의 외롭고 거친 삶을 그려냈다. 태어나자마자 버려진 후, 다시 부모를 위해 저승으로 길을 떠나 약수를 구해오는 바리의 삶은 연약한 소녀가 역경을 이겨내는 일종의 영웅담처럼 이해되어오기도 했다. 하지만 버려졌다는 큰 상처와 상실을 안고, 다시 홀로 어둡고 황량한 길을 향해 나아가는 바리의 고통을 그렇게 간단히 요약할 수 있을까?

시인 강은교의 작품을 관통하는 주제 가운데 하나는 "가장 일찍 버려진 자이며 가장 깊이 잊힌 자의 노래"[59]의 주인공인 바리데기이다. 시인은 『풀잎』(1974), 『어느 별에서의 하루』(1996), 『바리연가집』(2014)에 이르기까지 버림받은 소녀 바리데기를 노래한다.

시인은 "바리데기는 망인亡人의 낙지왕생樂地往生을 기원하는 무가巫歌로서, 산중山中에 버림받은 오구대왕大王의 일곱째 딸 바리데기가 죽은 부모를 살려내기 위해 저승에서 약수를 구해오는 줄거리로 쓰여 있다"[60]는 간단한 주를 달아, 이야기의 커다란 줄거리를 소개했다. 죽은 부모를 위해 약수를 구해오는 소녀는 용감한 영웅이거나, 구도자일 수도 있다. 시인은 바리데기를 불러와 '여행'을 시작한다. 그 여행은 버림받고 저승까지 다녀와야 하는 무거운 삶

---

59 강은교, 『어느 별에서의 하루』, 창비, 1996, p.94.
60 강은교, 『풀잎』, 민음사, 1974.

의 짐을 진 소녀의 오롯한 몫이다. 시인은 찢기고 상처 입은 바리
의 삶을 폐허에서 다시 쌓아 올린다.

오늘 아침 바람은
어느 쪽에서 부는지
한 모랭이 두 모랭이
삼세 모랭이 지나가면
사람 걷는 소리는
산山 쓰러지는 울음으로 변하고
누워 있는 땅은 조금씩
아, 조금씩 흔들리는데
몸 덥힐 햇빛도 없는 곳에서
길은 한 켠으로 넘어진다.
(강은교, 「바리데기의 여행旅行 노래: 일곡一曲·폐허廢墟에서」 일부)

저 혼자 부는 바람이
찬 머리맡에서 운다.
어디서 가던 길이 끊어졌는지
사람의 손은
빈 거문고 줄로 가득하고
창밖에는

구슬픈 승냥이 울음소리가
또다시
만리길을 달려갈 채비를 한다.

(강은교, 「바리데기의 여행旅行 노래: 삼곡三曲·사랑」 일부)

바리가 삶을 시작하는 곳은 폐허다. 무덤에서 일어나 길을 떠나야 하는 바리에게 인생의 길은 희망의 여정이 아니라, 순례의 길이다. 순례의 길은 계속 이어진다. 길을 걸어야 하는 숙명을 지닌 바리에게 순례의 길은 외롭고 고단하다. 저 혼자 부는 바람, 빈 거문고 줄, 승냥이 울음소리는 어떤 것도 그녀에게 위로가 되지 못한다. 그들은 끝나지 않는, 그만둘 수 없는 순례의 길을 더욱 황량하게 만든다.

혹자는 그간 아무도 주목하지 못했던 버림받은 슬픈 공주의 이야기가 시인에 의해 처음으로 발견되었다고 말하기도 한다. 그렇다! 발견이다. 수없이 많은 이야기들 속에서 건져 올린 이야기, 그러나 폐허 속에서 시작할 수밖에 없는 이야기. 긴 시어詩語의 행간에는 가도 가도 서러운 길, 눈물을 흘리며 걸어야 하는 상처투성이 소녀의 목소리가 실려 있다. 시인은 꽃밭에서 들려오는 긴 발자국 소리를 통해 캄캄한 밤을 지나는 바리를 위로한다.

곧 쥐들이 일어나니라.

그대 등 뒤에서

가장 오래 기어다니던

저 쥐가 이 땅을 정복하리라.

그래도 그냥 두어

어찌 하겠는가

비가 내리고 밤이 온다.

누울 자리를 찾는 사람의

긴 발자국 소리가

꽃밭에서 들려온다.

정말 천국天國이 가까워진다.

(강은교, 「바리데기의 여행旅行 노래: 오곡五曲(캄캄한 밤)」 일부)

　2014년 시인은 다시 『바리연가집』이라는 제목의 시집을 발표했다. 여기에는 거칠고 황량한 세상을 걸어가는 나, 너, 그, 그녀, 영주 언니, 논개, 당신들의 이야기가 실려 있다. 버림받고 고통 받는 사회적 약자들, 개별적 이름으로 호명되는 그들은 모두 '또 다른 바리'들이다.

　나는 사회적 약자

　그늘을 매단 꽃잎들아, 가까이 더 가까이

나는 소수자

새벽을 입에 문 등불들아, 가까이 더 가까이

여기 와서 부드러워지는 평화들아, 희망들아

가까이 더 가까이

(강은교, 「가까이 더 가까이」)[61]

　시인은 바리만을 보면서 노래하지 않는다. 버림받고 고통받았던 바리의 삶은 이 세상을 살아가는 사람들, 무엇보다 그녀 자신의 삶을 투영하는 창이다. 삶은 결국 홀로 걸어야 하는 고단하고 외로운 길이다. 효도의 미담을 걷어내면, 오랜 시간 동안의 길 위에는 가도 가도 끝나지 않는 길을 걷는 한 소녀가, 여전히 길에서 서성인다. 하지만 그녀는 오랜 시간 동안 황량했던 길 위로 평화와 희망을 불러낸다. 시인은 길고 긴 순례의 길 끝에서 무수히 버림받았던 사람들을 불러내 위로를 건넨다.

---

61 강은교, 『바리연가집』, 실천문학사, 2014, p.78.

2) 세상의 고해苦海를 건너는 21세기의 바리 _ 황석영의 『바리데기』[62]

오랫동안 구전되어오며 사람들을 위로했던 노래, 죽은 자의 넋을 위로하는 우리 신화 바리데기는 작가 황석영에 의해 소설 『바리데기』로 다시 쓰였다. 작가는 버려진 막내 공주의 저승여행이라는 '바리데기'의 기본 골조는 유지하면서도 고통의 의미를 담은 새로운 이야기로 완성하였다.

황석영의 『바리데기』는 자신의 의지나 선택과는 무관하게 북한에서부터 중국을 거쳐 영국까지 흘러들어간 한 소녀, 바리의 이야기이다. 바리가 자본주의, 전지구화, 세계화라는 도도한 흐름 속에 던져져 타의적, 강제적 이주를 온 몸으로 경험한 이야기이기에, 이 다시 쓰기에는 금세기 극단적 자본주의의 폐해, 이주, 디아스포라 등의 다양한 문제의식이 혼재되어 있다. 또한 가속화된 세계화, 전지구화가 만들어낸 폭력, 강제적 이주, 편견과 오해, 반복과 갈등, 빈곤과 차별 등 세상에서 만날 수 있는 모든 고통이 담겨 있다.

이 이야기가 바리라는 한 소녀의 고통스러운 이야기에 머무르지 않는 것은, 바리를 비롯한 소설 속의 여러 인물들을 고통스럽게 했던 원인과 현상들이 개인의 문제뿐만 아니라 인간관계, 사회

---

62 황석영, 『바리데기』, 창비, 2007.

적 제도 등과 긴밀히 연결되며 중층적이고 복잡한 양상으로 포진되어 있기 때문이다. 그렇기에 『바리데기』 속의 바리가 당하는 고통은 개인의 것이기도 하지만, 분열과 상처, 혼란과 모순의 시대를 살아가고 있는 우리의 것이기도 하며, 더 나아가 세계라는 공동체를 살아가는 모두의 것이기도 하다. 소설로 다시 쓰기 『바리데기』는 세상의 고통에 대한 논리적, 과학적 분석이 아니라, 한 소녀의 인생 여정을 따라가면서 볼 수 있는 관계적 존재이자 사회적 존재인 인간의 고통에 대한 되물음이다.

버려짐의 의미

우리 신화 바리데기는 오구대왕의 분노 속에 태어난 일곱째 공주의 이야기로 시작된다. 비록 공주의 신분이기는 하지만 축복받지 못한 탄생은 버려짐으로 이어진다. 개인의 의지로 선택해서 태어난 삶도 아닌데, 생존할 수 있는 아무런 힘도 없는 갓난아이는 무거운 옥함玉函에 담겨 물에 버려지고, 아이는 평생 아이 없이 살았던 비리공덕할비 부부에게 발견되어 성장한다.

서사무가 속의 바리가 그랬던 것처럼, 소설 속의 바리도 북한 청진의 한 가정에서 환영받지 못하는 일곱 번째 딸로 태어나, 태어나자마자 버려진다. 집에서 기르던 흰둥이가 버려진 바리를 되찾아온 후 바리는 평범하게 성장하지만, 이런 생활은 오래가지 못하고, 경제적·정치적 문제로 가족이 뿔뿔이 흩어지게 되면서 바리는 할머니와 도강渡江하여 중국으로 건너간다. 할머니와 현이 언니의 갑작스러운 죽음 이후, 낙원이라는 안마소, 샹 언니 부부와 함께한 따렌으로의 이주, 밀항을 통한 영국으로의 이주, 차이나타운의 식당, 통킹 쌀롱의 발마사지사로 일하기까지 그녀에게 삶은 버려짐이라는 이름과 크게 다르지 않다.

영국에서 무슬림인 알리를 만나 결혼하고 비로소 행복을 꿈꾸는가 싶었지만, 남편 알리가 국제테러에 연루된 동생을 찾아 나서면서 혼자 아이를 낳아 키우는 상황에 놓이게 된다. 한 번 버려진 바리공주가 부모와 극적으로 재회한 후, 부모를 위해 저승길을 떠난다는 원래의 이야기와는 달리, 작품 속의 바리는 반복하여 버림받는다. 태어나자마자 버려지고, 할머니의 죽음으로 다시 버려지고, 밀항해 도착한 영국 땅에서 유일한 끈이었던 샹과 헤어지면서 또 다시 버려진다. 결혼한 이후 알리가 동생 우스만을 찾으러 가면서 또 버려지고, 바리가 낳은 아이가 사고로 먼저 세상을 떠나면서 그녀는 또 다시 혼자가 되어 세상 속에 비참하게 버려진다.

지옥길, 그 낯익은 여정

태어나자마자 버려졌기에 '바리'라는 이름을 받은 그녀는 숙명처럼 반복되는 '버려짐'의 고통을 경험한다. 점차 커지는 고통의 끝에는 저승 여행이 기다리고 있다. 신화 속의 바리공주는 부모님과 재회한 후 환송과 응원을 받으며 길을 떠났지만, 바리는 남편

없이 혼자 낳은 딸까지 잃은 가장 고통스러운 순간에 여정을 시작한다. 더 내려갈 수 없는 가장 낮은 자리, 가장 비천한 자리, 가장 고통스러운 자리에서 바리의 여행이 시작된다.

우리 신화 속의 바리데기가 칼산지옥, 불산지옥, 독사지옥, 한빙지옥, 구렁지옥 등 여러 겹의 지옥을 거쳐야 했던 것처럼, 바리가 건너야 하는 지옥도 여러 겹이다. 할머니와 칠성이의 도움을 받아 도착한 배의 망루에서 선 바리는 세 개의 지옥바다, 즉 불바다와 피바다, 모래바다를 지나야 서천의 끝인 무쇠성에 도착할 수 있다. 인간들이 지어놓은 세상이 그대로 반사, 투영, 압축된 지옥은 이 세상의 고통이 그처럼 복잡하고 중층적이라는 것을 말해준다.

그녀는 불바다와 피바다를 지나는 배에 탄 사람들의 실체를 두 눈으로 확인한다. 그들은 산 채로 지옥바다를 건너는 바리에게 끊임없이 질문을 던지지만, 바리는 어떤 질문에도 제대로 대답하지 못한다. 비참하게 죽어간 사람들을 바라보며 바리는 그것이 각자의 잘못 때문이라는 섣부른 대답도, 비난도 하지 않는다. 바리는 저승을 여행할 수 있는 특별한 능력을 지닌 영매靈媒지만 그들을 위로하고 구원할 힘도 능력도 없다. 다만 바리는 그들의 피맺힌 하소연과 질문을 들어주고, 돌아올 때 알려주겠다는 대답을 남긴다.

지옥바다에서 바리를 가장 괴롭게 했던 것은 그녀를 고통스럽게 했던 사람들과의 대면이다. 모든 사람들에게 관대했지만, 여전히 한 인간에 불과한 그녀 역시 증오와 원망의 굴레에서 벗어나지 못했다는 것을 깨닫는다. 바리는 사람들의 고통을 이해했던 영매였지만, 자기의 고통조차 해결하지 못한다. 삶과 죽음이라는 보편적인, 그러나 언제나 숙연하고 엄숙한 질문 앞에서 바리는 아무런 대답도 하지 못한다.

생명수, 그 낯익은 물맛

바리는 영매지만, 작가는 영적 세계 또는 신적 세계에서의 해답 찾기를 보류한다. 작가는 삶과 죽음을 엄숙하게 설교하고, 구원을 선포하지만 결국 서로를 인정하지 못해 반복과 분열을 반복해온, 여전히 반복하고 있는 모든 종교의 허위를 비판한다.

버려짐의 깊은 고통을 알았던 바리는 설교나 상담, 가르침의 선포가 아닌 정반대의 길을 걷는다. 발마사지사가 된 그녀는 사람들의 발을 만지며 그들의 삶과 마음의 바닥과 고통을 읽어낸다. 바리는 인간의 고통에 대해, 구원에 대해 '아는 척'하지 않고, 세상의 고통에 대한 무지를 그대로 노출시키며 사람들과 소통한다.

고통에 대한 숱한 질문을 받으며 불바다, 피바다, 모래바다를 지나 서천의 끝인 무쇠성에 들어간 바리가 노인으로 변한 마왕에게 생명의 물에 대해 묻자, 마왕은 그런 보물은 없고, 다만 밥해 먹는 흔한 물뿐이라고 대답한다. 천신만고 끝에 도착한 무쇠성의 마왕에게서 얻은 대답이란 그처럼 실망스러운 것이었다. 실망한 바리에게 길을 안내하던 까막까치는 까르르르거리며 바리가 먹고 실망한 그 물, 고향산천의 샘물 같이 달고 시원한 물맛뿐인 그 물이 바로 생명수라고 말한다.

> "생명의 물 따위는 없더라. 까르르르 멍텅구리 네가 마신 그게 그거. 아무도 가져올 수 없지, 생명의 물은."(황석영, 280)

소중하게 생명수를 얻어왔던 무가巫歌 속의 바리는 없다. 생명수는 바리 할머니와 무쇠성 마왕의 입을 통해 언급된 것처럼 밥 지어 먹고, 빨래하던 그 평범한 물이다. 생명의 약수는 바리의 몸 속으로 들어가 바리의 몸과 하나가 된다. 작가가 말하는 생명수란, '나'와 분리되어 존재하는 것이 아니라 '나'와 한 몸이 되었을 때 비로소 그 힘과 의미를 가지게 된다. 바리는 세상의 바닥을 경험하고, 깊고 쓰린 고통을 겪었기에, 자신과 타인을 위해 눈물을 흘릴 수 있었기에 비로소 진정한 치유자가 될 수 있었다.

다시 지옥의 바다를 건너갈 때, 배에 타고 있던 사람들이 바리에게 고통의 이유를 다시 묻는다. 그러자 바리 속에서 어떤 목소리가 세상의 고통은 욕망과 반쪽짜리 정의, 전통이라는 이름의 폭력, 절망 때문이라고 대답한다. 그리고 바리는 그녀 안에 켜켜이 쌓여 있던 증오의 실체와 대면하게 된다. 바리는 영매인 자신조차도 완전한 인간이 아니며 미움과 절망에서 벗어나지 못하는 한 사람에 불과하다는 것을 깨닫는다.

바리의 내면에 숨겨졌던 고통은 바리의 개인적인 잘못에서 비롯된 것이 아니라, 지구화적인 자본화, 인종과 민족의 반목, 종교적 갈등이 빚어내는 세상 속에서 살아가야 하는 개인에게 던져진 고통이다. 홀로 살아가는 세상이 아닌 세상 속에서 개인은 그 자체로 피해자이자 가해자이다.

방울과 삼색 꽃가지를 들고 건넜던 험난한 길의 끝에서 바리가 발견한 생명수의 정체는 밥도 해 먹고 빨래도 하는, 도처에 널린 흔한 물이다.

> 생명수 달랬더니 그 놈에 장승이가 말하는 거라, 우리 늘 밥해 먹구 빨래허구 하던 그 물이 약수다. …… 떠온 생명수를 뿌레주니까니 부모님도 살아나고 병든 세상도 다 살아났대. (황석영, 81)

생명수는 삶의 일상성 그 자체이다. 일상의 물이 생명수였다는 것은, 결국 우리가 찾아야 할 고통에 대한 대답이 책이나 종교인 입에서 얻어지는 것이 아니라 각자의 삶에서 스스로 질문하며 얻게 되는 깨달음임을 말해준다.

새로운 정체성, '세계시민'

탈북 소녀 바리가 북한과 중국을 거쳐 영국에 정착하기까지,

또 정착한 이후에도 끊이지 않는 고통은 그 근원이 개인의 문제라는 씨앗에서만 자라지 않는다는 것을 말해준다. 세상의 고통이 '우리'의 잘못 때문이라는 압둘 할아버지의 대답은 인간 개인의 삶뿐만 아니라 인간관계와 사회에 공동의 책임이 있다는 것을 의미하는 동시에, '나'에서 '우리'로 시야를 확대하길 바라는 작가의 요청이기도 하다.

상처 입은 치유자 바리의 지난한 지옥 여정, 그것은 고통받는 사람들에 대한 작가의 연민이자 위로이다. 또한 일상의 생명수를 마시고 살아가는 우리 모두에게 상처 입은 치유자의 역할을 요청하는 작가의 바람이기도 할 것이다. 작가는 우리가 지향해야 할 세계란 민족주의, 애국주의, 국가주의 등의 경계를 뛰어넘어 모든 사람이 배려와 관심의 대상이 되는 세계이며, 그 속에서 살아가는 사람들의 정체성은 '세계시민'이라고 말한다.[63]

작가는 서사무가 「바리데기」에서 전통적 의미의 효孝라는 미담은 걷어냈지만, 그 대신 '세계시민'의 탄생이라는 새로운 미담을 제시하고 있다. 전통적 사회에서 '효'가 병든 아버지를 구한다는 단선적인 이해에서 벗어나 가족과 공동체를 유지시킨다는 의미가

---

63 (황석영 인터뷰) "세계가 공유하는 '문예사조' 따위는 없습니다. 자신과 한반도의 현재의 삶을 세계 사람들과 공유하려는 것이 작가가 국경이나 국적 따위에 구애받지 않는 '세계시민'이 되는 길입니다." 황석영, 「분쟁과 대립을 넘어 21세기의 생명수를 찾아서」, 『바리데기』, p.298.

있었다면, 탈북소녀 바리가 구현해낸 세계시민 역시 개인의 고통을 관조하고 타인의 고통을 이해함으로써 이전보다 더욱 확장된 유연한 인류공동체, 화해와 용서의 세계, '질서를 가진 전체의 세계'를 제시한다.

인간의 고통에 대한 사회적, 과학적 분석과 해답도 필요하지만, 인간과 고통에 대한 성찰은 인류 공동체라는 토대 위에서 비로소 건강하게 싹틀 수 있다. 작가 황석영에 의해 다시 쓰기 된 바리공주는 21세기의 고해苦海를 건너는 여신이자, 상처 입은 치유자, '우리'의 진정한 의미를 제안하는 세계시민이다.

3) 새로운 구원과 화해 _ 박정윤의 『프린세스 바리』[64]

삶, 생生과 사死의 아슬한 경계

박정윤 작가의 『프린세스 바리』는 바리의 서사무가를 현대적 버전으로 그려낸다. 이 이야기는 연탄공장 사장 집에서 환영받지 못하는 일곱째 딸로 태어나 끝내 산파의 손에 버려진 바리의 이야기로 시작한다. 산파였지만 정작 아이를 낳지 못해 상실감을 느꼈던 산파는, 연탄공장 사장의 아내가 일곱째 딸을 낳자 아이를 달라고 제안한다. 세상을 덮을 듯 눈이 내리던 날, 산파는 아기를

---

64 박정윤, 『프린세스 바리』, 다산북스, 2012.

데리고 사람과 공장이 밀집해 있는 인천 부둣가에 도착해 터를 잡고, 아기에게 바리라는 이름을 지어준다. 자본이 밀물처럼 들어왔다가, 썰물처럼 빠져나간 황폐한 도시가 바리의 고향이 된다.

버림받은 소녀 바리는 소녀 때부터 죽은 영혼을 인도하기 시작한다. 짓궂은 사내아이들의 장난 때문에 열차에 깔려 죽은 갈매기의 영혼을 인도하기 시작한 것이 최초의 의식이었다.

나는 갈매기를 동산과 맞닿아 있는 수돗가로 데려가 한 점씩 들어 흩어진 살과 내장을 씻었다. 산파가 키우는 약초밭으로 가 흙을 파내고 약초 밑에 갈매기 살점을 묻었다. 어떤 약초인지 몰랐다. 약초 뿌리에서 나온 기운이 갈매기에게 효과 있을 거라 생각했다. 달궈진 쇠에 짓눌려 급작스럽게 죽었지만, 미처 빠져나가지 못한 혼이라도 천천히 약초의 향을 마시며 달래지기를 바랐다. 그것이 최초로 내가 혼을 죽음의 공간으로 인도한 것이었다. (박정윤, 58-59)

황량한 도시에서 산파, 산파의 친구인 토끼 할머니와 함께 살았던 바리가 두 번째로 인도했던 영혼은 다름 아닌 산파였다. 약초를 팔아 돈을 벌어 바리를 키웠던 산파는 자신의 온 몸에 암이 퍼져 손쓸 수 없는 지경에 이르자 바리에게 약초와 독초 쓰는 법을 자세히 알려주고, 바리 곁에서 죽음을 청했다. 바리는 산파가 원하는 대로, 고통으로 무너지는 산파의 몸에 조용히 독초의 독을 흘려 넣었고 산파를 고요한 죽음으로 인도해주었다.

다시 버림받은 바리, 버림받은 사람들

산파가 죽자 산파의 친구인 토끼는 친부모의 존재를 알려준다. 학교조차 한번 가본 적이 없는 바리는 성폭력이라는 끔찍한 과정을 거치며 대관령을 넘어 친부모를 찾아간다. 그러나 바리데기 신화와 달리, 바리의 가족들은 그녀 없이 행복한 삶을 살고 있었다. 자신이 끼어들 자리가 없다는 것을 확인한 바리는 타인이지만 가족이 되어준 사람들이 있는 잿빛 도시로 되돌아온다. 그들은 삶의 모습은 다르지만 모두 버림받은 사람들이었다. 아이를 낳지 못해 이혼한 산파, 팔리다시피 해서 이른 결혼을 했지만 끝내 홀로된 토끼, 유부남 세훈을 따라 중국에서 온 화얌, 참깨 자루에 실려 밀입국한 화얌의 딸 나나진이 그랬다. 옐로우하우스에서 몸을 거래하여 가족을 부양했지만, 끝내 가족에게 외면당한 연슬의 삶이, 친모에게 버림받은 바리와 청하의 삶이 그랬다.

산파가 죽었지만 바리의 삶은 계속되었다. 어른이 된 바리의 곁에는 굴뚝청소부 연인인 청하가 있었고, 청하사 할머니, 나나진과 연슬 언니, 토끼 할머니가 있었다. 친모에게 버림받아 할머니 손에서 자란 청하는 흔한 이벤트 하나 없이 바리에게 아이를 낳아달라며 청혼을 한다. 마치 서사무가 속의 무장승이 바리에게 아들을 낳아달라고 한 것처럼 말이다. 그들은 다만, 그들이 아이를 낳으면 절대 버리지 말자는 약속을 할 수 있을 뿐이었다.

"나는 바리 처음 만났을 때부터 무조건 좋았어. 아니 바리를 만나기 전, 우리가 둘 다 아기였을 때 봤어도 좋았을 거야. 바리를 위해서라면 뭐든지 다 해주고 싶어. 내가 줄 수 있는 거라면 배를 갈라 심장까지 꺼내줄 수 있어. 아직 고백이 끝나지 않았는데 졸려."

(……)

"어, 나도 그래. 나도 아기 때 봤다면 그때부터 청하 좋아했을 거야. 있잖아, 나는 두 번 버림받았어. 우리 아기를 낳으면 절대 버리지 말자."(박정윤, 200)

바리가 아이를 가진 뒤, 청하와 바리는 성당에서 간단한 결혼식을 올린다. 그들은 기도하면서 어떤 일이 있어도 아이를 버리지 않겠다고 기도했다. 바리는 뱃속의 아이에게 '버림받음'이라는 고통과 슬픔을 물려주지 않겠다고 다짐한다.

죽음의 길, 그 위의 인도자

주변 사람들의 죽음에서 이상 징후를 포착한 것은 토끼였다. 바리는 산파, 연슬, 청하사의 죽음을 발견한 첫 번째 목격자였고, 그들은 하나같이 연탄불을 피워놓고 죽었다. 실제로 산파, 연슬 언니, 청하사 할머니, 영감은 바리가 죽음의 길로 인도한 사람들이었다. 바리는 죽음으로 다가가는 그들의 곁에서 몸을 만지고 노래를 불러주었다. 죽음을 바라는 이유는 달랐지만, 그들은 바리가 들려주는 이야기와 노래 속에서 편안하게 죽음을 맞았다.

청하사 할머니는 죽는 것이 소원이라고 말했다. 할머니는 태어나서 처음으로 제 살과 뼈보다 아끼고 싶은 인연을 만났다고 했다. (……) 노인이 죽었을 때 청하사 할머니는 살고 싶지 않았다. (……) 죽음을 겁내지 않았다. 입에서 거품이 흘러나왔고 손으로 가슴을 쥐어뜯었지만 눈은 고요했다. 불안해하지 않았다. 청하사 할머니의 사랑은 두려움이 없었다. (박정윤, 127-129)

청하사 할머니는 청하에게 남기는 마지막 편지를 썼고 마지막까지 평온한 표정으로 저세상으로 갔다. 말을 할 수 있을 때 나에게 고맙다, 라고 말했다. 모든 근육과 혈관이 죽음을 받아들였고 죽음을 간절히 원하고 있어 어렵지 않게 인도해주었다. (박정윤, 50-51)

"오늘 죽어버리려 했는데, 도저히 못그러겠더라. (……) 그치들, 나 여기 있는 거 다 알아. 낼모레 새벽 또 데리러 올 거야. 도망갈 곳도 없어, 죽어버리고 싶어, 진짜."
"언니. 내가, 내가 도망갈 곳으로 인도해줄게. 내가 죽여줄게."(박정윤, 243)

바리는 더 이상 살고 싶지 않은 사람들을 위해 약초를 섞고, 독을 몸으로 흘려보냈다. 죽고 싶은 이유는 모두 달랐지만, 그들은 차라리 삶보다 죽음을 원했다. 그들에게 진짜 지옥은 고통받으며 살아가는 이 세상이기 때문이다. 바리는 그들의 소원을 들어주는, 그들을 죽음까지 편안히 데려다주는 조력자가 된다. 바리는 현실이라는 가장 끔찍한 지옥을 건너고 싶어 하는 사람들에게 기꺼이 죽음의 사제가 되어준다. 그러나 바리는 영감의 죽음을 마지막으로, 모든 약초를 태워버리고 이 일을 끝내기로 결심한다. 그녀의 몸속에서 새로운 생명이 자라기 시작했기 때문이다.

또 다른 구원과 치유

바리의 새로운 다짐과 따뜻한 행복도 잠시, 바리는 청하의 죽음으로 다시 버림받게 된다. 바리는 나나진, 토끼와 함께 그녀에게 상처를 남긴 도시, 무수한 공장 굴뚝이 있는 황폐한 도시를 떠난다. 그러나 완전한 떠남은 아니다. 바리는 다시 이 도시로 돌아올 것이라고 말한다.

부모에게 버림받은 아이가 아버지를 위해 저승길 너머의 약수를 구해오는 서사는 그대로 재현되지 않았다. 바리를 버린 가족은 행복했고, 그녀는 끼어들 자리를 끝내 찾지 못했다. 원래의 서사대로라면 그녀는 불행에 빠진 가족을 위한 구원자가 되어야 했으나, 그녀의 가족은 완벽하게 행복했다. 이렇게 바리는 처절하게 두 번 버려졌고, 청하의 죽음으로 또 다시 버려진다. 바리가 살아야 하는 현실, 자본이라는 괴물이 모든 것을 삼켜버린 세상은 지옥과 다르지 않았다. 청하가 공장 굴뚝에서 죽은 뒤, 바리는 공장 굴뚝이 보이지 않는 곳에서 살기를 바란다. 이어 마음을 다잡으며 말한다.

> 편안하게 죽음으로 인도하는 절차 따윈 없이 신속하게 사용할 수 있는 강력한 독초를 법제할 것이다. 그리고 돌아올 것이다. 청하의 아이를 데리고, 굴뚝이 있는 이곳으로. (박정윤, 332)

강력한 독초를 법제하는 법을 배워, 청하를 삼켜버린 도시로 다시 돌아오겠다는 바리의 마지막 다짐을 어떻게 읽을 수 있을까? 자본에 잠식된 도시 속의 수많은 사람들, 연슬을 괴롭혔던 사내들과 바리를 협박했던 녹쇠, 청부 살해도 서슴지 않는 그들, 청하를 죽음으로 내몬 사람들에게 준비된 구원은, 그저 선량한 용서와 화해가 될 수 없다고 말하는 듯하다.

바리는 사람들의 삶을 삼켜버린 공장이 있는 이곳으로 죽음의 사제가 되어 돌아올 것이다. 효심이 깊은 소녀, 저승까지 가는 길을 인도했던 소녀는, 지옥으로 변해버린 자본주의라는 현실 속에서 결코 고전적이지 않은 역설적 구원의 사제가 된다.

| 그들의 다시 쓰기 |

바리데기 신화 리텔링은 아들을 바라는 부모의 간절한 소원에도 불구하고 딸로 태어나 버려지는 막내, 모진 시련과 고통을 거친 후, 죽음의 길 위에서 사람들을 인도하는 존재가 되었다는 바리 서사무가의 스토리를 그대로 따르고 있다. 그러나 '죽음으로 인도하는 방법'에 있어서는 꽤나 다른 모습을 보여준다. '어떻게 죽음으로 인도하는가'의 문제는, 결국 '어떻게 삶을 살아갈 것인가'의 문제와 닿아 있기 때문이다.

바리의 이야기에서 무엇을 덜어내고 보탤 것인가의 문제는 그것을 리텔링하는 사람의 의도에 달려 있다. 또한 그것이 음악, 뮤지컬, 연극, 게임 등과 같이 자본을 통해 소비되는 것이라면, 현대인들의 욕망을 반영할 수밖에 없다. 강은교는 느슨한 시어詩語의 행간에 순례자의 고통을 촘촘히 새겨두었다. 바리의 여정은 부단히 버려지는 사회적 약자가 걸어야 하는 길과 크게 다르지 않다.

황석영은 소설 『바리데기』에서 버려짐 끝에 영국까지 흘러들어간 탈북자 소녀의 이야기를 그려냈다. 북한에서 중국으로, 다시 밀항하여 영국의 불법 이민자로 살아가면서 이슬람교를 믿는 알리의 아내가 되기까지의 과정은 한 소녀가 겪어내기에는 험난하다. 고통의 여정 속에서 바리는 끊임없이 버림받는다. 이 소설은 부단히 '버려진 약하고 여린 소녀, 다시 떠안게 된 고통과 극복,

죽음의 길 위에서 사람들을 돕는 여신'이라는 구도는 같으면서도, 이야기의 배경을 전세계로 확대하여, 화해와 용서의 의미를 새롭게 담아내고 '세계시민'이라는 정체성을 제시한다.

반면 박정윤의 소설 『프린세스 바리』는 수인선이 끊긴 인천의 작고 쇠락한 항구의 작은 마을을 배경으로 한다. 자본의 유입으로 번성했다가, 자본이 썰물처럼 빠져나가면서 황폐해진 도시에는 가난하고 상처받은 사람들이 남아 그곳을 지킨다. 버려진 바리뿐만 아니라, 그곳에는 다양한 이유로 버림받은 사람들이 살고 있다. 바리는 지옥과 같은 삶을 더 이상 견딜 수 없는 사람들을 위해 독초를 법제하여, 그들을 죽음의 길로 인도한다. 바리는 아이를 가진 이후, 생명을 거두는 일을 그만두기로 결심하지만 남편이 굴뚝에서 죽은 후, 바리는 더욱 강렬한 죽음의 사제가 되겠다고 결심한다. 자본을 닮아가는 괴물들을 위한 구원, 그들과의 화해는 다른 방식으로 이루어질 것이라고, 그래야 한다고 말하고 있는 듯하다.

다시 쓰기 된 바리의 이야기는 서로 다른 시공간을 배경으로 하고 있다. 그러나 버림받은 소녀의 이야기, 세상에서 가장 낮고 비천한 곳에서 길을 걷는다는 점은 변하지 않는다. 바리는 고통스럽고 거친 삶을 살아가며, 산 자를 죽음으로 인도하고 죽은 자를 저승까지 인도하는 여신이다. 삶과 죽음 사이를 오가는 소녀의 이야기, 각기 다른 버전으로 이루어진 구원과 화해의 메시지는 삶과 죽음의 의미라는 묵직한 주제를 모두에게 던진다.

2. 아랑, 끝나지 않은 이야기

소녀의 한 가지 소원

『한국 문학 대사전』에는 아랑에 대한 전설이 다음과 같이 기록되어 있다.

아랑阿娘의 본명은 윤정옥尹貞玉으로 경상도 밀양 군수의 딸이었다. 어려서 어머니를 여의고 유모 밑에서 자란 아름다운 처녀로, 음흉한 유모와 백白가라는 통인通引이 음모하여 어느 달 밝은 밤에 아랑을 욕보이려 하였다. 아랑은 통인의 야욕에 항거하다가 끝내는 통인의 칼에 맞아 죽어, 대밭에 버려진다. 이런 내막을 모르는 아랑의 아버지는 아랑이 외간 남자와 내통하다 함께 도망친 것으로 알고 벼슬을 버린 채 집으로 돌아갔다.

이로부터 밀양에서는 새로 부임하는 군수마다 첫날밤에 의문의 시체로 죽어 아무도 밀양 군수로 부임하길 원하지 않게 되었다. 하는 수 없이 조정에서 밀양 군수를 널리 모집하자 이상사李上舍라는 배짱이 좋은 사나이가 자원하여 왔다.

이상사는 부임 첫날밤 나타난 아랑의 원혼으로부터 억울한 죽음을 전해 듣고 원한을 갚아줄 것을 약속한다. 그런 일이 있은 지 삼일 후에 백가를 잡아 엄벌하고, 아랑의 시체를 찾아내어 후히 장사지내자 그 후로는 아무런 사고도 없었다고 한다. 지금도 밀양에는 아랑의 혼백을 모신 아랑사가 있다.[65]

　비명非命에 죽은 아름다운 처녀, 딸이 외간 남자와 내통하다 도망쳤다고 생각해서 벼슬을 버리고 떠난 아버지, 의문의 죽음을 맞는 후임 군수들, 용감한 이상사의 등장과 해피엔딩이 아랑전설의 큰 줄거리이다. 등장인물의 변화는 있지만, 비명에 죽어 신임 사또가 부임할 때마다 나타나 하소연하는 아랑의 목소리는 변함이 없다. 부임 첫날, 비명횡사하는 신임 부사의 이야기가 시작되면, 듣는 사람들은 그것이 아름다운 밀양의 영남루嶺南樓를 배경으로 한 아랑전설이라는 것을 금세 눈치 챈다.

　아랑은 밀양 군수의 딸이었다. 어려서 어머니를 잃은 소녀 아랑이 유모의 꾐에 빠져 억울한 죽음을 당했는데, 자세한 사정을 알 방법이 없었던 아버지는 무성한 소문과 추측에 기대어 사랑하는 딸을 오해하고 그 고을을 떠나기에 이른다. 고통스러운 죽음, 추문으로 더럽혀진 이름, 오해에서 비롯된 아버지의 실의는 소녀에게 겹겹의 고통으로 다가온다. 아랑은 억울하다. 음모에 말려들어 칼

---

65 http://www.miryang.go.kr

에 맞아 대밭에 버려진 것도 억울하고, 추문의 진원지가 된 것, 아버지의 오해를 풀어드리지 못한 것도 억울하다.

그런데 어찌된 일인지 그 소녀는 옥황상제를 찾아가지도 않고, 원귀로서의 능력을 과시하며 사람들을 괴롭히지도 않는다. 아랑은 세상에서 당한 억울함을 세상에서 풀고 싶어 한다. 그 소망은 신임 군수가 부임하면 그들을 성급하게 찾아갈 수밖에 없었던 절박한 이유가 되었다.

"한 가지 소원이 무엇이냐?"
"제가 비명에 갔으니 제 원顚을 풀어주십시오."
"단지 그 하나뿐인가?"
"예, 그 하나뿐입니다."

담력 좋은 이상사가 나타나기 전까지 신임 사또들을 급사하게 만든 것은 아랑이 감당해야 하는 또 다른 고통이었을 것이다. 신임 군수들의 무고한 죽음을 보면서도 왜 아랑은 멈추지 못했을까?

어여쁜 규수, 그러나 아랑은 억울하고 고통스러운 소녀. 아랑이 살던 시대나, 지금의 시대에 억울한 소리를 들어줄 사람들은 항상 필요했고, 필요하다. 이름만 다를 뿐, 이 세상에는 수많은 아랑이 살고 있는지도 모른다. 억울한 자들의 눈물과 목소리는 작가들에게 다시 쓰기를 재촉한다.

1) 조선의 과학수사대(CSI) _ 김영하의 『아랑은 왜』

김영하는 아랑전설이 매우 다양한 판본으로 전해져 내려오는 것에 주목한다. 작가는 이야기의 불일치를 '틈'으로 규정하고 있는데, 그 틈은 생각보다 클 때도 있다. 어떤 판본에서는 아랑을 죽인 살인자를 통인通人으로, 또 어떤 판본에서는 관노官奴로 지목하기도 한다. 오랜 시간이 지났음에도 불구하고 범인이 밝혀지지 않은 채, 여전히 궁금증으로 남아 있다. 범인이 밝혀져 그녀의 누명이 벗겨지지 않는다면, 아랑은 편히 눈을 감을 수 없을 것이다.

작가는 이 전설을 역사소설로 완성하겠다는 엄청난 포부를 밝힌다. 아랑의 해원解冤을 요원하게 만든 이 틈을 "그냥 지나쳐서는 곤란"하다고 말하면서, "피살자의 시신을 부검하여 사인을 밝혀내는 법의학자의 자세로 아랑전설을 전면적으로 재검토"하겠다고 선언한다(김영하, 17). 오래된 전설의 전면적 부검! 작가는 과학적 방법으로 그녀의 억울함을 풀어주겠다고 선언한다. 그의 펜은 메스가 되어, 조선시대에 걸맞은 수사관을 소설 속으로 파견한다. 서얼 출신이어서 출세는 언감생심 꿈도 꿀 수 없었던 반쪽 양반, 그래서 자연스럽게 세상에 대한 냉소가 몸에 밴 사나이, 두려울 것도 잃을 것도 없는 자유로운 영혼 억균이 적임자다. 작가를 대신할 종8품의 의금부 낭관이며 억균이라는 이름의 사나이는 의심하고, 증거를 수집하고, 수사를 진행하는 탐정이 된다.

진실 게임

작가는 혼령이 되어 나타난 아랑의 한 마디로 죄인을 찾아내는 심령수사극을 거부한다. 작가는 여러 지역으로 퍼져나간 아랑전설의 판본들을 대조하여 이야기의 다른 화소들을 대조한다. 이야기마다 조금씩 다르기는 하지만, 흥미롭게도 그 이야기들은 나름대로 그럴듯한 이야기의 구조를 갖추고 있어서, 윤색이 되어도 사람들을 매혹시키는 마력이 있다.

작가는 전설 속의 이상사에 대해 괜한 의문을 갖는다. 전설 속의 이상사는 한밤에 혼령으로 나타난 아랑의 한 마디에 범인을 체포했다고 설명하지만, 젊고 합리적인 수사관 억균은 그렇게 할 수 없다. 이것은 심령극이 아니기 때문이다. 그는 과학적이고 합리적인 방식을 추구한다.

다시 쓰기 된 이야기에서 억균이 만난 사람은 『정옥 낭자전』에 등장하는 의관醫官 김령이다. 증거를 통해 합리적 결론을 도출하려는 근대적 의미의 탐정인 억균. 마치 셜록 홈스에게 존 왓슨이 있었던 것처럼 억균에게는 의관醫官 김령이 있다. 전임 부사의 딸인 아랑의 죽음과, 신임 부사들의 잇따른 죽음. 살인사건을 위해 파견된 이방인에게 친절은 제공되지 않지만, 과학적이고 합리적인 수사를 목표로 한 억균은 개의치 않는다. 과학적 수사방식의 그물에 걸려든 것은 검시보고서다. 억균은 의관 김령의 도움으로 가장 과학적이고 합리적이어야 할 보고서가 허술하다는 사실을 발견하고, 조사를 시작한다. 기록과 증거가 수집되면서, 사건의 진상이 조금씩 드러나기 시작한다.

이 사건의 진실은 이렇다. 밀양의 신임 부사 윤관에게 잘 보이고 싶었던 호장은 자신의 딸 아랑을 윤관의 수양딸로 입양시킨다. 윤관은 아랑을 가까이 두고 희롱할 수 있고, 호장은 지위를 보장받을 수 있으니 서로에게 득이 되는 계산이다. 하지만 여기에서 파토스는 일을 다른 방향으로 몰고 간다. 호장의 딸이자 윤관의 실질적인 첩이었던 아랑이 관노인 안국과 사랑에 빠진 것이다. 분노한 윤관은 아전들과 공모하여 아랑을 죽이고, 윤관은 밀양 땅을 떠난다. 해결이 시급한 제방 수리 문제를 내팽개치고 윤관이 떠나버리자, 아전들은 당장 문책이 돌아올 것이 두려워서, 또 문책 이후 그들이 누리던 호사를 빼앗길 것이 두려워서 또 다른 범죄를 기획하고 저지른다. 아전들은 그들의 죄상을 고발하고 지금까지 누려온 호사를 하루아침에 앗아갈 수 있는 위험인물인 신임 부사들을 차례로 살해한 것이다.

네버 엔딩 스토리

부사의 딸, 신임 부사들의 연이은 죽음은 도시를 공포로 뒤덮었을 것이다. 하지만 문제될 것은 없다. 이때는 과학적 수사보다 그럴 듯한 '소문'이 효과적이다. 연쇄적 죽음이라는 공포의 뿌리에서 시작된 소문은 사람들의 입을 통해 급속히 번져나간다.

규방을 넘어본 적이 없는 고운 아가씨인 아랑이 미련한 관노에게 억울하게 죽임을 당했고 그렇게 죽어 원귀가 된 아랑이 신임 부사들에게 억울함을 호소했다는 이야기로 전해지면서 잔인한 살해사건은 억울하고 애잔한 사건으로 변화한다. 권력과 욕망의 어두운 이중주는 흰 나비의 환상이 덧씌워진 고운 전설이 된다. 그럼 이상사가 봤다는 아랑의 이야기는 거짓에서 나온 이야기일까? 작가는 그것조차 진실이라고 말한다. 이상사는 장독을 치료하는 억균을 찾아가 이렇게 말한다.

소생은 분명 아랑이를 만났습니다. …… 밀양에서 삼십 리쯤 떨어진 곳에서 묵을 때였습니다. 그날, 달이 밝았습니다. 주막에서 술동이를 하나 얻어다가 방에 들여 놓고 한참을 들이켜고 있었는데 난데없이 어린 처자가 가슴에 칼을 꽂은 채로 피를 철철 흘리면서 나타나지 뭐겠습니까? 그 다음은 김 부위도 들어서 아실 겁니다. 그 귀신의 신세 한탄을 다 듣고는, 그것 참 기구하다, 너 참 안됐구나, 내 잘 알았으니 이제 돌아가거라, 그랬더니 귀신이 큰절을 하고는 물러갔습니다. 그것 참 괴이한 일이로다, 하는데 어디선가 새벽닭이 울지 뭐겠습니까? 웬 새벽닭이 이리도 빨리 우는가, 싶어 나가려는데 그만 퍼뜩 눈이 떠지는 게 아니겠습니까? …… 그렇지요. 꿈이었습니다. 옆에는 먹던 술동이가 그대로 있고 어느새 저는 새벽이 될 때까지 자고 있었더란 말이지요. (김영하, 276)

이상사는 아랑을 만났던 게 거짓이 아니라고 말한다. 꿈이기는 하지만 아랑을 만난 것은 분명한 사실이다. 법의학자의 자세로 이 사건을 다루겠다는 작가의 포부대로 사건의 진상은 밝혀졌다. 사건은 끔찍한 살인사건과 소문, 여론, 혼령의 꿈이 만들어낸 기괴한 모자이크다. 작가는 법의학자의 자세로 합리적인 추론을 했지만, 사람들은 여전히 꿈, 나비, 원귀를 이야기한다. 어쩌면 사람들이 입에서 입으로 전하는 이야기는 진실이라기보다는 진실이기를 바라는 바람을 담은 것인지도 모른다. 작가는 이렇게 말한다.

> 몇 가지 자료를 늘어놓고 벌이는 이 상상 게임은 상당히 즐겁다. …… 이쯤에서 짚고 넘어갈 것이 있는데, 그것은 우리가 아랑의 전설을 토대로 어떤 이야기를 새롭게 쓸 수 있을까를, 단지 탐색하고 있을 뿐이라는 것이다. 우리는 이 책의 끝까지 여러 자료들을 검토하고 그것을 통해 이야기를 구성하는 일종의 퍼즐 게임을 계속하게 될 것이다. 누군가는 우리의 책을 바탕으로 새로운 아랑의 이야기를 쓰게 되겠지만 적어도 우리의 책 안에서 이야기의 종결은 없다. (김영하, 203)

작가는 "적어도 우리의 책 안에서 이야기의 종결은 없다"고 말했지만, 책 밖에서도 이야기는 종결되지 않는다. 아랑전설은 관아라는 권력과 욕망이 중첩되는 공간에서 벌어진 사건, 육체적 죽음과 누명까지 감당해야 했던 사회적 약자의 이야기이다. 권력과 욕망에 희생되는 또 다른 아랑이 있는 한, 이 이야기는 끝나지 않을 것이다.

2) 내 얘기를 들어줘! _ 영화 〈아랑〉[66]

피를 흘리며 밤마다 나타나는 아랑의 이야기와 공포영화의 거리는 멀지 않아 보인다. 억울함, 분노, 음모 등의 용어는 공포물과 잘 어울려 보이기도 한다. 또 달리 생각해보면 공포물은 한恨을 풀 수 없었던 소녀가 원귀가 되어 나타난다는 이야기에 어울리는 유일한 장르일지도 모른다. 영화 〈아랑〉의 제작노트는 이렇게 시작한다.

> 먼 옛날,
> 억울하게 죽임을 당한 아랑.
> 그녀의 원혼은 …… 죽었어도 죽지 못했다.
> 2006년 7월,
> 바닷가 마을을 떠돌고 있는 한 소녀의 원혼.
> 핏빛 저주로 물든 그녀가 아직 …… 살아 있다.
> "제발 ……

---

66 영화 〈아랑〉(안상훈, 2006).

내 얘기를 들어 주세요 ……

내 한恨을 대신 …… 풀어주세요 ……"

"내 얘기를 들어 주세요." 아랑의 행방을 궁금해하지만, 정작 그
녀의 간절한 목소리를 듣지 못하는 현실. 언어의 어긋남은 지금까
지 아랑전설이 전해지도록 만든 원동력이다.

내 얘기를 들어줘

억울하게 죽은 소녀, 아무도 진실을 모르는 답답함, 밀양 땅에
전해오던 아랑의 억울한 목소리는 여전히 끝나지 않은 채, 다시 이
어진다. 밀양이라는 지역의 원귀 전설은 지금 이 시대의 키워드인
'억울함, 폭력, 정의의 부재'와 겹쳐지며 깊은 공명을 만들어낸다.

〈아랑〉이라는 제목의 이 영화는 소설가가 꿈이었던 여형사 소
영, 사진사가 꿈이었던 신참 형사 현기가 연쇄 살인사건을 수사하
면서 벌어지는 일로 시작한다. 소영은 연쇄 살인사건의 피해자들
이 모두 친구 관계이고 '민정'이라는 소녀와 관계되어 있다는 것
을 알게 된다. 소영은 피해자의 친구이자 유일한 생존자인 동민을
용의자로 지목하고 수사를 하지만, 용의자마저 취조실에서 죽음
을 맞는 당혹스러운 사건을 겪게 된다. 살인마의 단서는 살인사건
현장에서 발견된 민정의 홈페이지이다. 소영은 홈페이지에 소개된
소금창고를 찾아가, 그곳에서 민정이 십 년 전에 실종되었고 살해

된 피해자들과 만난 적이 있었다는 사실을 알게 된다. 바닷가의 흉물스러운 소금창고에 다녀온 후 소영의 꿈에는 한 소녀의 영혼이 나타나 말을 걸기 시작한다.

소영은 이 사건이 단순한 연쇄 살인사건이 아니라, 깊은 원한이 숨겨져 있는 복잡한 사건이라고 확신한다. 소영은 피해자에게서 찾아낸 비디오테이프를 통해 민정이 연쇄 살해된 피해자들로부터 윤간을 당했다는 사실을 알게 되고, 민정의 친구를 통해 민정의 남자친구가 피살되었다는 이야기도 듣게 된다. 이 사건을 추리하면서 소영은 결국 이 사건의 전말을 이해하게 된다.

민정을 사랑했지만 그녀에게 가까이 갈 수 없었던 어린 소년 현기. 사진사가 꿈인 현기에게 민정은 첫 번째 모델이자 꿈이었지만, 민정이 다른 남자를 사랑하고 있다는 걸 알고 분노하고 슬퍼한다. 비디오를 찍기만 하면 비디오카메라를 주겠다는 제안을 받은 현기는 제안을 기꺼이 수락하지만, 민정이 윤간당하는 모습을 찍어야 한다는 사실을 알고 머뭇거린다. 하지만 현기는 비디오카메라에 대한 욕망과 다른 남자를 사랑하고 있었던 민정에 대한 분노로 제안을 받아들인다. 사건은 민정의 임신과 그녀의 남자친구인 준우의 죽음으로 이어지고, 이후 민정도 소금창고에서 죽음을 맞는다. 현기는 그때의 순간적인 결정을 후회하면서, 그녀를 위해 대신 복수를 감행한다. 십 년이 지난 후, 가해자들을 살해함으로써 민정의 복수를 하고 그녀와 준우가 죽은 소금창고에서 스스로 삶을 마감한다.

소설가가 꿈이었으나 강간이라는 끔찍한 경험을 계기로 형사가
되었던 소영은 민정의 고통을 말없이 이해한다. 소금더미에 깔려
죽은 민정과 사산된 아이의 시신을 건져내면서 그녀의 고통과 그
들의 억울한 죽음을 안타까워한다. 민정의 말할 수 없었던 고통은
같은 고통을 겪었던 소영을 통해 이야기되고, 사건의 진상도 밝혀
진다. 이는 민정을 위한 진정한 해원解寃 의식이 된다. 그 해원은 꿈
으로 나타난다. 밝은 빛이 부서지는 소금창고에서 같은 고통을 겪
었던 민정과 소영이 서로 마주보며 웃는 꿈을.

해원과 축문祝文

사실 이 영화는 아랑전설의 불편한 진실의 편린을 다루고 있다.
지금까지 전해지는 아랑전설 속의 그녀는 '정순貞純'의 상징으로
그려지고 있지만, 아랑은 성적인 폭력이나 유린의 문제에서 자유
롭지 않다. 많은 판본에서는 그녀가 저항하다가 살해되었다고 하
지만, 어떤 판본에서는 성폭력으로 희생되었다고 전하기도 한다.
아랑을 정순의 상징, 열녀烈女로 추모하는 데 있어, 성폭력의 문제
는 매우 민감한 사안이 되었던 것이 사실이다. 하지만 이 전설에
서 중요한 것은 성폭력의 발생 여부가 아니다. 오히려 엄청난 폭력
에 의해 결국 희생되고, 희생된 이후 오히려 통인과 달아났다는
추문에 시달려야 했던 그녀의 한스러움에 있다. (아랑전설에서는 아

랑의 아버지조차도 이를 부끄럽게 여겨 밀양을 떠났다고 한다.)

이 영화는 아랑이 원귀가 될 수밖에 없었던 이유, 포기하지 않고 신임 부사들 앞에 나타났던 이유를 말해준다. 아랑은 지독하게 소외된 약자의 다른 이름이다. 사회 속에서 철저한 약자로 살아가야 했던 아랑은 성폭력이라는 폭력과 추문이라는 또 다른 폭력에 노출되고, 권력의 유지를 위해 살해되기까지 한다. 해원은 멀리 있지 않다. 아랑이 원한 것은 살풀이굿이 아니라, 정의로운 문제 해결과 그녀의 명예가 회복되는 것이다. 해원을 요청하는 수많은 아랑의 목소리는 오늘도 계속되고 있는지도 모른다.

3) 욕망과 비극의 변주곡 _ 드라마 〈아랑사또전〉[67]

산발한 머리카락, 얼굴에 피 칠갑을 한 소녀. 그 소녀에게도 소녀다운 꽃다운 시절이 있었을까? 아니, 그럴 수 있다면! 텔레비전 드라마 〈아랑사또전〉은 여기에서 시작된다. 이 드라마는 인간계人間界와 영계靈界를 넘나드는 귀신과 인간들의 이야기를 공포스럽다기보다는 유쾌한 판타지로 그려냈다.

드라마의 주인공 아랑은 자신이 누구인지, 왜 죽었는지 모르는

---

67 아랑의 이야기를 각색하여 만든 텔레비전 드라마 〈아랑사또전〉(2012)은 2013년 9월 제8회 서울드라마어워즈에서 한류드라마 최우수작품상에 이름을 올렸다.

'기억실조증'에 걸린 사연 많은 원귀冤鬼다. 억울하게 죽었을 뿐만 아니라, 누명까지 써서 결코 편안히 저승길을 갈 수 없었던 아랑은 발랄한 방식으로 스스로의 해원을 위해 애쓴다. 귀신이 뭐든 다 알거라고 생각하는 것과는 달리, 귀신들도 모르는 게 있고 궁금한 게 많다. 기억실조증에 걸린 원귀 아랑의 마음은 아랑전설을 다시 쓰기 한 「영혼을 보는 형사」에 묘사된 그대로이다.

죽은 사람은 아무것도 모른다. 죽는다고 해서 모든 것을 저절로 알게 되는 것은 아니니 귀신도 모르는 것은 모르는 것이다. 누가 왜 자기를 죽였는지 귀신도 알고 싶다. 정신을 차려보니 죽어 있어서 저도 사고 경위가 궁금해 미칠 지경이다. 때문에 자기가 어떻게 된 건지 산 사람에게 좀 알아봐달라는 것이다.[68]

그녀의 억울한 목소리

부임하는 신임 부사마다 첫날밤을 넘기지 못하는 공포스러운 고을 밀양密陽. 흉흉한 소문만큼 밀양에는 원귀가 가득한데, 주인공인 아랑 역시 제삿밥도 얻어먹지 못하는 원귀가 되어 이승을 떠돌고 있다. 배고픈 원귀가 된 그녀가 이승을 떠나지 못하는 것은 억울함 때문이다. '정의正義'라고 해도 좋을 '상제上帝의 법'에

---

68 조선희, 「영혼을 보는 형사」, 『모던 아랑전』, 노블마인, 2012, pp.14-16.

따라 아랑을 잡으러 온 저승사자 무영에게 아랑은 비웃음으로
응수한다.

> 무영: "사사로운 복수는 상제의 법으로 금하고 있다."
> 아랑: "상제의 법 좋아하네. 목마른 자가 우물을 파는 게 바로 법
> 이야. 그게 싫으면 알아서 우물을 제대로 파주든가!"(《아랑사또전》)

　아랑에게 상제의 법은 신뢰할 수 없다. 죽음의 이유도, 자기의
이름조차도 기억하지 못한 채 원귀가 되어 떠도는 아랑에게 '상
제의 법'은 가혹하다. 공정하지도 않고, 납득하기도 어렵기 때문
이다. 죽음의 진실을 알고 싶다는 아랑의 소원은 간절하다. 자신
이 죽은 이유를 알면 사라져도 좋으리라는 아랑의 간절함은 결국
신들이 그녀에게 '천상의 시간이 시작된 후 처음 있는' 기회를 허
락하도록 만든다. 지상에 내려가 그녀 스스로 죽음의 진실에 대
한 답을 찾아야 한다. 다시 사람이 되어 이승에서 살 수 있는 기
회, 하지만 그 기회는 세 개의 보름달이 뜨는 동안뿐이다.
　억울한 처녀귀신 아랑과 남의 일에 도통 관심이 없는 냉소적인
반쪽 양반, 귀신 보는 능력을 가진 은오의 만남은 처음부터 삐걱
거린다.

> 아랑: "내 얘기 좀 들어줘."

은오: "나는 불의를 보면 그냥 참는다. 꺼져. 내 알 바 아니오!"(《아랑사또전》)

사라진 어머니를 찾기 위해 밀양으로 내려오는 날 밤, 은오는 숲에서 아랑을 만난다. 아랑은 은오에게 얘기를 들어달라고 끊임없이 말을 건넨다. 하지만 은오는 "불의를 보면 그냥 참는" 사람, 다른 사람의 일에는 아무런 관심이 없다. 부역과 세금으로 고통받는 백성들을 보지만, 그건 어머니를 찾기 위해 밀양을 찾은 은오와 무관한 일이라서 개입하고 싶어 하지 않는다. 은오가 아랑을 돕게 된 건 아랑의 머리에 꽂힌 어머니의 비녀 때문이다. 상처투성이 반쪽짜리 양반 은오는 보쌈을 당해 강제로 밀양의 신임 부사가 되고, 단지 어머니를 찾으려는 사적인 욕심으로 아랑을 돕기 시작한다.

비극, 욕망과 증오의 완벽한 이중주

어머니를 찾겠다는 간절함으로 밀양의 부사가 된 은오는 마을에서 골묘骨墓가 발견되어도 아무도 찾으려 하지 않고, 전임 부사의 딸 장례식에도 아무도 문상하지 않는 게 최 대감 때문이란 걸알게 된다. 최 대감은 두려움으로 고을을 지배하고, 마을 사람들은 그 두려움에 사로잡혀 진실을 직면하기를 두려워한다. 공포로 사람들을 움직이는 최 대감 뒤에는 요물 홍련이 있다.

홍련은 "이승에서 분탕질 치면서 질서를 어지럽히고 있는 원흉, 저 하나 살겠다고 그 많은 인간들을 죽이고 혼을 가로챈 놈, 한때는 저승사자 무영의 동생이었고 천상의 선녀"였던 존재로, 원망과 욕망의 결정체이다. 홍련은 윤달 보름마다 영이 맑은 처녀를 제물로 받아야 생명을 유지할 수 있다. 가짜 부자父子인 최 대감과 주왈은 영혼사냥꾼이 되어 홍련에게 영을 바치고, 대가로 부귀영화를 보장받는다.

지금은 악마가 되었지만 홍련[무연]은 한때 인간이었던 천상의 선녀였다. 인간의 모든 감정과 욕망을 이미 알았던 무연에게 고뇌와 고통, 번뇌와 갈등이 무용지물인 천상은 오히려 지옥과 같았다. 욕망을 버릴 수 없었던 무연은 천상의 계율을 어기고 지상으로 내려온다. 천상의 존재인 무연은 인간의 몸을 취해야 삶을 연장할 수 있었는데, 무연은 생각보다 간단하게 서 씨[은오 어머니]의 몸을 얻을 수 있었다. 무연은 서 씨의 증오와 복수심을 이용했다.

> 은오: "'역적의 딸', 어머니는 그런 낙인을 붙인 자에게 평생 칼을 꽂으며 사셨어. 매일매일 보이지도 찾을 수도 없는 그 자에게 칼을 꽂느라 나는 안중에도 없으셨지. 어머니의 세계에는 나도 아버지도 아무것도 들어 있지 않았어."(《아랑사또전》)

영원을 갈망하는 무연의 욕망은 서 씨의 복수심과 만나 완벽하게 하나가 되었다. 증오와 회한뿐인 서 씨의 눈은 멀었고, 그 마음은 소중한 것들을 돌아보지 못했다. 하지만 복수심은 상대방이 아니라 그녀 스스로를 먼저 삼켰다. 은오가 말했던 것처럼 증오는 스스로를 통제하는 힘을 상실하게 하고 모두를, 심지어 자기 자신마저 삼켜버린다. 그 결과, 인간도 아니고 귀신도 아니며 산 목숨도 아니고 죽은 목숨도 아닌 괴물인 홍련이 만들어진 것이다.

인간이 된다는 것, 마음을 이해하는 일

신들조차 알 수 없는 것은 인간의 '마음'이다. 인간의 마음은 언제나 커다란 변수다. 인간의 마음은 고정되지 않아서 믿을 수가 없지만, 지금과 다른 마음과 생각을 갖게 될 수도 있다. 다만 그것이 긍정적이 될지, 부정적인 것이 될 것인지 알 수 없기 때문에 인간의 마음은 예측할 수 없는 '변수'일 뿐이다. 무영에게 악귀의 정체를 알려주지 않는 상제는 저승사자로서의 그를 믿지 못하는 것이 아니라, 한때 인간이었던 그의 마음을 믿지 못하는 것이라고 말한다.

상제의 염려대로 끝내 무연을 처리하지 못한 무영이나 어머니의 모습을 한 악귀 앞에서 소임을 잊은 은오, 신임 부사들을 원망하기만 했던 아랑은 자신들의 개별적 경험을 통해 비로소 마음의 스펙트럼을 이해하게 된다. 분노, 연민, 고통, 슬픔, 미안함, 공포라는 지극히 인간적인 감정들을 말이다.

아랑: "사또들! 미안하오. 심약하여 죽었다 가벼이 여겼는데 내 죽음의 고통을 생생히 기억해내고 나니 사또들이 얼마나 무서웠을지 짐작이 간다오. 내 저승 가면 석고대죄하리다!"《《아랑사또전》》

남들의 일이라면 무관심한 은오는 아랑을 통해 비로소 사람을 이해하게 된다. 귀신이든 사람이든 모두 억울함은 고통이 된다는 것을, 살다보면 자기 자신의 생명보다 더 소중한 것도 있다는 것을 깨닫게 된다. 그것은 고민과 번뇌, 경험을 통해 얻어진다. 그 과정은 죽음의 바닥을 경험하는 것만큼, 고통스러운 것일 수 있지만, 그것은 인간이 인간을 이해하는, 인간을 인간답게 만드는 길이 될 수도 있다. 남의 일이라면 거들떠보지도 않았던 은오는 사랑을 깨달아 기꺼이 아랑을 위해 죽을 수 있는 용기를 내고, 죽음의 공포를 이해한 아랑은 죽은 신임 부사들에게 미안한 마음을 갖게 된다. 누군가의 마음을 이해한 뒤, 비로소 용서와 화해가 이루어진다.

누구에게나 필요한 해원, 그 절절한 이야기

아랑은 원귀 중에서도 집요한 요구가 있는 귀신이었다. 그 집요함과 간절함은 다른 귀신들과 가지는 가장 큰 차이일 것이다. 아랑과 같은 집요함이 아니더라도, 해원은 산 자와 죽은 자에게 모두 필요하다. 이승을 떠나지 못하는 자들의 해원은 복잡하기도 하지만 의외로 소박하기도 하다. 익사한 귀신에게 위로비를 세워주고, 아비 없이 태어난 아이에게 이름을 지어주며, 아들이 죽은 줄도 모르고 기다리는 어머니에게 아들의 죽음을 알려주는 가장 간절한 일상의 이야기이다.

밀양密陽을 풀이하면 '빽빽하게密 꽉 찬 빛陽'이거나 '숨어 있는密 빛陽', 양 극단을 오가는 신비한 곳이 된다. 달리 바꾸어 말하면 빛이 가득 찬 곳이거나 빛이 숨어버린 공간이 될 수도 있다. 억울한 처녀귀신 아랑이 있는 곳은 빛이 숨어버린 어둠의 땅이다. 원귀가 된 아랑을 빛 속으로 불러들이는 방법은 그녀의 억울함을 풀어주는 것이다. 해원은 누구에게도 필요한 것이니 말이다. "세상 어디에도 쓸모없는 인생은 없고, 가치 없는 죽음도 없다"는 〈아랑사또전〉 속 상제의 한 마디는 이 세상을 살다간 모든 이들에 대한 축문祝文이다.

| 그들의 다시 쓰기 |

진부한 이야기가 전설이 되기까지

'아랑전설'의 주요한 플롯, 즉 음흉한 유모와 한 사내가 달밤에 아랑을 욕보이려 하였으나, 아랑이 끝내 죽음으로 항거했다는 줄거리 자체는 특별하거나 새로울 것이 없다. 이와 비슷한 이야기는 오늘날도 뉴스를 통해서 접할 수 있는 사건이기도 하다. 그러나

이 이야기가 수백 년의 시간의 거슬러 사람들의 입으로 전해지고 문자로 기록될 수 있었던 것, 또한 그녀만을 위한 사당이 세워지고 그녀의 원혼을 기리는 제사가 이어질 수 있었던 것은 귀신이 되어서도 포기할 수 없었던 소녀의 한 맺힌 '억울함'과 배짱 좋은 신임 부사의 등장에 있다.

사실 이 이야기는 성폭력이라는 불편한 소재를 담고 있다. 많은 판본에서는 그녀가 끝내 항거하다가 죽었다고 말하는데, 이 점은 아랑을 정순貞純한 열녀烈女로 만드는 결정적인 증거가 되어왔다. 그러나 일부 판본에 따르면, 그녀는 단순히 살해된 것이 아니다. (성)폭력에 희생되고, 살해되고, 가족조차 등을 돌릴 만큼 추문에 싸인 채 기억되어야 했다. 그녀가 억울하다고 하는 것은 살해되었다는 한 가지 이유 때문만은 아닌 것이다. 피워보지도 못한 '짧은 생', 사람들의 왜곡된 기억 속에서 살아야 하는 '영원한 생'이 그녀를 떠나지 못하게 하는 것이다.

억울함의 목소리, 공적公的인 해원의 요청

아랑을 다시 쓰기 한 작품에는 변하지 않는 공통점이 있다. 그 것은 공포스러운 원귀가 된 소녀가 영매靈媒를 찾아가지 않고, 굳이 신임 부사를 찾아간다는 대목이다. 한을 푸는 게 목적이었다면 신력神力이 대단한 영매를 찾아가 멋진 굿이라도 해달라고 졸랐을 법하다. 하지만 그녀는 신임 부사를 찾아갔다. 그것도 너무

급하게, 그들이 부임한 첫날 저녁을 기다려서 말이다. 물론 귀신을 본 적도 없는 신임 부사는 아랑이 나타난 그날 밤을 넘기지 못하고 번번이 죽어갔다.

이쯤 되면 아랑에게도 책임을 물을 수 있을 법하다. 아랑의 억울함도 이해하지만, 무고한 신임 부사들은 어떻게 위로할 것이냐고 말이다. 그런데 어찌된 일인지 사람들은 아랑에게만 관심이 있다. 부사들의 연이은 죽음도 안타깝지만 기댈 곳 없었던 한 소녀의 억울한 죽음, 그 죽음의 뒤를 잇는 추문醜聞의 그림자는 짙고 어둡다. 비참한 사회적 약자였던 아랑이 할 수 있었던 유일한 일은 원귀가 되더라도 억울함을 풀고 싶은 것이다. 아랑의 행위는 억울함은 죽음조차 넘어서는 강력한 요청이라는 것을 말해준다.

아랑은 사적인 사사로운 복수의 방식을 택하지 않았다. 그녀가 요구한 것은 공적인 장소에서의 떳떳한 해원이었다. 요란하게 음악을 연주하고 굿을 하면서 보이지 않는 자신을 달래주는 게 아니라, 인간 세상에서의 떳떳한 명예회복을 요청한 것이다. 아랑이 죽어서도 인간임을 포기하지 않은, 어쩌면 포기하지 못한, 포기할 수 없었던 것은 인간으로서의 삶이었는지도 모른다. 단 하나의 소원, 억울함을 풀어달라는 아랑의 목소리는 여전히 계속되고 있다. 어떠한 방식으로 다시 쓰기 되든지, 억울함에 이 세상을 떠날 수 없는 소녀의 목소리는 변하지 않는다. 억울함의 목소리는 결코 죽어서도 사라지지 않으니 말이다.

4장

중국의 신화 리텔링

1. 뮬란: 그녀, 중국의 잔 다르크

위진남북조魏晉南北朝 시기의 민가民歌인 「목란시木蘭詩」의 여주인공 '목란木蘭'은 중국인들이 가장 사랑하는 여성 캐릭터 가운데 하나이다. 미국 디즈니 영화사에서 제작한 애니메이션 영화 〈뮬란 Mulan〉(1997)의 성공 덕분에 화목란은 중국식 이름 '무란木蘭'이 아닌 '뮬란Mulan'으로 더 많이 알려져 있다. 그녀는 중국 버전의 잔 다르크이다.

천 년 이상 전해져온 이 이야기는 소설, 영화, 지방극, 전통극과

뮤지컬 등으로 다시 쓰기 되고 있다. 효녀 여전사 화목란의 이야기가 오랫동안 리텔링의 소재가 되어왔고, 또 지금도 여전히 유효한 소재로서 각광받는 이유는 무엇일까? 무엇보다 아버지를 대신해 기꺼이 종군從軍했다는 서사에 중국의 고전적 덕목인 효孝와 충忠이 담겨 있기에, 오랜 시간 동안 칭송받았을 것이다.

　잠들지 않는 뮬란 열풍을 만들어낸 원작 「목란시」에는 어린 소녀의 마음이 잘 드러나 있다.

　　찰가닥 찰가닥. / 목란이 방안에서 베를 짠다.

　　베틀북 소리는 들리지 않고 / 들리는 건 여인의 긴 한숨 소리뿐.

　　무슨 생각에 빠져 있는가. / 무슨 상념에 젖어 있는가, 묻는다.

　　아무 생각도 아닙니다. / 상념에 젖은 것도 아니랍니다.

　　어젯밤 군첩을 보았는데 / 가한께서 군사를 모은답니다.

　　군첩은 모두 열두 권 / 책마다 아버지의 이름도 있습니다.

　　아버지에겐 장남이 없고, / 목란, 저에게는 오빠가 없습니다.

　　시장에서 말과 안장을 사서 / 그들 따라 아버지 대신 전쟁터로 나서려고 합니다.

　　(……)

　　가한이 소원을 묻자 / 목란이 "상서랑 벼슬도 싫습니다.

　　천리마의 발을 빌어 / 저를 고향으로 보내주시기를 원합니다"라고 대답한다.

부모는 딸이 돌아온다는 소식에 / 서로 부축하며 성 밖으로 나오신다.

누이는 여동생 온다는 소식을 듣고 / 새 옷으로 바꾸어 입고

남동생은 누이가 온다는 소식을 듣고 / 칼 갈아 돼지와 양을 잡는다.

동각(東閣)의 문을 열고 / 서각상(西閣床)에 앉는다.

싸움 옷 벗어놓고 / 옛 치마를 입는다.

창 앞에서 곱게 머리 빗고 / 거울 보면서 화장을 한다.

문 밖으로 나가 전우들을 보니 / 전우들 하나같이 크게 놀란다.

"십이 년을 같이 다녔지만, / 목란이 여자인 줄은 몰랐다."

수토끼 뜀이 늦을 때가 있고 / 암토끼 분명하지 못할 때가 있지만

두 마리 함께 뛰어 달리니 / 그 누가 가려낼 수 있겠는가?

사람들의 노래, 입에서 입으로 전해지던 전설은 어린 딸이 병든 아버지를 대신하여 전쟁터에 나가 큰 공을 세우고 돌아왔다는 미담으로 간단히 요약된다. 나라의 명을 거부하지 않고 끝내 수행했다는 '충忠', 병든 아버지를 대신해 목숨을 담보로 전쟁터에 뛰어들었던 지극한 '효孝'는 이 이야기를 지탱하는 기둥이다.

이 이야기는 천 년을 훌쩍 뛰어넘는 시간 동안 전해져왔다. 이제 작가들은 그 이야기를 그대로 전달하는 데 그치지 않고, '충'과 '효'라는 전통적 가치를 재발견하기 위해, 때로는 전통을 전복시

키기 위해 이야기의 틈새로 상상력을 발휘한다. 그 틈새로 목란의
이야기는 새롭게 다시 쓰기 된다.

1) 소녀의 트라우마 극복기 _ 킹스턴의 『여인무사』[69]

『여인무사*The Woman Warrior: Memories of a Girlhood among Ghosts*』는 화교 작
가인 맥신 홍 킹스턴Maxine Hong Kingston의 데뷔작이다. 자전적 소
설이기도 한 『여인무사』에는 그녀와 이모, 어머니, 고모의 이야기
와 성장하면서 들었던 고대 중국의 이야기가 뒤섞여있다.

킹스턴의 『여인무사』를 이해하기 위해서는 작가에 대한 배경 지
식이 요구된다. 이민 2세대인 킹스턴은 미국에서 태어나 중국인의
문화를 갖고 살아가는 차이나타운에서 성장했다. '중국계 미국인'
이라는 정체성, 두 문화의 경계에서 살아가야 하는 킹스턴에게 두
가지 언어와 두 가지 생활 방식은 두 갈래 길에서 선택과 순응을
끊임없이 요구한다. 중국의 전통식 교육과 전통은 여성인 그녀를

---

69 Maxine Hong Kingston, *The Woman Warrior: Memoirs of a Girlhood among Ghosts*, New York: Vintage Books, 1977. 이 책은 『여(女)전사』라는 제목으로 번역되어 소개되었다(맥신 홍 킹스턴, 서숙 옮김, 『여(女)전사』, 황금가지, 1998). 인용문의 페이지 번호는 원문 텍스트의 페이지 번호를 따랐다.

이 글은 다음의 논문을 수정, 보완한 것이다. 유강하, 「이야기의 재구성, 치유를 위한 스토리텔링-목란고사(木蘭故事) 재편(再編): 킹스턴의 『여인무사』 「흰 호랑이들」장을 중심으로」, 『중국어문학논집』(56), 2009.

끊임없이 압박하고 짓누른다. "딸을 키우느니 차라리 거위를 기르는 게 낫다", "딸을 키우는 건 찌르레기를 키우는 거나 다름없다"는 오래된 속담은 그녀가 잉여인간임을 부단히 인식시킨다.

킹스턴의 어머니는 그녀가 자라서 남의 아내와 노예가 될 것이라고 말하면서, 그것이 전통이라고 강조한다. 그러나 중국에서 태어나지도, 자라지도 않은 킹스턴은 그 전통을 그대로 받아들이지 않고 전통에 묶인 언어들을 거부한다. 그녀는 어머니가 그녀에게 들려주었던 화목란의 이야기를 재해석하고 '다시 쓰기' 하면서 새로운 전통을 만든다.

새로운 전통을 만들어가는, 그녀

「목란시」의 목란이 어쩔 수 없는 상황에 내몰린 선택을 했다면 킹스턴은 '소명the call'이라는 용어를 스스로에게 부여하면서, 이야기 속의 여행이 운명적인 것임을 암시한다. 소녀는 여전사가 되기 위해 한 노부부로부터 고된 생존 훈련을 받는데, 어느 날 그들은 그녀에게 표주박을 보여주었다. 마법의 거울과 같은 표주박 안으로 그녀의 경사스러운 혼례 장면이 보인다. 어머니가 말한 것처럼 '혼례'는 남의 아내나 노예가 되는 굴욕적인 날이 아니라, 축복의 날이었다. 다시 쓰기 된 이야기 속에서 그녀는 쓸모없는 딸이 아니라 한 집안의 중요한 성원이자 한 남자의 소중한 아내가 된다. 그러나 이 축복의 순간은 오래 지속되지 않았다. 혼례가 거행되는 가운데 무장을 한 사람들이 쳐들어온 것이다. 경사스런 혼례의 날은 외부의 침입자들에 의해 엉망이 되어버려 복수를 다짐하게 만드는 날이 되었다. 수련이 완성되지 않았기 때문에 당장 산을 떠날 수 없었지만, 그녀는 표주박을 통해 보아온 적들의 얼굴을 잊지 않았다.

「목란시」의 목란은 '효' 때문에 출정하여 결국 '충'을 완성하는 여인이지만, 『여인무사』의 여주인공은 단순히 부모님만을 생각하지 않는다. 그녀는 죽어갈 사람들과 태어날 사람들을 생각하는 공동체의 영웅이다. 또한 「목란시」에서는 목란의 부모가 출정하는 딸의 이름을 부르며 안타까운 이별을 하지만, 작품 속 목란의 부모님은 오히려 그녀의 몸에 복수의 언어를 새겨, 완전한 전사로 만든다. 「목란시」 속의 목란은 마을 시장을 돌며 말과 도구를 구입하지만, 『여인무사』 속의 목란에게는 백마와 마을의 아들들이 기다리고 있다.

> 내가 갑옷을 손질하고 있는 마당으로 백마 한 마리가 들어왔다. 대문이 단단히 잠겨 있었는데도 [담의] 둥근 문을 통해 들어왔는데, 왕의 위엄이 느껴지는 흰색이었다. … 백마는 나를 위해 떠나겠다는 듯이 긁었다. 앞발과 뒷발의 말굽에는 '비상飛翔'을 의미하는 글자가 새겨져 있었다. (Kingston, 42)

마을 사람들은 나에게 진정한 선물인 그들의 아들들을 주었다. 마지막 징집 때에도 아들을 숨겨두었던 가족들이 그들을 기꺼이 내놓은 것이다. (Kingston, 43)

목란은 부모뿐만 아니라 마을 사람들이 선택한 그들의 구원자이자 진정한 전사戰士가 되었다. 그녀는 마을의 모든 아들들 앞에서 걸어가고, 그들을 인도하는 주인공이며, 슬픔의 눈물이 아니라 환호와 기대 속에서 전장으로 향한다.

여전사의 부드러운 위엄

마을의 모든 아들들 앞에 섰던 목란은 남자 장수와는 달리 군대와 보조를 맞추기 위해 자주 말 옆에서 걸었고, 소년들의 무리를 위압해야 할 필요가 있을 때에는 직접 말을 타고 앞장섰다. 목란은 남자와 똑같이 옷을 입었지만, 굳이 남성의 군대와 똑같이 행동하지 않았다. 그녀의 군대는 강간하지 않았고, 용맹을 과시하기 위해 죄 없는 백성들을 괴롭히지 않았다. 그녀의 군대에게서는 잔인함이나 혹독함은 발견할 수 없었고, 부하들은 그녀의 병사인 것을 자랑스러워했다. 그녀는 지친 병사들을 위해 노래를 불러주고 백성들을 생각했다.

원래 이야기 속의 목란은 전장에서 그녀의 성적 정체성을 감추고 있지만, 다시 쓰기 된 이야기 속의 여전사는 갑옷을 벗지 않고, 오히려 그녀가 여성임을 자연스럽게 드러낸다. 그녀가 한창 싸움을 벌일 때 들꽃을 든 남편이 찾아온다. 그녀는 여전사이자 장수이지만, 한 남자의 아내이기도 하다. 남편과 그녀는 전장에서 나란히 말을 달리며 사랑을 나누고, 아이도 출산한다. 아이가 태어난 지 한 달이 되자, 목란은 남편에게 아이를 주면서 그의 가족에게 데려가게 한다.

킹스턴은 전통적인 남/녀의 역할이 전복되었지만, 전장에서의 승리뿐만 아니라 가정의 평화가 더욱 잘 유지되는 모습을 섬세하게 묘사한다. 출산한 목란은 다시 날씬한 젊은이가 되었고, 황제를 위한 복수를 마친 뒤 그녀는 가족의 복수를 위해 호족의 집으로 방향을 돌린다.

"누구냐? 원하는 게 뭐냐?" (……)

"나는 여인 복수객이다." (……)

"이러지 마시오, 남자들은 언제든 계집애들을 취할 수 있소. 식구들도 딸들을 버리고 싶어 하오. '딸들은 쌀 속의 구더기다', '딸을 기르느니 차라리 거위를 기르는 게 낫다'는 말도 있잖소." (……)

"죽기 전에 죄를 뉘우치시오." (……)

내 젖가슴을 보고 휘둥그레진 눈을 보자 나는 그의 뺨을 후려친 후 목을 베었다. (Kingston, 51-52)

미국 속의 작은 중국인 차이나타운에서 어른들이 늘 하던 말, "딸은 쌀 구더기이고, 딸을 기르느니 차라리 거위를 기르는 게 낫다"는 말은 호족의 입을 통해 다시 반복된다. 그녀는 그의 목을 베어버린다. 그녀는 재판이 끝난 뒤 호족 조상들의 위패를 헐어버리고, 연기를 피우고 붉은 종이로 집 안에서 귀신들을 몰아냈으며, 마을 사람들에게 '새로운 날, 첫 해'라고 선포한다.

소녀 장수의 개가凱歌

「목란시」의 목란이 벼슬도 마다하고 집으로 돌아가는 것처럼 『여인무사』의 주인공 역시 황제와 가족을 위한 복수를 마친 뒤 주저하지 않고 가족이 있는 곳으로 돌아간다. 작가는 다시 집(중국의 전통, 차이나타운)으로 돌아간다. 하지만 그녀가 돌아간 '집'은 그녀를 잉여인간으로 취급하고, 구속하며 얽매는 집이 아니다. 그녀는 그녀에게 감동하여 기뻐하는 시부모님과 남편, 아들에게 돌아간다. 그녀는 가족에게, 그녀가 속한 공동체의 모든 사람에게 평화를 가져온 진정한 전사이자 구원자가 된다. 킹스턴은 남성이 생래적으로 불가능한 지점인 출산의 요소를 부각시키며, 어머니가 들려준 화목란의 메시지를 다시 쓰기 하는 데 성공한다.

목란의 전설을 다시 쓰기 한 작가 킹스턴은 여전히 중국의 전통이 지배하는 차이나타운의 거리 속에 있다. 그러나 그 길을 걷는 그녀의 태도는 이전과는 다르다. 킹스턴은 중국 전통 속의 여인들이 그들의 혀로 스스로를 파괴했던 것과는 달리, 그녀의 새로운 언어로 공동체 속의 진정한 전사/구원자가 된 목란의 이야기를 완성한다.

아버지를 위해, 국가를 위해 싸움터로 나섰던 소녀는 낡은 전통과 싸우기 위해 스스로를 단련하고 무장한다. 민가民歌 속의 적은 국가를 위협하는 이민족이지만, 다시 쓰기 된 이야기 속의 적은 '남존여비'라는 낡은 전통이다. 그녀는 집안에서 기쁨이 되는 딸과 며느리가 되어 새로운 효를, 평화로운 공동체를 지켜내는 새로운 충의 서사를 완성한다. 이로써 그녀는 '잉여인간', '구더기'에 불과하다는 전통적 편견이 만든 트라우마를 극복하고, 스스로의 삶을 개척하는 여인이 된다. 소녀 장수의 개가凱歌는 끝이 없다.

2) 아버지를 위하여, 국가를 위하여 _ 영화 〈뮬란: 전사의 귀환〉[70]

지난 2009년, 마추청馬楚成 감독의 〈화목란〉 개봉은 '목란 열풍木蘭熱'으로 이어졌다. 북위시대北魏時代의 소녀 전사인 화목란의 삶을 그려낸 서사시인 「목란시」는 이미 소설이나 TV 드라마, 경극京

---

70 마추청(馬楚成) 감독의 〈화목란(花木蘭)〉(2009)은 우리나라에 〈뮬란: 전사의 귀환〉이라는 제목으로 소개되었다. "아버지를 위하여, 국가를 위하여 _ 영화 〈화목란〉"은 다음의 논문을 수정, 보완한 것이다. 유강하, 「중국의, 중국에 의한, 중국을 위한 영웅의 귀환-마추청(馬楚成)의 〈화목란(花木蘭)〉을 중심으로」, 『중국소설논총』(32), 2010.

劇, 예극豫劇 등 전통극으로 창작된 한편, 1927년에는 〈화목란종군花木蘭從軍〉이라는 제목으로 영화화되기도 했다. 다른 전설 가운데서도 충효라는 뚜렷한 주제의식을 담은 화목란 이야기는 시대적 상황과 맞물리며, 사람들의 감성을 자극하고 결집시키는 데 적지 않은 공헌을 해왔다. '목란종군', '화목란종군' 등의 작품 제목에서 알 수 있는 것처럼, 나라를 위해 기꺼이 종군하는 애국 소녀 목란의 이야기는 반일反日, 반미反美의 정서와 분위기를 만들어내는 데 매우 효과적으로 이용되었다. 그렇다면, 오랜 시간을 뛰어넘어 만들어진 2009년의 목란은 어떤 이야기를 전달하고 있을까.

따뜻한 소녀 장수

영화 속의 소녀 목란은 병든 아버지를 모시면서도 쾌활한 소녀이다. 그러던 어느 날, 장정들에 대한 징집 명령이 하달된다. 유연족柔然族 왕자 문독門獨과 그 군대의 침입 때문이다. 목란의 아버지는 딸의 혼사와 홀로 남겨진 삶을 걱정하며 유언 같은 당부를 남긴다. 목란은 병든 아버지를 위해, 결국 남장을 하고 출정하기로 결심한다. 목란은 한밤중에 아버지의 갑옷을 입고 몰래 집을 빠져나와 종군한다.

남성들의 세계인 전장戰場에서 남장을 한 소녀 목란이 지내는 것은 결코 쉽지 않다. 군대에서는 여성의 종군을 엄격하게 금하고 있기 때문이다. 그러나 영화 속의 목란은 어렸을 때부터 대단

한 무공을 가지고 있다. 그뿐만 아니라 동네 어른에게 배운 병법兵法을 실전에서 자유자재로 사용할 수 있는 총명함과 용기를 가지고 있기도 하다. 일개 사병에서 시작했지만, 목란은 유연족 수장의 머리를 벤 것을 시작으로, 부단히 전공을 세워서 결국 장군의 지위까지 오르게 된다.

하지만 영화로 리텔링된 목란은 단순히 용감무쌍한 여성 영웅만은 아니다. 용기와 총명함, 뛰어난 지략과 무공武功으로 무장된 목란이지만, 목란은 동료의 죽음에 무력해지며 방황한다. 또한 그녀는 전장에서 죽어간 병사들의 피 묻은 군패軍牌를 물로 씻어내며 가슴 아파하고, 사랑하는 연인을 잃고 통곡하는 가녀린 여인이다. 목란은 섬세하면서도 인간에 대한 연민을 잃지 않는 소녀 장수이다.

그녀의 러브스토리

이 영화에서 눈길을 끄는 부분은 새롭게 삽입된 위국魏國의 태자 문태文泰와 목란의 러브스토리이다. 새로운 등장인물인 문태는 평범한 사병이었던 목란을 화장군花將軍으로 만들어낸 남성 주인공이다. 화장군이 된 목란이 위험에 빠진 문태를 구하기 위해 전장에서 큰 실수를 저지르자, 그는 목란을 질책한다.

문태: "너의 충동 때문에 전쟁에서 이렇게 많은 형제들이 죽었어. 분명히 봤지?"

목란: "모두 나의 잘못이야. 나는 당신이 돌아오지 못할까 두려웠어. 이미 너무 많은 형제를 잃었는데, 당신마저 잃을 수가 없었어."

문태: "네 아버지께서 말씀하신 게 옳아. 전쟁에서는 절대로 감정을 가져서는 안 돼."

목란: "만약에 당신이 나였다면? 그랬어도 당신이 오지 않았을까?"

(〈뮬란: 전사의 귀환〉)

두 남녀 주인공의 절절한 로맨스는 감독의 섬세한 의도 아래 연출되었다. 문태는 죽어가는 목란을 위해 자기의 손목을 그어 피를 목란의 입에 흘려 넣어주고, 목란을 살리기 위해 유연족의 포로가 된다. 표면적으로 보았을 때 이들은 진실하고 깊은 사랑을 나누는 한 쌍의 남녀일 뿐이지만, 이들의 사랑은 상징적 의미에서 본다면 명쾌하고 단순한 러브스토리가 아니란 것을 발견할 수 있다. 허구의 존재이지만, 문태가 무게감 있게 그려지는 것은 문태가 북위의 태자로서 '국가'를 상징하는 인물이기 때문이다. 문태는 목란과 사랑을 나누는 남성이기 전에 '국가'라는 보다 큰 상징성을 가지고 있다. 목란을 향한 문태의 헌신적인 사랑, 그 사랑에 보답하듯 개인의 감정을 기꺼이 포기하는 목란의 태도는 인민에 대한 국가의, 국가에 대한 인민의 사랑의 은유라고 할 수 있다.

목숨을 다해 사랑하는 여인 목란을 지켜주려는 '위대한 사랑'의 실천자 문태의 등장은 국가에 대한 개인의 충성과 사랑, 그리고 개인에 대한 국가의 희생과 헌신을 그려내려는 감독의 의도와 어긋나지 않는다. 그 사랑에 보답하듯, 목란은 문태를 구해낸다. 태자를 구했을 뿐만 아니라, 백성들을 괴롭게 했던 전쟁을 종식시킨 공로 덕분에 목란에게 장군의 직이 내려진다. 그러나 목란은 「목란시」의 묘사처럼 관직을 거절하고 고향으로 돌아온다. 국가에 대한 열렬한 충성심이나 명예를 바라고 시작한 것이 아닌 만큼, 목란은 싸움이 없는 평온한 삶을 선택한 것이다.

영화에는 새 옷을 바꿔 입고 기다리는 동생도 없고, 칼 갈아 돼지와 양을 잡는 남동생도 없다. "화장군"을 환호하며 그를 맞이하는 마을 사람들 사이로, 부쩍 늙으신 목란 아버지의 등이 보인다. 아름다운 장군을 딸로 둔 것을 자랑스러워하는 옛집[아버지의 집]으로 돌아온 목란은 예전처럼 긴 머리카락을 늘어뜨린 여성으로, 효심 깊은 딸로 되돌아온다. 얼마 후, 여전히 쓸쓸해 보이는 목란의 집에 귀에 익은 목소리가 들린다. 어디든 떠나자며 찾아온 문태. 목란이 꿈에서조차 그리워했던 그였지만, 그녀는 더 이상 '국가와 백성'의 희생이 있어서는 안 된다며 그를 설득해 돌려보낸다.

> 목란: "언젠가 당신이 이렇게 말한 적이 있지. 당신의 생명으로 국가의 안녕을 바꿀 수 있다면, 당신은 분명 그렇게 할 거라고. ……
> 앞으로 더 많은 소호(전쟁터에서 죽어간 희생자)가 있어서는 안 돼."
> 《〈뮬란: 전사의 귀환〉》

목란은 화의를 위해 유연족의 공주와 혼인한 문태를 돌려보낸다. 서로를 위해 목숨까지 버리려 했던 연인이지만, 이들은 서로의 사랑만을 확인한 채 '국가'를 위해 헤어진다. 서로에 대한 사랑보다 더 깊은 '국가에 대한 사랑'을 확인한 두 사람의 슬픈 이별은 못내 아쉽다.

민가 「목란시」가 영상이라는 매체로 전환되면서 대폭 손질되었던 결론, 즉 〈뮬란Mulan〉(1998)이나 〈목란종군木蘭從軍〉(1939), 〈화목란花木蘭〉(1956) 등의 기존 영화에서 보이던 공통의 결론인 '두 연인의 해피엔딩'은 끝내 등장하지 않았다. 남장을 하고 10년 동안 참혹한 전장에서 간신히 살아남은 그녀는 사랑마저 포기해야 했다. '국가'라는 대의를 위해서 말이다. 이 영화의 절절한 로맨스 뒤에 숨겨진 진짜 주인공은 목란과 문태가 이별을 감수하면서 지키려고 했던 '국가'이다. 감독은 이천여 년 전 「목란시」에 표현되었던 충과 효, 무엇보다 국가에 대한 의무와 사랑을 로맨틱하고 감동적으로 그려냈다.

> 뮬란: "병사도 나를 배반할 수 있고, 장군도 나를 버릴 수 있다. 그러나 나 화목란은 절대 국가를 배반하지 않겠다!"(〈뮬란: 전사의 귀환〉)

뮬란의 대사는 감독이 직접 삽입한 부분이다. 감독은 뮬란의 입을 통해 애국심을 강조한다. 사실 국가와 애국심은 이 영화의 또 다른 주인공이다. 그리고 국가를 위해 개인의 삶과 사랑마저 포기한 뮬란의 말과 태도는 홍콩 출신 영화감독 마추청을 떠올리게 한다. 영화 속의 뮬란은 전장戰場의 이방인인 여성이지만 나라를 위해 스스로를 희생한 주인공이다. 뮬란의 모습은 홍콩 사람이지만 애국심을 증명하여 중국 대륙으로 발을 내딛은 이방인 감독과 오버랩된다. 슬픈 표정의 뮬란의 가면을 쓰고 있는 '숨겨진' 진짜 주인공은 '애국심' 그리고 감독 자신인지도 모른다.

3) 자아를 찾아 떠나는 길 _ 영화 〈뮬란〉[71]

백마 탄 왕자와 핍박받던 착한 소녀[공주]와의 만남, 그들의 해피엔딩은 오랫동안 디즈니 애니메이션의 불변하는 공식이었다. 유사한 이야기들의 홍수 속에서, 사람들은 새로운 이야기에 눈을 돌리기 시작했다. 포카혼타스, 뮬란 등 새로운 캐릭터의 등장은 이러한 배경과 무관하지 않다. 혜성처럼 등장한 뮬란은 전 세계의 이목을 사로잡는 매력적인 캐릭터가 되었다. 당시 서양인들에게 여전히 닫힌 세계처럼 보였던 중국의 소녀 뮬란, 그녀는 어떻게 다시 쓰기가 되었을까.

디즈니 애니메이션 〈뮬란Mulan〉의 주인공은 뮬란木蘭이다. 이 작

---

71 영화 〈뮬란(Mulan)〉(배리 쿡·토니 밴크로토프, 1998).

품 속의 뮬란은 할머니와 부모님의 사랑을 듬뿍 받으며 자란 사랑스러운 소녀다. 소녀 뮬란은 명랑하고 쾌활하지만, 좋은 혼처를 찾기를 바라는 부모님에게는 근심거리이다. 매파에게 선을 보이는 중요한 날, 뮬란은 자기주장이 강하고, 아이를 낳을 수 없는 마른 몸매를 가졌으며, 윗사람을 공경할 줄 모른다는 냉정한 평가와 함께 퇴짜를 맞는다. 순종을 강조하는 전통적인 여성상과 배치되는 뮬란은 매파의 거절에 부모님이 상심하신 것을 보고 스스로에게 커다란 실망을 느낀다.

한편, 흉노족의 침입으로 징집명령이 떨어지자 아들이 없었던 뮬란의 아버지는 징집의 대상이 된다. 다리가 불편하여 지팡이에 의지할 수밖에 없는 아버지의 출정 준비를 바라보는 뮬란의 마음은 내내 불편하기만 하다. 종군 준비를 하다가 고통스러운 비명을 지르며 쓰러지는 아버지를 몰래 훔쳐보던 뮬란은 아버지 대신 종군을 결심한다.

그들의 자아 찾기

서양인들의 호기심을 자극했던 것은 중국의 이국적인 요소였을 것이다. 집 안에 모셔진 수많은 조상들의 혼령, 수호신이 되고 싶어 하는 작은 용 무슈, 허영심 많은 귀뚜라미가 조연의 역할을 톡톡히 해낸다. 순종적이지도 않고, 자기주장이 강해 전통적인 질서로 편입할 수 없었던 그녀는 스스로 남성들의 세계, 전통적인 질서로 뛰어든다. 사당에서 편안히 잠들어 있던 조상의 혼령들은 뮬란의 종군을 알게 되자 비상회의를 소집하고, 결국 가문의 이름을 더 이상 욕되게 할 수 없다는 명분으로 뮬란의 소환을 결정한다. 사당에서 사소한 일을 맡고 있던 무슈와 할머니가 애지중지하는 작은 귀뚜라미는 남장하여 종군한 뮬란을 돕는다.

남장은 했지만 군대에 발을 들이는 것조차 쉽지 않은 그녀를 돕는 것은 어설프기 짝이 없는 무슈다. 중국인들은 스스로를 용의 후손이라고 말한다. 중국인들이 용에 대해 가지는 애호와 관심은 유별나다. 하지만 영화 속의 무슈는 집안의 수호신인 진정한 신룡神龍을 꿈꾸는, 도마뱀처럼 작은 용일뿐이다. 무슈는 뮬란을 곤란하게 하기도 하지만, 기상천외한 방식으로 그녀를 도와 웃음이 끊이지 않게 한다.

뮬란을 영웅으로 만들어 자신의 꿈을 이루려던 작은 용 무슈는 귀뚜라미와 함께 편지를 위조하여 흉노와의 위험한 전투에 출정하도록 만든다. 욕심은 있었지만 신통한 능력이 없었던 무슈는 오히려 뮬란과 리샹李翔의 군대를 궁지에 빠지게 한다. 뮬란은 전공戰功을 세웠지만, 여성임이 탄로나 끝내 군대에서 쫓겨나고 만다.

견고한 질서에서 강제로 퇴출된 뮬란, 무슈, 행운의lucky 귀뚜라미는 그제야 그들 스스로의 모습을 돌아본다. 아버지를 위해 종군한 뮬란, 집안의 수호신이라고 속였던 무슈, 행운을 가져다준다고 떠벌렸던 귀뚜라미. 뮬란은 스스로 뭔가 옳은 것을 증명해 보이려는 의도에서 종군했고, 무슈는 조상들이 보낸 수호신이 아니라 자기 목적을 위해 뮬란을 이용한 이기적인 용이며, 스스로 '행운의 귀뚜라미'라고 주장했던 귀뚜라미는 평범하기 짝이 없다는 사실을 고백한다. 자신의 진짜 모습은 숨기고 다른 모습으로 위장한 채 인정받기를 원했던 그들은, 철저하게 낙오되고 버려진 자리에서 진심어린 고해성사를 하게 된다. 하지만, 이 고해성사는 그들을 더욱 비참하게 만드는 것이 아니라 그들의 진짜 모습, 자아를 발견하는 계기가 된다.

그들의 해피엔딩

이후의 이야기는 디즈니의 공식대로 이어진다. 뮬란과 그녀의 전우들은 다시 닥친 위기에서 샹과 황제를 구해 영웅이 된다. 뮬란에게 호감을 느꼈던 샹은 뮬란에게 용서를 구하고, 그들은 행복한 결말을 맞이한다. 뮬란은 그녀의 바람대로 스스로 옳은 무언가를 한 소녀가 되었고, 무슈는 그의 꿈대로 집안의 수호신이 되었다. 각기 다른 목적으로 시작했지만, 결국 위선적인 모습을 벗어버린 자리에서 새로운 자아 찾기에 성공한 그들은 각자의 행복도 찾아간다. 아이들을 행복하게 하기 위한 디즈니 애니메이션의 「목란시」 다시 쓰기는 모두가 즐길 수 있는 이야기로 완성되었다.

디즈니 애니메이션의 성공은 중국에서 여러 갈래로 이해되었다. 중국에서는 문화콘텐츠를 빼앗겼다며 격분해했지만, 이 영화의 성공으로 '뮬란'이라는 소녀 영웅은 세계적인 인기를 얻는 스타가 되었고, '중국적 콘텐츠의 세계화'라는 가능성을 보여주는 좋은 예가 되었다. 반면 비판도 끊이지 않았는데, 그 가운데 하나가 인종차별에 관한 논란이다. 실제로 구별이 어려운 한족/흉노족이 영화 속에서는 백인/흑인, 선/악의 대립 구도로 형상화된 것이다. 이는 결국 서구식 문법을 극복하지 못한 채 그 한계를 고스란히 드러냈다는 혹평으로 이어졌다. 이런 면에서 중국 콘텐츠의 할리우드식 다시 쓰기는, 앞으로 다시 쓰기 될 많은 이야기들이 염두에 두어야 할 지침서로 기능할 수 있을 것이다.

| 그들의 다시 쓰기 |

목란, 그녀는 영웅이 분명하다. 하지만 행간에서 그녀의 외로움과 두려움도 읽을 수 있다. 그녀는 아버지를 대신해, 나라를 위해 그저 비장한 마음으로 종군하지 않았다. 아니, 그럴 수 없었다. 소녀 목란은 마을 동서남북의 작은 시장을 돌며 종군 채비를 했다. 마을의 동서남북을 돌면서 필요한 물건을 하나씩 고르는 그녀의 모습을 보고 있으면, 어쩔 수 없이 종군을 선택해야만 했던 한 소녀의 두려움과 외로움이 느껴진다. 누군가 그녀를 잡아준다면, 한 사람이라도 그녀를 말렸더라면 그녀는 어쩌면 평범한 여자로 나이를 먹어갔을지도 모를 일이다.

> 그들 따라 아버지 대신 / 전쟁터로 나서려고 합니다.
> 동쪽 장에서 준마를 사고 / 서쪽 장에서 말안장 사고
> 남쪽 장에서 말고삐 사고 / 북쪽 장에서 채찍을 산다.

마음이 심란한 소녀 목란은 마을의 동서남북에 선 장을 찾아다니며 물건을 하나씩 구입했다. 주저하면서 시작된, 어쩌면 다소 충동적으로 시작되었을지 모르는 종군은 십여 년의 긴 여정으로 이어졌다. 원작「목란시木蘭詩」는 그녀가 전장에서 도대체 어떠한 마음으로 그 오랜 시간을 견뎠는지 무관심하다. 남장을 하고 전장을 다녀야 하는 그녀의 고통과 절망, 고독을 외면하고 있다. 다만 시는 그녀의 용감한 귀환만을 노래한다.

목란이 집으로 돌아왔을 때 마을은 그녀보다 들떠 있었다. 어느새 훌쩍 커버린 남동생은 돼지를 잡는다며 칼을 갈았다. 그러나 목란은 그녀의 지위를 과시하며 명령을 내리지 않고, 고요히 방에 들어가 십여 년을 함께 했던 싸움터의 옷을 벗고 옛 치마로 갈아입었다. 높이 튼 상투도 내리고, 곱게 머리를 빗고 화장을 하는 대목은 그녀가 꿈꾸었던 삶이 영웅의 삶이 아니었음을 보여준다.

싸움 옷 벗어놓고 / 옛 치마를 입는다.

창 앞에서 곱게 머리 빗고 / 거울 보면서 화장을 한다.

하지만 사람들은 자꾸 목란에게 거대한 사명을 요구한다. 국가를 위해 희생해 달라고, 더 큰 목표를 위해 개인의 삶은 좀 미루어 달라고 말이다. 다시는 되돌릴 수 없는 그 시기의 행복을 묻는 질문에는 묵묵부답이다. 싸움 옷을 벗어놓고 옛 치마를 다시 입은 목란의 마음이 과연 자부심만으로 빛났을지는 알 수 없다.

「목란시」는 새로운 세계로 떠난 소녀 전사의 이야기이다. 디즈니 애니메이션은 여성, 영웅, 모험, 사랑, 자아 찾기라는 주제로 이야기를 완성했다. 뮬란[목란]은 새로운 콘텐츠에 목말랐던 디즈니의 갈증을 해소했을 뿐만 아니라, 동양적 신비감을 극대화시키면서 인기몰이에 나서는 데 성공한다. 이 영화의 세계적인 성공으로 뮬란은 디즈니를 대표하는 공주의 반열에 오르게 되었다.

화교 출신 킹스턴은 특별한 소녀전사의 탄생을 통해 새로운 전통을 만들어내는 데 성공했다. 킹스턴은 남성 중심적인 전통적 가치관을 거부하고, 오히려 남성과 백성들을 구원하는 부드러운 카리스마를 가진 소녀 전사를 그려내면서 그녀 속에 깊숙이 자리한 트라우마를 극복한다. 영화감독 마추청은 〈화목란〉을 통해 현대적 의미의 '충忠'과 애국심을 그려냈다. 국가를 위해 꿈과 사랑을 포기하는 주인공들을 그리면서, '충'과 애국의 의미를 은연중에 강조한다. 이는 관객에게 건네는 메시지이기도 하고, 한편 이방인 (홍콩)인 감독 자신이 국가(대륙)에게 바치는 충성의 서약이 되기도 한다.

이처럼 목란의 이야기는 다양하게 다시 쓰기 되었다. 사람들에게 신선함을 제공하기도 하고, 그녀를 통해 스스로를 성찰하고 과거에서 벗어나게 하기도 하며, 사람들에게 시대적 의미가 담긴 애국의 메시지를 전달하기도 한다. 공연예술이 시작된 이후 부단히 다시 쓰기 되어 온 목란의 이야기, 용기와 모험의 메시지가 담긴 이 이야기는 앞으로도 시대적 요구, 개인의 욕망을 담아 부단히 '다시 쓰기' 될 것이다.

2. 백사전

청명淸明의 항주杭州에서 일어난 선남선녀의 러브스토리

중국에는 "하늘에 천당이 있다면, 땅에는 소주와 항주가 있다 上有天堂, 下有苏杭"는 말이 있다. 천상에 비견될 정도의 아름다운 곳, 천년 이상의 세월이 쌓여 만든 아름다움은 고도古都의 풍광을 더욱 아름답게 만든다. 풍광이 아름다워 사람들을 매혹시켰던 이 도시에는 사람들의 이야기가 숨겨져 있다. 사람들의 삶은 이야기로 만들어지고, 그 이야기는 도시보다 사람들을 더 매혹시킨다.

중국 사대 민간전설 가운데 하나인 백사전白蛇傳이 바로 그것이다.

백사로 변한 아름다운 여인이 가난한 서생을 유혹한 이야기는 바로 지상의 천당, 항주를 배경으로 펼쳐진다. 청명절淸明節에 우연히 만난 백 낭자와 착한 서생 허선이 만들어내는 아름다운 이야기는 명대明代『경세통언警世通言』까지 거슬러 올라간다.

『경세통언』에 소개된 백사전의 이야기는 이렇게 전개된다. 살구꽃 핀 풍경과 잘 어울리는 아름다운 시절, 청명淸明. 가난한 서생 허선은 청명절에 향을 태우기 위해 보숙탑에 들렀다가 돌아오는 길에 한 여인을 만난다. 비가 내리는 강가에서 배를 태워달라던 두 여인의 청을 거절할 수 없었던 허선은 배를 돌려 그녀들을 태우고, 그의 허름한 우산을 건넨다. 허선과 아름다운 백소정의 운명적 만남의 시작이었다. 우산으로 맺어진 약속은 다음의 만남으로 이어진다. 가난한 서생과 규수의 만남은 어울리지 않아 보였지만, 백 낭자는 적극적이었고 허선은 그런 그녀가 싫지 않았다. 그러나 허선은 이후 도난사건을 비롯하여 크고 작은 문제들을 만나게 된다. 백 낭자의 도움은 늘 좋지 않은 결과로 이어졌지만, 허선은 계속 백 낭자와 함께한다. 그러나 금산사 주지승인 법해法海 덕분에 아내가 백사 요괴라는 것을 알게 된 허선은 백 낭자를 떠나고, 법해는 백사 요괴인 백 낭자를 제압한다.

백 낭자는 아름다운 요괴였다. 허선은 처음부터 아름다운 백 낭자에 마음을 빼앗겼고, 허선은 그녀가 잘못을 저질러도 때로 그녀의 아름다움에 과오를 잊기도 했다. 그녀는 이류異類인 백사 요괴였지만, 백 낭자는 허선과의 혼인을 위해, 남편에게 좋은 옷을 입히기 위해 절도를 하는 바보 같은 여인이기도 하다. 몸은 백사였기에 인간 세상의 계율은 알지 못했지만, 사랑하는 사람의 생명을 해치지 않은, 어쩌면 해치지 못한 이류인지도 모른다. 그러나 그녀의 진심이 무엇이든, 제요인除妖人인 법해는 그녀를 제압한다.

"선사님, 저는 큰 뱀입니다. 비바람이 몰아쳐 서호에 와서 자리를 잡고 청청과 함께 지냈습니다. 뜻밖에 마음이 동하여 잠시 천상의 계율을 어겼지만, 생명을 해하거나 죽이지는 않았습니다. 선사께서 자비를 베풀어주십시오."

"청청은 어떤 요괴냐?"

"청청은 서호 안에 있는 천 년 된 청어가 변한 요괴입니다."

"네가 천 년을 수련한 것을 생각해 죽음은 면하게 해줄 터이니, 네 본 모습을 보여라." ……

선사는 이 두 요괴를 바리에 넣고, 사람을 시켜 벽과 돌을 쌓아 탑을 만들었다. 후에 허선은 탁발하여 칠층보탑을 쌓았다. 천년이 지나도, 만년이 지나도 흰 뱀과 청어는 세상에 나올 수 없었다. 법해는 그들을 완전하게 봉인한 후, 게송을 지었다.

서호의 물이 마르고, 강과 호수에 물결이 일지 않으면

뇌봉탑이 무너지고, 흰 뱀이 다시 세상에 나오리.

어리숙한 서생을 미모로 홀렸던 백사 여인과 천 년 묵은 청어 요괴는 인간 세상에서 축출되었다. 백사와 청어는 숲이나 서호의 습한 물속이 아니라, 인간 세상에서 인간으로 살고 싶어 했다. 하지만, 천 년을 수련해도 그것은 이룰 수 없는 꿈이었다. 끝내 백 낭자는 허선의 손에 들린 바리 속으로 자취를 감추었다. 작은 바리에 봉인된 그들은 세상에서 용납되어서는 안 될 요물이자 괴물이었다. 백 낭자는 탑의 가장 적막한 곳에 봉인되었다. 그녀가 봉인된 서호의 뇌봉탑, 그 탑은 견고해서 천년의 비바람을 견뎠다. 숲과 물이 그토록 가까이 그들을 감싸고 있었지만, 백사와 청어는 다시 그들의 고향으로 돌아가지 못했다. 그들은 시간과 함께 낡아갔다.

백사전은 『서호삼탑기西湖三塔記』, 『경세통언警世通言』의 「백낭자영진뇌봉탑白娘子永鎭雷峰塔」, 『뇌봉탑雷峰塔』, 『뇌봉탑전기雷峰塔傳奇』 등의 제목으로 오랜 시간 동안 이름을 달리하며 전해왔지만, 요괴와 인간의 사랑, 욕망의 상투적인 이야기는 지루함을 모른 채 반복되고 있다. 소설과 영화로, 드라마로, 또 다른 이야기로 부단히 변화한다.

1) 무엇이 인간인가? _ 영화 〈청사〉[72]

지난 세기로 거슬러 올라가면 영상으로 다시 쓰기 된 '백사전 白蛇傳'을 만날 수 있다. 쉬커徐克 감독의 영화 〈청사青蛇, Green Snake〉 가 그것인데, 그는 백사白蛇라는 이름을 버리고 지금껏 주인공이 되지 못한 '청사青蛇'를 전면에 내세웠다. 청사를 내세운 이 영화는 지금까지 부각되지 못한 조연을 재조명한다는 표피적 의미를 넘어서서 '백사전'의 본질을 가장 잘 설명하는 리텔링으로 평가받고 있다. 1990년대에 제작된 이 영화의 특수효과는 그야말로 투박하지만, 이 영화가 전하는 메시지는 결코 간단하지 않다.

백사전의 백사는 인간을 꼬여 해치는 요물妖物로 이해되어왔기에, 백사의 마음이나 생각은 고려의 대상이 되지 않았다. 하지만 이 영화는 시선을 넓게 하여 주인공들의 이야기를 폭넓게 다루고 있다. 오랜 시간 동안 선과 악의 극명한 대립으로 매끈하게 진행되던 이야기는 비틀리면서 인간의 본질에 대해 되묻는다.

선악과 시비是非에 대한 되물음

이 영화에 등장하는 법해法海는 법력이 높은 고승이다. 인간과 요괴를 구별할 줄 아는 눈을 가진 그는 이백 년을 수련한 거미 요

---

72 영화 〈청사(青蛇)〉(徐克, 1993).

괴를 잡아 바리 속에 가둔다. 거미 요괴는 사람을 해치지 않았고 앞으로도 선량하게 살 테니 살려달라고 애원하지만 법해는 "신, 인간, 귀신, 요괴의 세상은 다 따로 있는 법이다. 한번 요괴는 영원한 요괴"라며 간절한 청을 거절한다.

거미 요괴를 잡고 의기양양해져 대나무 숲을 걷던 법해는 다시 두 마리 뱀 요괴와 마주치는데, 희고 푸른 두 마리의 뱀이 아이 낳는 여인에게 우산이 되어주는 걸 목격하고 예외적으로 자비를 베푼다. 요괴가 인간에게 방해가 되지 않았기 때문이다. 뜻밖에도 그를 방해한 것은 아이를 낳던 여인의 몸이었다. 법해는 대나무 숲에서 아이를 낳으며 고통스러워하는 반라의 여인을 마음속에서 지우지 못한다.

법당에 들어와 홀로 수련을 하는 법해는 요괴의 집요한 공격을 받는다. 법해는 두려워하지도 않고, 굴하지도 않은 채 그들을 향해 호통을 치지만, 그들은 오히려 법해 주위를 맴돌며 그를 비웃는다. 그들은 스스로 법해의 마음속에서 나온 요괴라고 말하면서, "선악善惡을 구분하지 않고, 색을 금하라는 말도 듣지 않으며, 옳고 그름을 분별하지 않으니 당신 마음은 깨끗하지 않다"며 법해를 비난한다. 법력은 쌓았으나 자기 자신의 마음과 욕망을 통어하기에 그는 여전히 부족한 사람일 뿐이었다. 젊은 법해는 그 찰나, 스스로를 되돌아보고 의심한다. 법해의 마음은 조금 전 그가 바리에 가둔 거미 요괴에 가 닿았고, 법해는 착한 마음으로 수양하겠다고 간청하던 거미 요괴를 탑 속에서 꺼내 놓아준다.

인간의 조건, '사랑과 거짓말'

비 내리는 대나무 숲에서 아이 낳던 여인의 우산이 되어주었던 두 마리의 뱀은 천 년을 수련한 백사와 오백 년을 수련한 청사였다. 인간 세상에 내려온 백사는 고매한 선비 허선을 보았고, 마음이 곧은 그에게 마음을 빼앗긴다.

비 내리는 청명절, 나루터에서의 우연한 만남과 집으로의 초대. 두 번의 만남은 허선의 마음을 흔들었다. 백소정 덕분에 허선은 미녀와 재물을 동시에 얻은 행운아가 된다. 백사는 그들의 행복이 사랑 때문이라고 말했지만, 아직 완전한 인간이 되지 못한 소청은 인간에게만 있다는 사랑을 알지 못한다. 인간과 인간세상에 대해 궁금한 게 많은 청사는 끊임없이 질문을 던지는데, 소정은 진정한 인간이 되려면 사랑과 거짓말을 할 줄 알아야 한다고 말한다. 사랑과 거짓말, 양 극단에 있는 듯이 보이지만 이 둘은 인간의 본질을 관통하는 본질적인 것이다. 이 영화는 이류異類의 눈이라는 렌즈를 통해 인간의 본질을 들여다보게 한다.

백소정과 꿈처럼 행복한 삶을 살던 허선은 어느 날 집에서 긴장이 풀어져 본모습을 노출한 청사의 커다란 꼬리를 보게 된다. 자매는 그 사실을 감추려고 노력했지만, 허선은 두려운 마음을 떨치지 못하고 집 밖으로 뛰쳐나간다. 뱀과 독충이 늘어나는 계절이 되자, 사람들은 유황을 뿌리고 웅황주를 빚어 뱀을 쫓아내고 뱀을 잡는다. 뱀에 놀란 허선도 웅황주를 구했지만 집으로 돌아갈 엄두를 내지 못한다. 고민에 빠진 허선은 웅황주를 마셔 크게 취했고, 남편을 사랑했던 백사 아내 소정은 마을로 내려와 술 취한 남편을 집으로 데려가 그를 거짓말로 안심시킨다. 거짓말은 소정이 사랑을 지키기 위한 유일한 수단이었다. 소정은 거짓말이 단순히 허선을 속이고 기만하기 위한 것이 아니라, 인간이 되기 위해서는 배워야만 하는 것이라고 설명한다.

사랑과 욕망, 그 모호하고도 선명한 경계

단오를 이틀 앞둔 소정은 고민한다. 단오는 인간에게 더 없이 아름다운 계절이지만, 예로부터 뱀과 지네, 독충을 제거하는 날이기도 했던 단오는 뱀에게 시련의 계절이다. 소정은 수련이 부족한 청사에게는 단오 동안 몸을 피해 있으라고 충고한다. 그것이 그들이 모두 행복하게 단오를 보낼 수 있는 유일한 방법이었다. 하지만 몸을 피할 겨를도 없이 웅황주 세례를 받게 된 청사는 허선 앞에서 본모습을 드러냈고, 다시 한 번 놀란 허선은 그 자리에서 혼절한다.

숨이 끊어진 듯한 허선의 모습을 본 소정은 남편을 살리기 위해 고군분투한다. 유일한 희망인 선약을 구하는 일은 천 년을 수련한 백사에게도 목숨을 담보해야 하는 위험한 일이다. 어린 청사는 천 년의 세월을 고작 몇 년뿐인 이생의 삶과 바꾸려는 백사를 이해하지 못한다. 소정은 그런 소청을 두고 곤륜산崑崙山을 향해 떠난다.

천상의 공간이자 금기의 장소인 곤륜산에서 자매는 선약을 훔치고 법해와 청사는 싸움을 벌인다. 법해는 청사에게 자기를 유혹할 수 있다면 그녀를 놓아주겠다고 제안한다. 비 내리는 대나무 숲에서 보았던 여인의 몸에 대한 욕망과 정념을 떨치겠다는 강렬한 의지였을 것이다. 젊지만 뛰어난 고승인 법해를 괴롭힌 것은 세상의 선악善惡이나 시비是非도 아닌, 인간의 순수한 욕망이었다. 법해는 욕망을 스스로 제어하여 위대한 인간이 되고자 했지만, 결국 굴복한다. 청사가 비난한 것처럼 법해는 인간의 정은 버릴 수 있었으나, 욕망은 끝내 제어하지 못했다.

수련에는 게을렀지만 매력이 넘쳤던 청사 덕분에 백사는 허선을 살릴 수 있었고, 청사 자신도 목숨을 건진다. 자신감과 자부심으로 넘친 청사는 소정이 설정한 유일한 금기를 고의로 범한다. 고승을 유혹했던 아름다운 청사가 허선을 유혹하는 것은 쉬운 일이었다. 소정에게 발각된 청사는 소정보다 더 빨리 그들을 유혹했다며 자만했다. 하지만 청사는 그녀가 얻은 것이 사랑이 아니라 일시적 욕망이라는 걸 알지 못했다.

"눈물은 모르는 게 차라리 좋아. 눈물을 알게 되면 마음이 아플

테니까."

더 이상 청사와 함께 할 수 없다는 걸 알게 된 백사는 허선의 아이를 가졌다고 고백하고 청사에게 이별을 고한다. 청사는 백사가 이별을 고하면서 흘린 눈물을 이해하지 못한다. 백사보다 허선을 더 빨리 유혹한 청사는 이번에도 소정을 이기려고 노력했지만 그녀는 단 한 방울의 눈물도 만들지 못한다. 청사에게 인간의 아름다운 모습은 있었지만, 진정한 사랑은 없었기 때문이다.

백사 자매의 목숨을 건 싸움 덕분에 어렵게 살아난 허선은 아무것도 기억하지 못했고, 다시 일상으로 돌아가게 된다. 하지만 행복하고 평온한 일상으로 되돌아간 그를 기다리고 있는 것은 법해다. 법해는 허선에게 요기妖氣를 피하라며 염주를 걸어주지만, 허선은 결국 염주를 버리고 집으로 돌아간다. 그는 진실을 알고 있었다. 허선은 백사 아내의 진심 어린 사랑을 알았고 아내의 거짓을 알았다. 거짓을 덮는 또 다른 거짓, 그 둘은 서로를 진심으로 사랑했기에 그 크기만큼의 거짓이 필요했던 것이다.

청사와의 싸움에서 져 분노한 법해와 백사 자매와의 싸움은 모든 걸 건 마지막 싸움이었다. 결과는 서로의 진심을 믿은 허선과 백사의 완벽한 승리였다. 백사는 죽음으로써 고결한 사랑을 증명했다. 인간의 사랑, 진심을 믿지 않았던 법해와 청사는 끝까지 살았지만, 그들은 승리자가 아니라 가장 참혹한 패배자였다. 감독은 이 이야기를 통해 인간을 얽매는 엄격한 계율과 사랑 없는 욕망의 귀결은 인간다움의 상실과 공허일 뿐이라고 말한다.

'인간'에 대한 끝나지 않은 질문

백사전白蛇傳을 '다시 쓰기' 한 이 영화의 제목은 '청사青蛇'이다. 이 이야기 속의 허선은 아내가 뱀인 것을 알고도 모른 척한다. 남편과의 사랑을 지키기 위해 천 년의 수련을 몇 년의 이생과 기꺼이 바꾸고자 했던 백사는 인간 중에서도 가장 완벽하고 아름다운 인간이었다. 더 이상 백사 요괴는 없다. 이 이야기에는 인간이 되는 법을 흉내만 낼 뿐 결국 인간이 되지 못한 청사만 남겨지게 된다. 또한 이 영화는 법해를 통해 인간의 광기와 오만, 이류에 대한 배척과 잔인함, 자비는 사라지고 엄격한 계율만 남은 종교의 허상과 폭력에 대해 말한다. 법해가 행한 것은 중생에 대한 사랑이 아닌, 인성人性이 제거된 계율에의 집착이었는지도 모른다. 스스로의 욕망을 저주하고 계율만을 고집한 법해에게 남은 것은 아집으로 인한 동료들의 죽음과, 청사 요괴로부터의 뼈아픈 비난이다.

백사 아내를 위해 기꺼이 자기를 희생한 허선과 천 년의 수련을 포기하고 사랑을 선택한 소정에게는 절반의 해피엔딩이 준비되어 있었다. 소정은 결국 목숨을 잃지만, 새로운 생명을 얻는다. 백사 요괴는 완벽한 인간 아이를 낳고 죽음을 맞는다. 법해는 요괴가 인간을 낳았다는 사실 앞에 아연해한다. 서로 다른 존재, 즉 요괴/사람/제요인除妖人이 만들어낸 이야기는, 결국 인간을 가장 인간답게 만드는 것은 사랑이라는 다소 진부한 귀결로 이어진다.

감독은 이 영화를 통해 '무엇이 인간인가?', '무엇이 인간을 인간답게 하는가?'라는 근원적인 질문을 되묻는다. 이어, 인간이 만들어 놓은 진리를 가장한 수많은 경계들, '이류'라는 낙인과 엄격한 계율은 인간의 삶을 아름답게 만드는 것이 아니라 오히려 인간과 삶을 파멸시킨다는 것을, 사랑의 이름을 가장한 욕망은 인간다움과 관계성의 상실로 이어진다는 것을, 인간을 가장 인간답게 하는 것은 결국 사랑이라는 것을 말한다.

2) 차별과 박해에 대한 이야기 _ 리루이의 『사람의 세상에서 죽다』[73]

소설가인 리루이李銳와 장원蔣韵 부부가 다시 쓰기 한 「백사전白蛇傳」은 허물어진 뇌봉탑雷峰塔의 빈터 위에서 새롭게 쌓아올려진, 그들의 못다 한 사랑이야기이다. 소설가 부부는 서호를 바라보며, 한때 무너져 내렸던 뇌봉탑의 잔해 위에 이야기를 쌓아 올렸다.

---

73 李銳, 『人間』, 重慶出版社, 2007. 이 글은 『사람의 세상에서 죽다』라는 제목으로 번역되어 소개되었다(리루이, 김택규 옮김, 『사람의 세상에서 죽다』, 시작, 2010). 인용문의 페이지 번호는 원문 텍스트의 페이지 번호를 따랐다.
"차별과 박해에 대한 이야기 _ 리루이의 『사람의 세상에서 죽다』"는 다음의 논문을 수정, 보완한 글이다. 유강하, 「전복적 사유 양식으로서의 '신화 다시 쓰기'-『인간(人間)』에 드러난 우생학적 알레고리를 중심으로」, 『중국문학연구』(48), 2012.

영겁의 시간을 지나며 맺어진 지독한 인연. 사랑하던 연인은 백사 요괴와 인간으로, 소녀와 매화나무로, 소년과 희귀뱀으로 태어나 그들의 못다 한 사랑을 나눈다.

리루이와 장원이 다시 쓰기 한 새로운 「백사전」의 이야기에는 삼천 년의 수련을 마친 뱀인간 백소정과 반도원의 새끼 청사였던 청아, 어린 시절 부모를 여의고 백 낭자와 사랑에 빠진 허선, 어린 시절 부모에게 버림받아 금산사 주지의 손에 길러진 법해法海가 등장한다. 또한 이들의 앞뒤로 수많은 인물들이 윤회의 고리를 통해 부단히 등장하는데, 끊임없는 대화로 이루어지는 이 이야기 속의 백 낭자, 허선, 법해의 목소리에는 세상을 바라보는 작가의 깊은 슬픔이 담겨 있다.

요괴, 인간, 제요인除妖人의 만남

뱀으로 태어났으나 인간이 되고 싶었던 백사는 기꺼이 삼천 년의 수련을 감내하며 인간이 되기를 꿈꾸었다. 2999년이라는 오랜 수련을 거쳐 백사는 결국 인간이 될 수 있었다. 일 년이 모자라는 삼천 년의 수련을 거치며 그녀가 얻고자 했던 것은 인간 세상에서 평범한 한 인간으로 살아가는 지극히 소박한 것이었다.

백 낭자가 원하는 것은 인간의 삶이었다. 그녀는 신통력을 부려 얼마든지 돈을 만들어낼 수 있었지만 평범한 인간으로 살기 위해 바느질로 생계를 유지했고, 가끔 신통력을 부리는 청아를 나무랐다. 이류異類로 살아가는 것도 나쁘지 않았던 청아는 결코 백낭자를 이해할 수 없었다.

인간이 되고 싶었지만, 인간의 잔인함을 끝내 배우지 못했던 그녀에게 삼천 년의 수련을 고작 몇 년의 이생과 맞바꾸어야 하는 사건이 기다리고 있었다. 보슬보슬한 비가 내리던 청명절, 착한 눈빛을 가진 가난한 서생 허선과의 만남이 그것이다. 작가는 인간을 사랑한 요괴, 아름다운 여인에게 반한 가난한 서생, 요괴를 제압해야 하는 운명을 가진 제요인除妖人의 만남, 그로부터 파생되는 감정, 갈등, 선택과 운명에 관한 이야기로 새로운 백사전을 완성한다.

백 낭자와 허선은 서로 사랑했지만, 행복의 그림자는 짙고 어두웠다. 항주의 길에서 허선을 만난 법해는 허선에게서 요기妖氣를 발견하고, 허선의 힘을 빌어 요괴를 죽일 작전을 편다. 하지만 법해는 허선이 동족을 배반하고 이류인 아내를 선택하리라고는 전혀 예상하지 못했다. 지금껏 법해가 알아왔던 것과 완전히 다른 백사 요괴는 그를 혼란스럽게 한다.

작가는 원전에 없었던 「법해수찰法海手札」을 만들어 이야기를 전개한다. 백사전 전설 속의 법해는 높은 법력을 가진, 공평무사한 제요인으로 요괴를 잡는 재미를 선사해주었지만, 다시 쓰기 된 소설 속의 법해는 「법해수찰」을 통해 그의 고뇌와 번민을 드러낸다. 「법해수찰」의 서두는 법해의 스승이 법해에게 그가 석가모니의 제자였고, 요괴 제거라는 엄숙하고도 막중한 사명을 가진 제요인임을 상기시키며 시작된다.

그분은 내가 전생에 서천의 석가모니 제자였으며, 석가모니의 금 반지를 받아 요괴를 제거하러 중국 땅으로 온 게 바로 내 이생이라 고 말씀하셨다. 제요인으로 살아가는 것이 내 이생의 사명이라는 것 이다. 그 말씀을 들었을 때 나는 아직 어린 나이여서 조금 미심쩍기 도 하면서, 한편 매우 두려웠다. 설령 그것이 사실이라 하더라도, 내 가 어떻게 이런 막중한 임무를 감당할 수 있단 말인가?(李銳, 30)

법해에게 있어 요괴란 명백한 죄악 또는 혐의를 가진 존재로서, 제거되어야만 하는 대상이었다. 법해가 천하를 떠도는 동안 조무 래기 악인을 눈감은 것은 운명의 적수를 기다렸기 때문이었다. 운 명의 적수를 만난 것은 아이러니하게도 '지상의 천당'인 항주杭州 에 도착해서였다. 요괴를 발견하기는 했지만, 법해는 서두르지 않 았다. 일생일대의 운명의 적수를 만났지만, 법해가 스스로의 운명 에 대해, 또 운명의 정당성에 대해 고뇌하기 시작했기 때문이다. 법해는 그의 충고를 물리치고 아내와 달아난 허선에게 배반감을 느꼈지만, 허선을 이해하지 못하는 것은 아니었다. 제요인 법해는 요괴 아내와 그녀를 진심으로 사랑하는 인간 허선을 추적하면서 알 수 없는 곤혹감에 휩싸였다.

인간이 불허한 사랑

요괴를 제거하는 것이 법해의 사명이자 운명이었지만, 백소정은 그가 배워온 사기邪氣가 가득한 요괴와는 근본적으로 달랐다. 백소정은 남편을 비롯한 어떤 누구도 해치지 않았고, 오히려 괴질에 걸린 사람을 구하기 위해, 심지어 그녀를 잡으러 온 법해를 위해서도 자비를 베풀었다. 만약 백 낭자가 죽어가는 사람들을 못 본 체했더라면, 그녀의 정체가 발각되는 일은 없었을 것이다. 백 낭자는 죽어가는 사람을 두고 보지 못해, 스스로 위험을 초래한 것이다. 법해는 그가 알아왔던 요괴와 다른 백 낭자의 등장에 당황한다. 법해는 그에게 공평무사한 제요인이 될 것을 주문했던 스승을 상기시키며 고뇌에 빠진다. 법해의 고뇌는 학습과 경험 사이의 괴리, 즉 진리라고 믿었던 것에 대한 의심에서 비롯된 것이다.

그 구미호도 사부님에게 '불인不忍'의 어찌할 수 없음과 무고함을 깨닫게 한 것은 아니었을까. 아마도 그것이 임종 전 사부님이 내게 바리의 물을 먹이고 냉정함과 공평무사함, 대의를 잊지 말기를 당부한 이유인지도 모른다. 냉정하고 공평무사한 제요인이 되는 건 어렵지 않다. 어려운 건 냉정하면서도 무정해지는 것이다. (李銳, 125-126)

법해는 현실과 깨달음의 사이, 즉 공동체의 안녕과 유지를 요구하는 마을 사람들의 요구와 인간다움과 자비에 대한 깨달음 사이에서 고민을 거듭한다. 괴질에 걸렸던 사람들은 요괴인 백소정의 피가 섞인 '신약神藥'을 먹고 살아났지만, 그녀는 이류였기에 사람들은 그녀를 이용할 수는 있어도 그녀를 받아들이고 싶어 하지 않았다. 이류인 그녀 덕분에 사람들이 괴질에서 해방된 순간 그녀는 용도폐기 대상이 되었다. 곧이어 마을에는 사람들이 기댈 수 있는 유일한 여론이자 진리인 소문이 퍼지며 사람들의 공포심을 자극했다. 벽도촌碧桃村 마을 '전체', '공동체'의 생존과 안녕을 지켜야 한다는 정당성과 절박함은 백소정의 피를 기꺼이 받아들이게 했지만, 사람들은 공동체의 생존이 보장된 순간 '안녕'을 지키기 위해 또 다시 '정의'의 이름으로 그녀를 기꺼이 축출할 준비가 되어 있었던 것이다.

결국 법해에게 남겨진 선택은 그토록 사람이 되고 싶어 했고, 누구보다 사람답게 살았던 '이류'를 제거하는 일뿐이었다. 고뇌를 거듭하던 법해는 "정의의 이름으로 그녀들을 살해했다"(李銳, 138). "나는 정의의 이름으로 그녀들을 살해했다"는 고백이 「법해수찰」의 마지막 내용이자, 법해의 마지막 고백이다. 삼천 년 묵은 백사 요괴를 처리한 위대한 제요인 법해는 다시 금산사金山寺로 돌아가지 않았다. 가장 큰 진리는 세상 밖에 있다는 것을 깨달은 법해는 작은 진리의 배반자가 된다. 허선이 뱀 요괴인 아내를 지키기 위해 동족을 배반한 것처럼, 그 역시 큰 진리를 지키기 위해 작은 진리를 배반한다.

법해가 지금까지 쌓아왔던 진리에 대한 신념을 뒤흔들었던 뱀 요괴의 진심, 그 전말은 백소정의 죽음을 통해 더욱 선명하게 드러난다. 공동체의 안녕을 갈구하는 마을 사람들의 염원대로 백소정은 죽었지만, 그녀는 다시 뱀의 몸으로 돌아가지 않았다. 리루이는 아무리 주문을 외우고 웅황주를 들이부어도 여전히 아름다운 인간의 모습으로 남아 있는 백소정의 마지막을 담담히 묘사하여 그들이 정의의 이름으로 살해한, 정의의 공동체에서 추방한 마을 사람들의 광기 어린 신념이 허상이었음을, 폭력일 뿐임을 통렬히 비판한다. 사람으로 태어나지 못했지만, 인간 세상에서 평범한 한 사람으로 살아가고 싶었던 그녀의 진심과 노력이 어느새 그녀를 진짜 인간이 되게 한 것이다.

법해의 고뇌는 작가의 고뇌와 겹친다. 작가는 이 작품을 통해 이 세상에 편만한 진실을 이야기하고자 했고, 이 때문에 원전에 없던 「법해수찰」을 삽입하여 그들의 비극적인 사랑을 조명했다. 법해는 요괴를 제거해야 하는 냉혹한 제요인에서 "정의의 이름으로 그녀들을 살해했다"며 괴로워하는 한 인간이 되었다.

박해가 신성한 정의의 이름을 입고, 살육이 대중의 광기로 변하고, 이기심과 비겁함이 살아남는 마지막 방법이 되고, 원한과 잔인함이 거대한 횃불처럼 타오를 때, 이 세상에서 인간으로 살아가는 것은 과연 무엇을 위해서인가? 자비의 배를 타고 이 고통의 강을 건너는 것은 과연 우리에게 어떠한 인간성의 깊이를 가늠하게 해줄 수 있는가?[74]

리루이는 "자비의 배를 타고 이 고통의 강을 건너는 것은 과연 우리에게 어떠한 인간성의 깊이를 가늠하게 해줄 수 있는가"라고 자문하며, "[이 작품이] 우리 두 사람의 진심어린 탐구였다는 것이 유일한 위안이 된다"[75]며 작가의 말을 마무리하였다. 리루이와 그의 아내 쟝윈은 이 세상에서 인간으로 살아가는 것이 무엇을 위해서인지, 또 인간다움이란 과연 무엇인지를 진지하게 묻는다.

인간 세상에 편만한 '구별 짓기'와 '차별'

백사가 원했던 것은 순수한 인간의 피와 살로 이루어진 생물학적인 인간일까, 아니면 인간 속에서 평범한 한 인간으로 사는 것이었을까? 소설 속의 백사는 아마도 후자의 입장이었을 것이다. 그녀의 '다름'이 결국 사람들을 구했지만, 사람들은 온갖 구실을 만들어 이류의 굴레를 씌우고 축출하고 싶어 했다. 만약 그녀가 죽어가는 사람들을 보면서 모른 체했더라면, 그녀의 정체는 들통나지 않았을 것이다. 작가는 그녀가 배우지 못한 '잔인성' 때문에

---

74 李銳, 『人間』, 偶遇因緣(代序).
75 "唯一可以告慰的, 这是两个人真心的探求." 李銳, 『人間』, 偶遇因緣(代序).

벌어진 이 비극을 통해, 가장 보편적인 인간의 속성이 잔인성임을 밝힌다. 세상의 다양한 이류를 구별하고 차별하고 박해하는 것이 야말로, 인간의 속성 가운데 하나이며 이로부터 수많은 비극이 비롯된다는 것을 역설하는 것이다.

백사 요괴는 세상에 편만한 이류의 대명사이다. 종교, 성별, 나이, 빈부 등 수많은 경계는 인간이 만들어낸 '다름異'의 담이다. 자신의 '다름'을 인정받으며 살고 싶다는 소망, 인간다운 삶을 갈망하는 사람들의 절규는 비바람을 부르는 것도 원하지 않고 다만 한 남자의 아내로, 한 아이의 어머니로 살기를 갈구했던 백소정의 소망과 다르지 않다. 언제나 피로 얼룩진 결말로 끝맺음되곤 했던, 여전히 계속되고 있는 그 복잡하고 비극적인 이야기가 다시 쓰기 된 백사전의 비극에 스며들어 있다.

넓은 의미에서 백사전은 인간 세상에 편재한 '구별 짓기'와 '차별'에 대해서 말한다. 지금까지 남아 있는 이야기, 즉 백 낭자가 결국 인간이 되어 행복하게 산다는 아름다운 러브스토리는 작가에 의해 전복되었다. 백 낭자는 인간이 되었으나 끝내 살해되었고, 아내를 잃은 허선은 정처 없이 떠돌다 죽었으며, 그들의 아들인 분해야도 남은 생을 처절한 슬픔 속에서 살아야 했다.

남편과 아이를 위해 스스로 목숨을 끊은 백 낭자, 목숨을 건져준 정인의 칼에 찔려 죽은 청아, 선택받은 제요인에서 스스로 신분을 숨기고 은거한 법해, 또 향류낭香柳娘과 추백秋白, 21세기의 뱀 소년까지, 소설 속에 스민 불교적 윤회가 거듭되는 모든 시·공간에 소설 속의 비극은 여전히 계속되고 있다.

이 세상에는 여전히 자신의 목숨을 구해준 사람을 향해 기꺼이 칼을 뺄 수 있는 젊은 연극배우, 호胡 노인과 같은 사람들로 가득하다. 그러나 작가는 법해의 환속還俗, 호 노인의 딸인 순낭順娘의 희생을 통해 일말의 가능성은 남겼다. 그렇기에 작가들의 이야기는 오랜 백사전 전설의 그림자에 드리운 세상의 모습을 바라보는 그들의 절망이자, 더 나은 미래를 향한 희망의 양가적 표현일지도 모른다. 절망과 희망의 교차로에 내몰린 이류들의 이야기인 이 소설은 완벽한 세상을 외치는 공허한 외침에 대한 불완전한 메아리인 동시에, 그럼에도 불구하고 희망을 버리지 않으려는 작가들의 결연한 외침이다.

3) 다름異에 대한 되물음 _ 영화 〈백사대전〉[76]

가장 유명한 중화권 배우 중 한 명인 이연걸의 출연으로 시선을 끈 이 영화는 백사전이라는 오래된 이야기를 재조명한다. 백사 여인과 제요인, 평범한 인간의 만남은 꿈과 욕망, 사랑과 증오,

---

76 영화 〈백사전설(白蛇傳說)〉(程小東, 2011). 이 영화는 국내에 〈백사대전〉이라는 이름으로 번역되어 개봉되었다.

금기와 당위 사이를 부단히 넘나들며 새로운 이야기로 다시 쓰기 된다.

백사 여인 소소素素[백소정白素貞은 이 영화에서 '소소'라는 이름으로 등장한다]가 허선을 보고 반한 곳은 깊고 높은 산이었다. 가난한 서생이자 약초꾼인 허선은 높은 산에 올랐다가 뱀을 보고 놀라 물에 빠진다. 허선은 어여쁜 여인 덕분에 다시 살아날 수 있었지만, 허선은 도대체 그것이 꿈인지 현실인지 구별할 수 없었고, 살아난 것에 대해 감사할 뿐이었다.

가난한 서생이 약초를 캐고, 천 년을 수련한 아름다운 백사가 심산深山을 유유히 거닐 때, 법해는 세상에 넘치는 요괴들을 상대하고 있었다. 그는 제자에게 "눈에 보이는 걸 쉽게 믿지 말라"고 경고했고, 제압한 요괴를 바리에 거두어 뇌봉탑 안에 봉인했다. 요괴들이 뉘우쳐 맑은 모습으로 세상에 나오기를 바라는 그의 이름은 법해法海, 위대한 제요인이었다. 백사 옆에 청사가 있듯, 법해의 곁에는 순진하기 이를 데 없는 제자 능인能忍이 있었다.

허선과 백 낭자가 만났던 비 내리는 청명절의 낭만은 시끌벅적한 단오절의 등회燈會로 바뀐다. 등회에는 사람과, 요괴와, 제요인이 뒤섞여 있다. 그곳은 세상의 천국이자 지옥이었다. 금산사金山寺의 주지대사인 요괴사냥꾼 법해와 그 제자는 사람을 해치는 요괴를 쫓고 있다. 명랑한 청사 요괴 청청靑靑과 능인은 등회가 열리는 청명절의 거리에서 우연히 마주친다.

제자: "조용히 해. 요괴가 여기 근처에 있어."

청청: "요괴가 있는지 어떻게 아는데?"

제자: "나는 전문가거든. 오랫동안 쫓던 요괴니까 오늘은 꼭 없애야 돼."

청청: "왜 없애야 되는데?"

제자: "요괴는 사람을 해치니까."

청청: "사람을 해치치 않는 요괴가 있어도 없앨 거야?"

제자: "나도 몰라."

청청: "요괴하고 사귀면 어때?"

제자: "그건 안 돼."

청청: "왜 안 되는데?"

제자: "사부님이 요괴를 처치하는 방법만 가르쳐주셨지, 요괴와 사귀는 법은 가르쳐주지 않으셨어."《백사대전》

영화의 서두에 등장하는 이 짧은 대화는 중요한 내용을 담고 있다. 요괴를 제거하고 처단하는 방법만 배워온 법해의 제자 능인과 우연히 만난 요괴 청청은, 그에게 끊임없이 "왜?"를 묻는다. 하지만, 능인은 시원하게 대답하지 못한다. 요괴의 한 가지 속성만을, 그리고 그들을 처치하는 방법만을 배워온 그에게 "왜?"라는 질문은 가질 수도, 가져서도 안 되는 질문이었기 때문이다. 그의 스승인 '법해'는 자비로운 불법佛法의 바다이기도 했지만, 어떤 의

미에서는 법칙의 바다이기도 했다. 구속拘束은 가까웠고 구원救援
은 멀었다.

　오랜 시간 동안 만들어지고 지켜진 법法은 그들에게 아무런 문
제가 되지 않았다. 백 낭자가 허선을 사랑하기 전까지, 법해의 제
자가 박쥐 요괴에게 물리기 전까지는 말이다. 법해의 제자는 자
신의 능력을 가늠하지 못한 채 용감하게 요괴들에게 뛰어들었고,
그 결과는 참담했다. 능인은 많은 조무래기 요괴들을 처리할 수
있었지만, 결국 큰 요괴에게 물리고 만다. 법해조차도 요괴 독에
중독된 능인을 되돌리지 못한다. 제요인이었던 자신이 요괴가 되
어가는 것을 참을 수 없었던 능인은 죽을 결심을 하지만, 청청의
방해로 성공하지 못한다. 오히려 그녀는 요괴답게 살아가는 방법
을 알려주겠다며, 전문 제요인이었던 능인의 친구가 되어준다. 능
인은 인계人界와 요계妖界의 경계에 놓이게 된다. 경계적 존재인 능
인은 제요인의 제자이자, 요괴의 친구가 된다.

　한편, 사랑을 포기하지 못했던 백사 여인은 법해의 치명적인 공
격을 받고 추방당한다. 허선은 자신의 아내가 백사였다는 것을 알
게 되었지만, 그녀를 위해 금산사의 신선초를 훔치기에 이른다. 법
해와 백사의 일대 결전이 벌어지고, 금산사는 물에 잠겨 아수라
장이 되었지만, 허선과 백사 여인의 행복은 끝내 이루어지지 않
는다. 백사 아내를 구하고 '기억의 형벌'을 받은 허선은 모든 기억
을 잃는다.

물바다가 된 금산사, 생사를 오가는 불제자들, 그들을 구해낸 박쥐 요괴 능인, 한 번만 허선을 보게 해달라며 눈물로 호소하는 소소 앞에서 걷히는 하늘을 보며 법해는 혼란스럽다. "내가 일생 동안 하늘과 인간의 도리를 지켰는데 왜 나에게 이런 재앙이 생긴 것일까? 내가 너무 고집스러웠던 건 아닌가? 내가 틀린 것일까?" 이류異類의 사랑을 포기하지 않은 두 연인의 마지막 작별을 위해, 법해는 있는 힘을 다해 탑을 들어 올린다. 요괴의 진심에 대한 법해의 보답이었을 것이다.

법해의 제자는 그가 꿈꾸었던 금산사의 주지스님이 되지 못했다. 법해는 더 이상 사람도, 제요인도 아닌 능인을 있는 그대로 인정한다. 모든 요괴는 제거되어야 한다고 믿었던 법해에게 예외가 생긴 셈이다. 끝내 요괴 독을 제거하지 못한 능인은 인계와 요계 사이의 경계적 존재로 남겨진다. 두 세계가 만들어낸 또 하나의 이방인인 셈이다. 하지만 어느 세계에도 온전히 속해 있지 않기에 두 세계를 온전히 오갈 수 있다. 그 불완전함은 오히려 완전함으로 가는 길이 된다. 법해는 새로운 구도자求道者의 길로 걸음을 내딛는다.

소소는 백사의 모습으로 돌아가고, 허선은 금산사의 앞마당을 쓸며 짧은 이생의 의미를 찾는다. 요괴에게도 진심이 있다는 것을 알게 된, 그래서 그들을 인정할 수 있게 된 법해와 능인의 변화는 이류에 대한 경직된 신념의 폭력성, 인간 세계에 편만한 아집과 계율의 허상을 보여준다. 이 영화가 던지는 메시지는 단순하고 진부하다. 하지만 뒤집어 생각해보면 이 단순한 이야기를 반복하는 작가의 진심도 읽을 수 있다. 세상에 만연한 '정의'를 가장한 박해, 이류에 대한 차별과 폭력에 대한 진지한 반성을 요청하는 전언이다.

| 그들의 다시 쓰기 |

리루이의 『인간』, 쉬커의 〈청사〉, 청샤오둥의 〈백사전설〉은 모두 다시 쓰기 된 '백사전白蛇傳'이다. 이류인 백사와 청사, 착한 허선과 승려 법해의 등장은 변함이 없다. 환혼초(還魂草 또는 선약)와 괴질 등 인간세상의 재앙과 신약神藥은 이야기를 더욱 풍부하게 해주는 요소다. 다양한 인물과 소재들은 작가의 의도에 따라 서로 절묘하게 뒤섞여 다른 이야기로 완성된다. 인간세상의 인간과 이류異類, 그들 사이에 있는 제요인의 이야기는 기실 이 세상에 대한 커다란 은유이다. 이 소설은 수많은 다름異과 다양한 사람들이 모여 만든 세상의 인간과 삶을 그리고 있다.

백사전을 다시 쓰기 한 이들 이야기의 공통점은 서사의 전복이다. 다시 쓰기 된 어떤 이야기도 고전적 주제였던 '요괴 잡는 통쾌한 이야기'를 말하지 않는다. 오랜 시간 동안 수련을 거친 백사 여인과 순박한 약초꾼 허선과의 사랑은 공통적이고, 그들의 사랑은 진실하게 이어진다.

영화 〈청사〉에서는 인간을 진심으로 사랑했던 백사 여인과 냉혈한 요괴사냥꾼 법해의 대립이 팽팽하게 그려진다. 법해는 요괴를 제거하고 세상의 시비와 선악에 대한 설법을 근엄하게 선포하지만, 인간의 욕망에서 결코 자유롭지 못한 인간이다. 백사는 죽음으로써 숭고한 사랑을 증명하지만, 서로의 욕망에 눈이 멀었던 법해와 청사는 패배자로 남겨지게 된다. 이 영화에서는 이류에 대한 인간의 본능적 두려움을 말하고 있는 동시에, 인간을 얽어매는 엄격한 계율, 인간의 내밀한 욕망을 섬세하게 그려내고 있으며, 사랑이야말로 인간을 가장 인간답게 만드는 것이라고 말한다.

리루이·쟝원 부부는 소설 『인간』에서 백사의 정체를 알면서도 그녀에 대한 사랑을 멈추지 않은 허선의 마음, 부부의 진실한 사랑을 그려낸 동시에, 제요인인 법해의 고뇌를 그렸다. 법해는 공동체에게 닥친 위기 속에서 오히려 숭고한 사랑과 희생, 헌신을 보여준 이류를 만난다. 법해가 발견한 것은 이류에서 비롯된 위험이 아니라, 인간의 이기심과 추악한 욕망이 빚어낸 비극이다. 법해는 백사 여인의 아이를 살려주고, 먼지처럼 덧없는 세상으로 환속還俗한다. 그의 결심은 다름異에 대한 인간의 광기狂氣, 그 잔인함에서 비롯된 것이다. 작가는 이 소설을 통해 인간 세상에 편만한 경계, 벽, 편 가르기가 만들어낸 차별과 박해의 실상, 그 비극을 보여준다.

한편 화려한 판타지로 태어난 청샤오둥의 〈백사전설〉에서는 요괴 독에 중독되어 요괴가 되어가는 제자 능인을 있는 그대로 인정하는 법해의 이야기가 펼쳐진다. 이류, 이방인에 대한 공포와 배척은 학습된 신념이 만들어낸 폭력이다. 성찰 없는 신념은 때로 삶을 고통으로 몰아넣는다. 우리의 현실 속에도 수많은 이류異類가 있다. 성별, 인종, 국적, 종교가 다른異 사람들이 만들어내는 세상 속에서 우리는 과연 어떻게 살아야 하는가? 작가는 '있는 그대로'라는 그의 대답을 던진다.

새롭게 리텔링된 이야기들은 '요괴 잡는 이야기'로서의 백사전을 전복한 서사라는 점이 눈에 띈다. 리텔러들은 다름에 대한 배척이 결국은 인간의 자만심, 뿌리 깊은 오해와 불신, 잔인한 본성에서 비롯된 것이라고 말한다. 이들의 다시 쓰기는 '다름에 대한 배척'이 얼마나 큰 비극을 야기하는지, 그것이 얼마나 덧없는 것인지, 진정한 인간의 의미는 무엇인지를 부단히, 그리고 집요하게 묻는다. 영화, 드라마, 소설 등으로 다시 쓰기 된 '백사전'은 앞으로도 끝이 없을 것이다. 그것은 요괴의 이야기가 아니라, 결국 인간의 본질에 대한 이야기이니 말이다. 역사 리텔링은 역사 연구가 아니다. 역사 리텔링을 접하기에 앞서 이들이 상상력의 개입이 허용된 장르라는 것을 기억할 필요가 있다.

古典 제3부

픽션, 팩트, 팩션

역사는 신화와 더불어 리텔링의 주요한 대상이다. 역사에 대한 리텔링을 불순하다고 보는 시선도 있지만, 역사에 대한 해석은 하나로 고정될 때 오히려 위험성을 내포하게 된다. E. H. 카는 역사란 과거에 대한 사실의 진위 여부를 가리는 것이 아니라, 사실에 대한 해석이라고 주장한다. 그래서 "역사적 사실로서의 그것[역사]의 지위는 해석의 문제에 좌우"되고, "해석이라는 요소는 모든 역사적 사실에 개입한다"[77]고 말한다. 그럼에도 불구하고, 많은 사

---

77 E. H. 카, 김택현 옮김, 『역사란 무엇인가』, 까치, 2005, p.24.

람들에게 역사란 '사실로서의 어떤 것'으로 폭넓게 받아들여진다. 따라서 역사 리텔링은 역사나 과거에 관심이 덜한 현대인들에게 역사를 알린다는 긍정적 효과에도 불구하고, 신중함을 요청받는다. 작가(또는 기획자)의 의도적 방향 설정에 따라 역사 왜곡의 문제로 이어질 수 있기 때문이다. 이런 우려에 대해서도 "'역사란 무엇인가?'라는 질문에 대답하려고 할 때, 우리의 대답은 의식적으로든 무의식적으로든 우리 자신의 시대적 위치를 반영하게 되며, 우리가 살고 있는 사회에 관해서 어떤 견해를 가지고 있는가라는 더욱 폭넓은 질문에 대한 대답의 일부가 된다"[78]고 말하는 E. H. 카의 주장을 참고해 볼 만하다. 역사적 사실이 서사로 표현되는 과정에는 이미 해석이 내재되어 있다고 보는 것이다.

역사 리텔링에 향하는 불안한 시선은 창작의 형태로 표현되는 리텔링에 포함된 상상력, 허구성, 창의성에 기인한 것이기도 하다. 리텔링된 역사서사물이 큰 인기를 끌 때마다, 역사의 진위여부에 대한 논의가 촉발되는 것도 이러한 이유 때문이다. 이러한 논의에도 불구하고, 역사는 여전히 매력적인 리텔링의 소재가 되어 다시 쓰이고 있다.

78 E. H. 카, 김택현 옮김, 같은 책, p.17.

5장

한국의 역사 리텔링

역사 속 사건이나 인물을 다시 쓰기 하는 이유는 무엇일까? 리텔링을 시도하는 작가의 의도를 한 가지로 이해하기는 어렵다. 그것이 단순히 개인적인 호기심이나 궁금증 등 순수한 의도에서 비롯되기도 하지만, 특정한 목적을 위해 의도적으로 이루어진 경우도 있기 때문이다. 역사 리텔링은 순수한 창작열에서 비롯되기도 하지만, 어떤 리텔링은 국가나 집단의 이익을 반영하거나 입장을 대변하는 측면에서 이루어진다는 사실도 간과할 수 없다.

역사소설 가운데서도 『리심』, 『미실』 등 개인의 이름이 책제목이기도 하고 그들이 주인공이기도 한 작품들은 독특한 위치를 가진다. 작가들은 다른 시·공간을 배경으로 하여 그 시대를 조명하려는 목적에 앞서 한 개인의 삶에 천착함으로써 삶의 가치와 의미를 찾는 작업에 몰두하게 된다. 이런 점에서 역사 소설은 역사와는 다른 모습을 보여준다. 역사가는 사실의 발굴을 일차적인 목적으로 삼지만 소설가는 사실관계의 파악보다는 재구성된 이야기를 통해 얻어진 삶의 의미와 가치를 중요시한다는 점에서 차이가 있다. 작가들이 무심히 던지는 "전기를 쓰려는 게 아니라"[79]라는 말은, 어떤 면에서 역사소설의 존재방식을 알려주기도 한다.

1. 황진이

황진이는 고전적 엔터테이너이자 주체적 여성, 자유로운 삶을 살았던 자유인으로 묘사되며 관심을 받아왔다. 황진이 서사는 판소리, 소설을 비롯하여 TV드라마, 영화 등으로 꾸준히 재생산되어왔는데, 황진이가 이 시대와 만날 수 있었던 이유는 무엇일까? 주변인이자 사회적 약자였던 황진이 서사는 우리 시대의 욕망, 구조, 사랑의 의미를 읽어내는 이야기가 될 수 있기 때문일 것이다.

---

[79] 신경숙, 『리진』(2), 문학동네, 2007, p.347.

황진이는 전설 속의 인물일까, 아니면 역사 속의 인물일까? "황진이는 이덕형의 『송도기이』, 허균의 『성옹식소록』, 이긍익의 『연려실기술』, 김천택의 『청구영언』, 유몽인의 『어유야담』 등 여러 야사와 야담에 행적이 기록되어 있고, 시조와 한시 13수가 뚜렷이 남아 있음에도 불구하고 정사 어디에도 기록이 없음으로 인해서 종종 실존을 의심받"[80]는 인물이다. 전경린은 정사正史의 어디에도 없어 그 존재를 의심받기도 한다고 했지만, 김탁환은 이를 '역사와 소설의 포옹'이라고 표현함으로써, 황진이를 역사적 존재로 보았다.

황진이는 정사에서 찾을 수 없지만 조선시대를 통틀어 가장 유명한 여인 가운데 한 명이다. 정사에는 없지만 야사 등에서 그 존재를 분명히 하는 황진이는 오랜 시간 동안 작가들에게 창작의 욕망을 불러일으키는 역할을 해왔다. 1938년 이태준의 『황진이』로부터, 이후 정비석, 최인호, 김탁환, 전경린, 북한 작가 홍석중 등 많은 작가들이 황진이 서사를 다시 쓰기 해왔다. 황진이 다시 쓰기는 소설에만 국한되지 않는다. 1957년 조긍하 감독의 영화 〈황진이〉뿐만 아니라, 〈황진이의 일생〉(윤봉춘, 1961), 〈황진이의 첫사랑〉(정진우, 1969), 〈황진이〉(배창호, 1986), 〈황진이〉(장윤현, 2007)

---

80 전경린, '작가의 말', 『황진이』(1), 이룸, 2006.

등으로 부단히 다시 쓰기 되어왔다.[81] 동화와 그림책, 뮤지컬, 드라마, 마당놀이극 등으로 리텔링되는 황진이는 확실한 브랜드로 자리 잡은 지 오래다.

1) 그녀의 진실 찾기 _ 김탁환의 『나, 황진이』[82]

소설가 김탁환의 『나, 황진이』는 역사소설'이 아니라 '역사소설'이다. 그는 주석 달린 소설을 통해 황진이를 설화가 아닌 사실로서의 여인으로 그려내려고 시도한다. 황진이가 서경덕의 제자였던 하태휘에게 보내는 편지 형식을 통해 진행되는 이 소설에는 그녀의 탄생부터 시작하여 마지막 여정까지의 이야기가 담겨 있다. 『나, 황진이』는 소설이라는 장르로 쓰였지만, 황진이를 엄정한 시선으로 추적하는 형식으로 전개되고 있다.

작가는 황진이가 글을 익히고 시를 쓰며 인생을 탐구했던 한 기녀였다고 밝힌다. 이어 그녀에게 얽힌 가장 유명한 몇 개의 이야기가 사실이 아니라, 호사가들이 꾸며낸 이야기라고 말한다. 작가는 황진이가 태어났을 때 기이한 향이 방안에 가득했다는 것, 황진이가 상사병에 걸린 한 남성을 계기로 기녀가 되었다는 이야기,

---

81 이현경, 「현대영화가 '황진이'를 소환하고 재현하는 방식-〈황진이〉(배창호, 1986)와 〈황진이〉(장윤현, 2007)를 중심으로」, 『한국고전여성문학연구』(15), 2007, pp.95-96.
82 김탁환, 『나, 황진이』, 푸른역사, 2006.

소리꾼 이사종과 6년의 계약동거, 스승 서화담과 황진이의 관계를 남녀의 문제라고 떠들어대는 사람들의 소문이 사실이 아니라는 것을 황진이의 입을 통해 밝힌다.

> 내가 태어나던 날 황룡이 하늘로 올라가고 설창의雪氅衣(신선이 입는다는 눈처럼 흰 옷)를 입은 것처럼 하얀 까마귀떼가 우물에 빠졌으며 선죽교의 봉황꼬리(대나무)가 밤새 어敔(나무로 만든 악기)를 치듯 울었다는 것은 거짓입니다. (김탁환, 68)

> 서찰을 찢어 병부교 아래로 뿌린 후 다시는 그를 보지 못했답니다. 한 달 후 그가 연모하는 병이 깊어 죽었다는 뜻밖의 소식을 접했지요. …… 그의 상여가 내 집 앞에 머문 것은 사실입니다. 바위처럼 상여가 무거워져서 나아가기 힘들었는지 모르지만, 그 부모의 부탁을 받고 저고리 한 벌을 내어주었지요. 밖으로 드러낼 용기는 없었지만 나를 향한 마음이 단단하고 무겁기는 했나 봅니다. 허태휘는 그 일 때문에 내가 기생이 되었다는 풍문을 들었다고 했어요. …… 상사병으로 죽은 사내 때문에 기생이 되는 여자도 있던가요. 그가 나를 연모하기 훨씬 전부터 나는 기생 수업을 받고 있었답니다. 그 길뿐이었어요. 말 보태기를 좋아하는 이들이 그럴듯하게 엮었겠으나 나는 그를 딱 이틀 생각한 것이 전부예요. (김탁환, 110)

가지 않으니 왔던 걸까요. …… 경도京都 제일의 소리꾼 이사종李士宗이 나를 만나러 온 겁니다. (김탁환, 156) …… 어떤 이는 내가 그에게 딱 6년만 동거를 하자 했다 하고, 또 어떤 이는 한 걸음 더 나아가 그의 집에서 3년, 내 집에서 3년을 살기로 약조했다고 떠든다면서요. 허태휘도 웃으며 이 풍문을 전했지요. 이런 소문은 내 삶을 숫자에 묶어 조롱하려는 것이므로 논할 가치조차 없습니다. …… 제 아무리 역易에 능하고 세상의 기미를 살피려는 사람이라도 한 남자와 한 여자가 함께 사는 기간을 어떻게 미리 정할 수 있단 말입니까. 또 그 반을 뚝 잘라서 서로의 집에 기거하기로 약조하였다는 것도 어불성설이지요. …… 어찌어찌 살다보니 6년 만에 그와 헤어진 것은 맞습니다. 또 3년은 한양에서 나머지 3년은 송악에서 지낸 것도 사실입니다만, 풍문처럼 날짜를 맞춘 것은 결코 아니랍니다. (김탁환, 167-168)

사랑의 문제였습니까. 겨우 10년 전 일인데도, 사내들은 나와 지족선사, 나와 스승의 첫 만남을 내기로 바꾸었습니다. 그것도 아주 지독하게 꾸미고 비틀어서 말이에요. 기생 황 모가 지족 선사와 서화담에게 가서 값싼 웃음과 노래로 동침을 요구했다는 겁니다. ……아니에요. 그건 결코 연리지의 문제가 아닙니다.

황 모는 늙어 죽을 때까지 남정네를 유혹하는 기생에 불과했다고 보고픈 사대부들의 바람을 모르지 않지만, 하지도 않은 일 때문에

비난받을 수는 없습니다. (김탁환, 247; 251)

전체적으로 일인칭 시점으로 서술되는 그녀의 이야기는, 고해성사를 하듯, 자기변호를 하듯 진지하고 당당하게 들린다. 작가는 기녀 황진이를 둘러싼 무수한 이야기들에 대해 황진이의 입을 빌어 '말 보태기를 좋아하는 이들'이 엮어낸 소문, '나를 숫자에 묶어 조롱하는 것이므로 조롱할 가치조차 없는', '아주 지독하게 꾸미고 비'튼 이야기라고 말한다. 작가는 "처음에는 하나하나 변명도 하고 소문을 퍼뜨린 자들을 수소문하여 무릎맞춤(대질)도 했지만 모든 것이 부질없었습니다. 내가 왜 내 삶을 조롱하는 이들에게 나 자신을 변명하여야 한단 말인가요"(김탁환, 168)라고 말하며, 사실과 다르게 알려진 이야기라고 밝히고 단호히 선을 긋는다.

작가는 방대한 양의 주석을 곁들인 이 이야기를 통해 세상을 비웃었던 요녀 황진이가 성적인 매력에만 기댄 여성이 아님을 말한다. 그녀는 베일에 싸인 신비한 인물이거나 팜므 파탈이 아니라, 자의식이 뚜렷한 매력적인 인간이다.

관습을 거부했던 철학하는 기녀

황진이는 박연의 폭포수처럼 크게 울어대며 이 세상에 태어났다. 눈이 먼 악기樂妓였던 진현금의 딸로 태어나, 기적妓籍에 이

름을 올릴 수밖에 없었던 황진이는 할머니가 말하는 운명을 그대
로 믿지 않는다. 오히려 황진이는 현상의 본질에 대해 집요하게 질
문한다. 당연히 받아들였던 삶의 모습에 대해서도 회의하고, 전통
이나 관습 따위가 만들어놓은 세상에 자기만의 새길을 만들어 걷
겠다고 생각한다.

가시버시(부부)의 유별은 어디에서 오고 신분의 귀천은 어디로부
터 비롯되는가를 밝히고 싶었지요. 부술 것은 부수고 바꿀 것은 바
꾸고 싶었습니다. (김탁환, 45)

몇몇 동기들과 노래, 춤, 악기를 어울려 배웠지만 하나도 눈에 차
지 않았습니다. 오직 나 홀로 황황한 벌판에 서 있다고 생각했지요.
또래들과 엇비슷하게 배우고 자라고 늙고 싶지 않았습니다. 이 길로
갔던 이들이 만들어놓은 작품을 남김없이 허물고 지나가겠다는 욕
심이 생겼지요. (김탁환, 86)

철저한 신분사회의 사회적 약자였던 황진이는 세상이 그녀에게
말하는 운명이니, 의무니 하는 것들을 거부하고, 그녀에게 허락되
지 않은 세상을 향해 두려움 없이 나아간다. 기녀들은 첫 밤을 지
낸 사내의 바지저고리를 평생 간직해야 한다고 들었지만, 그녀는
그것을 찢어 아궁이에 던져버린다. 그녀의 행위는 전통 또는 관

습이라는 이름으로 오랜 시간 동안 내려오던 행위를 거부하고, 그 녀가 진정으로 원하는 것은 어떤 것에도 얽매이지 않는 자유라고 말한다.

첫 밤을 지낸 사내의 바지저고리를 평생 간직하는 것 또한 관습이 었으나 나는 그에게 받은 바지저고리를 갈기갈기 찢어 아궁이에 던 졌어요. 순종을 위한 순종이 나를 점점 벌레로 만들 것이라는 불길 한 예감이 들었답니다. …… 내가 원한 것은 가끔 누리는 여유가 아 니라 완전한 자유였습니다. (김탁환, 113)

기존의 관습을 거부했던 사유와 행위는 삶의 곳곳에서 나타 난다. 그녀는 '다움'의 부당함에 대해 진지하게 고민한다. 양반은 양반답고, 아전은 아전다워야 한다면, 기생다움이란 과연 무엇인 가? 그녀는 외부에서 그녀에게 제시하는 규범을 받아들이지 않 고, 그녀 내부에서 비롯된 원칙 찾기를 갈망한다.

돌이켜 생각하건대, 나의 삶이란 공명정대한 법에 대하여, 지극히 온당하며 인간의 도리를 일깨운다는 관습과 예절에 대해 던지는 질 문에 다름 아니었어요. 양반은 양반답고 아전은 아전다우며 기생은 기생다워야 한다는 규범을 받아들일 수 없었던 겁니다. 그 다움은 어디서부터 오는 것일까요. 나로부터 비롯되는 것이 아니라 내 밖으

로부터 오는 것이라며, 어찌 그것을 내 삶의 원칙으로 받아들일 수 있겠습니까. (김탁환, 94)

그녀의 깨달음과 행위는 순간적 분노에서 비롯된 것이 아니다. 현실적 고통에서 시작된 사유와 철학은 그녀를 새로운 길로 인도하고 있었다. 그녀는 이두를 익히고 법전을 배우며 다시 소식蘇軾의 시집을 펼쳐 시詩 배우기를 갈망한다. 시를 배운다는 것은 세상의 고통과 만나는 일이라는 고언을 들으면서도 말이다. 더 나아가 그녀는 그녀가 배워온 것들을 세상에 쏟아놓고, 남성들의 세계인 역사를 쓰는 일에 동참하기를 원한다.

그녀가 꿈꾸는 세상에는 그녀와 뜻을 달리 하는 사람들, 세상으로부터 소외된 자들에게도 울타리가 없다. 서화담이 그녀를 받아주었던 것처럼, 지족 선사와 깊은 대화를 나누었던 것처럼 그녀는 세상이 규정한 편견의 벽들을 허물겠다고 선언한다.

허태휘는 왜 하필 송도로 다시 돌아왔느냐고 물었지요. …… 4년 동안의 떠돌이 생활을 접고 송도로 돌아온 것은 뛰어난 스승의 문하에 들어 배움을 얻는 것 이상의 욕심 때문이에요. 배우는 것에 그치지 않고, 삼봉이 성균관에서 나라의 동량들을 키웠듯이, 한청汗靑(역사)의 새로운 장을 펼쳐 보일 인재들을 그림자처럼 돕고 싶었지요. …… 일단 송도에서 자리를 잡은 다음 내 뜻을 없을 학인의 무리를 찾을 요량이었지요. 공맹의 무리일 가능성이 컸지만 불제자나 시정 잡인일지라도 상관없었답니다. (김탁환, 200)

선택의 여지없이 주어져 운명처럼 받아들여야 했던 '기녀'라는 신분에서 시작된 그녀의 사유는, 양반 질서의 모순과 신분사회에서 소외된 수많은 사람들의 고통에 와닿는다. 그녀는 스스로 한청의 역사를 쓸 인재들을 돕고 싶다는 뜻을 밝히며, 그것이 공맹의 무리든 불제자나 시정 잡인이든 상관없다고 말한다. 그녀를 가장 아프게 짓눌러온 세상의 법도와 관습을 정면으로 거부하는 것이다. 그녀는 "세상을 향해 침 뱉고 으르렁거리며 욕하고 비웃으며"(김탁환, 15) 세상에 맞선다.

바람이 되고 싶었고, 자유를 갈망했던 그녀의 삶은 그녀가 만들고 걸었던 길 위에서 이루어졌다. 황진이는 요녀妖女가 아니라 도道를 추구하고 사유하기를 멈추지 않았던, 한 여인일 뿐이다.

길을 만들고 걸었던 여인

이 소설은 세월의 풍화를 이기지 못한 황진이가 마지막 유랑길에서 쓴 편지의 형식을 유지하고 있다. 황진이는 옆구리에 바람이 들고 이마에서 정수리까지 붉은 반점이 돋자, 스스로 구차한 마지막을 보이고 싶지 않았던 자존심 강한 사람이다. 그녀는 편지글에서 죽어가고 있다고 말하면서 그녀 스스로 걸었던 길을 되짚으며 회고한다.

　기적妓籍에서 이름이 빠진 이후, 황진이는 배움을 추구하는 동시에 소리를 하고 춤을 추며 여행을 떠난다. 그녀는 길 위에서 많은 사람들을 만나고, 다양한 경험을 하고, 책에서 배우지 못한 것들을 배우며 새로운 길을 만들어간다. 인생의 의미를 깨닫고, 도道를 추구했던 그녀는 유한한 삶에서 영원으로 나아가기를 멈추지 않는다.

　　이 짧은 우통郵筒을 읽을 즈음이면 나는 오등烏藤에 의지하여 길 위에 있을 겁니다. 이번에는 에움길만 따르려고 해요. 득도란 결국 길을 얻는 것이니 어찌 길 위로 나서는 것을 멈출 수 있겠는지요. 산이 아니라 길에 묻히고 싶다고 한 것도 이 길의 영원함을 믿기 때문이랍니다. (김탁환, 281)

　『나, 황진이』는 방대한 양의 문헌으로 지탱되고 만들어진 이야기다. 소설의 내용을 능가하는 주석의 분량은 소설의 진지함을 배가시킨다. 재아宰我, 자공子貢, 이루離婁, 사광, 소식蘇軾, 혜중산嵇中散, 고점리高漸離 등 다양한 인물과 『장자莊子』, 『도덕경道德經』, 『내훈內訓』, 『악학궤범樂學軌範』, 『신이경神異經』, 『순자荀子』 등의 적절한 인용, 최근의 연구 자료까지 포함한 주석은 마치 그녀의 회고록에 진정성을 부여하는 것처럼 보이기도 한다.

주석은 작가의 양적인 지식 수준을 뽐내는 것으로 제시되는 것이 아니라, 그녀의 삶을 보다 깊고 밀도 있게 들여다보게 한다는 점에서 의미가 있다. 주석은 이 이야기가 '역사소설'임을 밝히기 위한 장치들이자, 황진이에게 얽힌 수많은 이야기들 속에서 헛된 풍문들을 가려내고, 숨겨진 이야기의 실타래를 풀어가는 역할을 한다. 끝내 사회적 약자의 지위에서 벗어날 수 없었지만, 한 인간이 되고 철학자가 되고 싶었던 한 여인의 삶은 이렇게 완성되었다.

탐정이 되고 싶었던 소설가. 남성 작가는 기꺼이 여성 화자가 되어, 그녀의 이야기를 들려준다. 수많은 문헌과 시, 그 외의 자료들은 어쩌면 전해지는 설화와는 달랐을지도 모를 황진이라는 여성의 진짜 모습을 그려내겠다는 시도로 보이기도 한다. 수많은 이야기들 가운데 어떤 것이 진실인지 가려내기는 결코 쉽지 않다. 실존 인물인 그녀의 이야기가 설화로 남게 된 것, 그것은 그 여성의 서사에 수많은 틈입의 공간이 허용되었다는 말과도 통한다. 글을 익혔고, 시를 썼으며 남성 스승을 두었던 기녀, 세상과 불화했던 한 여성의 이야기는 그 자체로도 매혹의 대상이 된다.

2) 자유와 사랑을 추구하는 엔터테이너 _ 드라마 〈황진이〉

드라마 〈황진이〉(2006)는 김탁환의 『나, 황진이』의 내용을 기초로 하여 제작되었지만 소설의 서사와 사뭇 다르게 그려졌다. 시청자들의 호기심과 관심을 끌 만한 황진이의 애틋한 첫사랑, 시련, 수많은 인물들의 갈등과 화해가 드라마의 문법을 따라 충실히 재현된다.

진이의 첫사랑

눈이 멀어버린 기녀 현금은 딸에게만큼은 똑같은 삶을 물려주고 싶지 않아서, 아이를 사찰에 보낸다. 사찰에 맡겨진 어린 진이는 저자에 나갔다가 기녀들의 춤을 보고 마음을 빼앗기고, 스스로 기녀로서의 삶을 선택한다. 화사하고 고운 춤사위, 나긋한 얼굴빛은 그녀가 걸어가야 할 길을 알려주고 있었다. 진이는 눈이 먼 악기樂妓 진현금과 함께 송도교방에 머물며 백무百舞로부터 재예를 익힌다. 백무는 "재예를 닦아 최고가 되기만 한다면 비록 신분은 천출이지만 제 뜻한 바대로 한 세상 살아지는 것이다. 그것이 바로 기녀의 삶"이라고 말한다.

엄격한 신분제 사회였던 조선을 배경으로 한 이 드라마에서 원작인 『나, 황진이』와 차별되는 점 가운데 하나는 황진이가 상사병에 걸려 죽은 청년에게 저고리를 벗어주는 장면이다. 이 드라마에서는 이를 청년의 짝사랑이 아니라, 김 판서의 아들 김은호와 황진이의 애틋한 첫사랑으로 바꾸어 묘사하였다. 드라마는 허구적 에피소드를 덧입혀, 김은호와 개성 유수의 딸 가은, 황진이의 삼

각관계로 바꾸어 긴장감을 높였다. 신분의 굴레에도 불구하고 자신의 사랑을 포기하지 않는 진이, 가진 모든 것을 버려서라도 사랑을 지키겠다는 은호가 만들어내는 절절한 사랑이야기는 무려 이야기의 절반을 차지할 정도로 길고 아름답게 묘사되었다.

그러나 결국 은호는 사랑을 이루지 못하고 요절한다. 이름 모를 마을 청년의 순애보는, 신분을 초월한 이야기로 각색된다. 그녀가 벗어준 저고리를 받고서야 움직이기 시작했던 은호의 상여, 이 슬픈 첫사랑은 그녀의 평생을 따라다니는 그림자가 된다.

이루어지지 못한, 흩날리는 사랑들

이야기는 은호가 죽은 지 4년이 되는 때부터 다시 시작된다. 4년의 시간 동안 마음을 닫은 진이는 오히려 더욱 명성을 얻는다. 그간 명월明月이라는 기명을 받은 진이는 '최고의 재주, 최악의 성정'이라는 수식어와 함께, 송도의 명기名妓라는 명성을 얻는다. 천부적 재예와 양반 앞에서도 거칠 것 없는 말재주를 가졌지만, 진이의 마음속에는 김은호와의 첫사랑을 끝내 허락하지 않았던 스승 백무와 양반들에 대한 분노가 자리 잡고 있다. 진이의 마음은 사랑을 잃게 한 사람들에 대한 복수심으로 가득 차 있다.

이 드라마는 흥행극의 문법을 잘 따르고 있다. 이야기는 온통 긴장 관계로 가득하다. 그녀를 사이에 둔 세도가 벽계수와 김정한

의 갈등, 스승 백무와 라이벌인 매향의 경쟁, 진이와 부용의 경쟁과 질투, 그 사이의 수많은 감정의 고리들이 드라마를 이끌어가는 요소가 된다. 긴장과 갈등만큼 화해와 감동의 장면들도 이어진다. 기녀였지만 예인으로서 살기를 바랐던 백무는 죽음으로서 자신과 진이를 지켜내고, 진이는 스승의 진정을 뒤늦게 깨닫고 오열한다. 사랑을 찾아 떠난 김정한과 진이는 부부의 연을 맺고 평범하고 소박한 행복을 누리기도 하지만, 끝내 김은호의 그림자를 마음에서 지울 수 없었던 진이와 김정한은 결국 결별하게 된다. 진이는 끝내 첫사랑의 그림자를 지워내지 못한, 그야말로 순정의 주인공이 되었다.

이 드라마에는 '사랑'이 빈번하게 등장한다. 첫사랑 은호를 잊지 못한 진이, 진이를 위해 모든 것을 버리는 또 다른 사랑 김정한, 진이를 묵묵하게 지키는 무명, 그녀를 갖고 싶었으나 마음 한 조각 얻을 수 없었던 벽계수, 벽계수의 뒷모습만 바라보며 눈물 흘려야 했던 단심이, 김정한에 대한 미련을 버리지 못하는 부용, 진이의 어머니이자 눈 먼 악기樂妓인 진현금을 묵묵히 지켜주는 악공樂工 엄수, 섬섬이의 등 뒤에서 서 있었던 장이, 정인 백무를 지켜주지 못했던 유수. 이들은 모두 엇갈리고 어긋난 사랑이다. 끝내 이루지 못했기에 애달프고 서럽다. 도대체 사람을 움직이는 것은 무엇인가? 첫사랑을 잊지 못하는 진이의 진정, 진이를 꺾어버리고 싶었던 부용의 질투, 진이의 마음을 끝내 얻을 수 없었던 벽계수의 분노, 끝내 그녀를 버렸던 정인을 잊지 못했던 진현금의 순정. 뿌리도 실체도 없지만, 맹렬한 감정과 마음이 주인공들을 움직이는 실제적 주인공들인지도 모른다.

기녀에서 예인으로

이 드라마는 황진이 설화를 역사적으로 복원하겠다는 김탁환의 『나, 황진이』를 원작으로 하고 있다. 김탁환의 『나, 황진이』가 자유롭고 구속받지 않는 예인 황진이를 그렸다면, 드라마 속의 황진이는 신분을 초월한 자유로운 예인이 아니라, 화려한 삶을 살 수 있었지만 순수한 첫사랑을 간직한 여인으로 그려졌다. 이 드라마에서 황진이는 사람들과 자유롭게 교유하는 당당한 여성, 천부적 예인이기에 앞서, 스승 백무가 말한 것처럼 "사랑에 빠져 허우적거렸던 물색없는 여자"로서의 모습이 부각되어 그려진다. 김정한을 세상으로 돌려보내기 위해 다시 기녀의 자리로 돌아오면서, "전 제 자리에서, 당신은 당신의 자리에서"라고 말하는 그녀의 말에서는, 양반사회를 조롱했던 결기와 가시가 느껴지지 않는다. 그런 면에서 허위와 가식을 비웃었던 시대의 아이콘인 황진이는 보이지 않는다. 화담과의 적은 에피소드도 아쉬움으로 남는다. 거칠 것 없는 모습으로 저자에서 춤을 추며 마무리되는 이 이야기는 지독한 사랑의 아픔을 극복하고 끝내 진정한 예인으로 거듭나는 한 여인의 성장드라마로 완성되었다.

이 드라마는 흥행의 공식을 충실히 이행하고 있는 듯 보인다. 첫사랑을 간직한 순수한 여성, 첫사랑을 잃은 여인의 분노와 복수, 세상의 허위와 위선에 대한 조롱과 복수, 악인의 패배, 주인공이 끝내 깨달음을 얻어 행복을 찾아가는 성장드라마라는 점이 그러하다.

화려한 캐스팅, 현대적으로 재해석된 고전 복식을 마음껏 볼 수 있는 것은 이 드라마의 장점 가운데 하나이다. 사대부들을 조롱했지만 사랑 앞에서만큼은 순수했던 황진이의 모습은 현대 드라마 여주인공의 모습을 많이 닮아 있다. 실패한 첫사랑, 숱한 좌절과 고난 속에서도 자신의 철학을 지키며, 결국 스스로 원하는 삶을 살게 된다는 점이 그렇다. 뚜렷한 선악을 보여주는 캐릭터의 등장, 많은 인물들의 갈등과 극적인 화해는 높은 시청률로 이어지기는 했지만, 소설 속의 황진이와는 거리가 있어 보인다.

그러나 복원이나 재현만이 역사 리텔링의 임무는 아니다. 이 드라마는 '지금, 여기'라는 맥락을 충분히 고려하고 있다. 드라마 〈황진이〉의 서사는 사회적 약자, 소외된 주변인이지만 첫사랑을 지키는 순수한 여인, 자신의 어두운 그림자를 극복하고 모든 어려움을 이겨내, 결국 스스로 원하는 진정한 인간이 되는 성장드라마라 할 수 있다.

3) 로맨스 활극 _ 〈황진이〉[83]

나는, 세상이, 두렵지 않다

퓨전 사극, 고전의 재해석 등으로 소개되어 화제를 불러 모았던
영화 〈황진이〉(2007)는 북한 작가 홍석중의 소설 작품 『황진이』
의 서사를 그 기본 골격으로 하고 있다. 제작기간과 배우, 제작비
용 등으로 이미 세간의 주목을 받은 이 영화는 새로운 황진이를
재현하는 데 공을 들였다. 황진이는 자신의 신분하락을 통해 양
반사회의 위선을 혐오하는 반쪽 양반, 기녀가 된 이후 양반사회의
허위와 위선을 조소하는 도도한 기녀, 그러나 마음속에는 지고지
순한 사랑을 간직한 여인으로 리텔링된다. 이 영화의 포스터에는
이 영화의 흐름을 보여주는 카피가 눈에 띈다. "나는, 세상이, 우
습다.", "나는, 세상이, 두렵지 않다." 감독은 양반에서 기녀가 된
황진이를 통해 양반사회의 위선과 부조리를 비웃는다.

이 작품의 전반부에는 양반사회의 위선과 사회적 약자들의 애
잔한 삶이 교차되어 그려진다. 딸에게 가장 모범적인 남성이었던
아버지, 효자문까지 받은 황 진사의 실체는 어머니의 입을 통해
폭로된다.

---

83 영화 〈황진이〉(장윤현, 2007).

시집와서 글방에서 과거를 준비하는 줄만 알았던 남편이 세상에 둘도 없는 색마라는 사실을 알았다. 난 지아비의 흠을 덮어주는 안주인 노릇을 독하게 해냈다. 추잡한 소문을 막느라 종년들을 잡았다. 게다가 세상에 둘도 없는 효자인 양 꾸며 효자문까지 받아냈다. (······) 거짓이라도 저 효자문을 부수지 않을 거다.

진이는 그녀의 생모가 어머니의 몸종이었던 현금이라는 사실을, 그리고 그날 낮 외출에서 우연히 마주쳤던 '줄무지장'이 그녀의 생모인 현금의 장례였다는 것을 알게 된다. 어머니의 무덤 앞에서 진이는 이렇게 말한다. "세상엔 자비가 없다는 걸 알았어. 난 이 여인네처럼 살지 않을 거다. 이 세상을 발밑에 두고 실컷 비웃으며 살 거야. 별당아씨로 살았던 나도 여기 묻었다."

고상한 성현의 책 사이로 숨겼던 아버지의 위선과 기만, 자신의 몸종까지 겁탈했던 색마 남편을 효자로 둔갑시켜 효자문을 받은 어머니, 진이의 신분이 밝혀지자 그녀를 내친 양반 가문. 진이는 이런 중층의 위선과 폭력이 양반사회를 지탱시켜온 실체라는 것을 깨닫는다. 진이는 생모처럼 살지 않겠다고, 어머니와 진이를 버렸던 양반들을 발아래 두겠다고 말한다. 그녀는 인의예지, 도학의 고상한 언어로 구축되어 있던 세상을 벗어나, 또 다른 세계로 두려움 없이 나아간다.

나는, 세상이, 우습다

진이는 그녀를 짝사랑하다 죽은 총각의 상여에 혼례복 치마를 덮어주며, 그가 사랑했던 별당아씨는 이 세상에 없다고, 편안한 곳으로 가라고 작별 인사를 건넨다. 진이는 별당아씨로서의 삶에 죽음을 선언하고, 기녀가 되겠다고 결심한다.

기녀가 된 명월 진이의 명성은 높다. 반쪽짜리 양반, 글을 읽고 시를 쓸 줄 아는 그녀는 도도한 매력으로 이름을 알린다. 진이는 군자인 체하는 양반들을 비웃는다. 그녀는 상중喪中의 여인으로 꾸며 도덕과 절개를 믿는 벽계수를 유혹한 뒤, "상복을 입은 여인을 품는 것보다, 차라리 기생년을 품는 것이 군자의 도리가 아니"겠냐며 조롱한다. 서화담을 유혹하라는 유수 사또의 말에 "도학 군자의 탈바가지를 벗겨 오겠습니다. 사또와 제가 가장 즐기는 놀이가 아닙니까?"라며 맞받아치기도 한다.

한편 세상에 대한 진이의 의식은 또렷해진다. 진이는 화적떼의 출몰을 걱정하는 동료 기녀 매향에게 "날 때부터 도적놈이 어디 있겠어요? 배고프고 헐벗으면 도적질이라도 해야지요"라고 대답한다. 서화담을 만나 가르침을 받은 뒤, 유수 사또에게 "화적떼나 사또나 본래는 다를 것이 없다면 어떻게 하시겠습니까? 사내나 계집이나, 종놈이나 양반이나 본래는 다 길가의 잡초나 돌멩이, 똥과 같다면 어쩌겠습니까?"라고 묻는다. 진이는 사람들을 가두는 신분 질서의 허상을 확인한다.

놈이는 자기 때문에 양반에서 기녀가 된 진이를 떠나 화적떼가 되지만, 늘 진이의 주변을 맴돈다. 놈이는 죄가 없어도 살인자가 되지만, 살인을 해도 떳떳한 위선자들의 세상에 돌을 던진다. 놈이는 진이에게 "이제 동풍이 불면 전 사람들을 데리고 아무도 없는 섬으로 떠날 겁니다. 그곳은 지도에도 없는 이름 없는 섬이지요. 그곳에서는 누구도 헐뜯지 않고 아무도 굶주리지 않은 평화로운 곳"이라고 말한다. 진이는 그런 놈이에게 지지를 보낸다. 감독은 놈이의 입을 통해 차별과 소외가 없는 유토피아를 설파한다. 양반사회에서 소외된 황진이와 놈이는 사랑을 매개로 한 동지다. 진이와 놈이는 양반들의 위선을 비웃고, 그에 대항한다.

이 영화의 후반부는 놈이를 중심으로 그려지는데, 사회적 모순을 고발하고 여기에 저항하는 혁명극으로 보이기도 한다. 놈이를 중심으로 한 산채의 평화로운 모습, 권력자들의 권모술수와 음모, 관군과의 전투 장면은 볼거리를 제공했다는 의미가 있지만, 비효과적 설정이었다는 평가도 받는다. 이 영화를 두고 〈황진이〉인지 〈임꺽정〉인지 혼란스럽다는 비판이 있을 정도이다.[84]

세상에 맞서는 두 영웅의 로맨스

황진이는 양반들의 위선은 철저히 짓밟지만, 지고지순한 사랑

---

84 이현경, 같은 글, p.110.

을 간직한 여인으로 그려지고 있다. 놈이와의 사랑은 이 영화를 이끌어가는 주요한 줄거리이다. 진이와 놈이는 신분사회에서 배제된 이류 인간이라는 아픔을 공유한다. 처음부터 황진이만을 바라보았던 놈이에게 마음을 연 진이의 모습에서는 팜므 파탈로서의 황진이를 찾아보기 어렵다. 끝내 참수된 놈이의 유골을 뿌리며 사랑을 고백하는 진이는 통념 속의 황진이와 꽤나 다르다.

영화 속의 황진이는 순정적이면서도 요염하고, 무엇보다 지적인 기녀이다. 이 영화는 4년에 이르는 제작기간, 엄청난 제작비용, 유명 배우들의 출연으로 사람들의 기대치를 한껏 올려놓았지만, 혹평과 함께 막을 내려야 했다. 이 작품은 상업영화라는 장르로 만들어졌기 때문에 흥행 부진의 결과로 실패라는 냉정한 평가를 받아야 했지만, 황진이를 통해 기존과는 다른 메시지를 전달하려고 했던 감독의 의도만큼은 성공적으로 재현되었다고 할 수 있다. "16세기에 살았던 21세기의 여인"이라는 카피 그대로, 영화 속의 황진이는 스스로의 자의식과 선택으로 세상을 살아간 매혹적인 여성이니 말이다.

감독의 뚜렷한 방향성과 주제의식 덕분에, 황진이는 스스로 삶을 선택해 살았던 자유인, 지적인 담론을 통해 깨달음을 얻었던 지식인, 스스로 처한 고통 덕분에 세상을 더 깊이 이해하게 된 인간으로 다시 쓰기 될 수 있었다. 이 작품에서는 황진이의 연인인 놈이의 비중도 적지 않다. 이 영화는 철저한 계급사회에서 상처받은 두 영혼이 사회의 부조리에 눈 뜨고, 자아를 자각하고, 사랑을 찾아가며 진정한 인간으로 성장하는 성장 영화이다. 부조리한 사회에서 소외되어 살아야 했던 두 사랑하는 남녀의 저항을 담은 로맨스 활극이다.

| 그들의 다시 쓰기 |

황진이는 조선시대를 통틀어 널리 알려진 기녀, 양반과 기녀라는 양극단의 신분을 오갔던 여인, 춤과 반쪽 양반, 시화詩畵에 능통했던 매력적인 여성이다. 황진이는 '그랬다 하더라'라는 소문은 무성하지만, 관련 기록이 빈약하여 사람들에게 호기심을 자극하는 인물이다. 성긴 자료는 황진이 서사에 커다란 틈을 만들고, 이 틈새는 상상력이 틈입하여 자라기 좋은 토양이 된다.

소설가 김탁환은 '그랬다 하더라'라는 소문 속에서 그녀의 진짜 모습을 찾아내기 위해 탐정의 눈으로 자료를 탐독하고, 그 속에서 인간 황진이를 발견하려고 한다. 서간문의 형식을 빌려 전개되는 이 이야기에는 논리적이고 합리적이며, 철학자로서의 면모가 두드러진 황진이를 발견할 수 있다. 황진이는 늙어가는 자신의 모습을 보여주고 싶지 않아 하는 자존심 강한 여인, 또 도道를 깨닫기 위해 길을 떠나는 자아의식이 뚜렷한 인간이다.

한편 드라마 〈황진이〉는 드라마의 문법을 충실히 따르고 있다.

드라마는 인물들 사이의 사랑, 질투, 미움, 갈등이 반복되다가, 화해와 용서라는 결론으로 이어진다. 이 드라마는 외모가 아름답고, 춤과 음악에 능하며, 시와 문장, 응대에도 도도한 매력의 황진이를 그려낸다. 이 작품은 첫사랑에 실패한 여주인공이 결국 스스로의 아픔을 극복하고 깨달음을 통해, 자유인이자 예인藝人으로서의 길을 찾아가는 성장드라마로 완성되었다.

영화 〈황진이〉 속의 여주인공 진이는 신분의 나락을 통해 사회의 모순과 부조리에 눈뜨고, 양반들의 허위와 위선을 비웃으며, 평등하고 평화로운 세상을 꿈꾸는 여인이다. 이 작품의 황진이는 성적 매력으로 남성들을 유혹하는 팜므 파탈이 아니라, 불평등한 사회에 저항하는 여성, 사회적 약자이다.

소문은 무성하지만, 정작 관련 기록은 찾아보기 어려워 무수한 호기심을 자극하는 황진이는 리텔러의 관점에 따라 다양한 형상으로 그려질 수 있다. 철학자로서의 황진이, 팜므 파탈로서의 황진이, 사회의식과 자의식이 뚜렷한 황진이. 어떤 모습이 황진이의 진짜 모습인지 알 수 없다. 여성, 계급, 사랑 등 오늘날에도 결코 퇴색하지 않는 키워드로 읽히는 황진이는 앞으로도 계속해서 다양한 버전으로 다시 쓰기 될 것이다.

2. 이순신

이순신은 우리나라 위인전에 가장 많이 등장하는 인물 가운데 하나이자, 인물에 대한 호오好惡가 극명하게 엇갈리지 않는 인물이다. 무장武將이면서도 꼼꼼한 기록을 남긴 사내, 하늘이 내리는 햇빛과 바람, 비에 온 몸을 열어 놓고 있었던 한 인간, 사람들의 이야기를 흘려듣지 않았던 한 수군 리더의 이야기는 일기와 역사, 동시대를 살았던 사람들의 기록을 통해 전해지고 있다.

1545년에 태어나 열 살이 넘어 외가인 아산牙山으로 이사한 뒤, 보성 군수였던 방진方震의 딸과 혼인할 때까지 이순신의 구체적 삶은 잘 알려져 있지 않다. 장인에게 무예를 배운 뒤, 무과에 응시하여 합격할 때까지 무려 십 년의 시간이 걸렸다. 무관으로서 출발한 그는 전국 각지를 옮겨 다니며 관직생활을 했다. 그의 능력과 주변의 추천으로 병마첨절제사兵馬僉節制使 등의 관직에도 수차례 임명되지만, 반대 상소로 무산되거나 유임되곤 했다. 이순신은 마흔일곱에 전라좌도 수군절제사가 된 후 죽는 날까지, 크고 작은 전투와 사람들의 모함에 맞서고 싸웠다. 기쁨과 슬픔, 분노와 희열이 교차하는 삶은 그가 죽는 순간까지 계속되었다.

광화문광장을 비롯하여, 우리나라 곳곳에서는 이순신을 기념하고 추억한다. 이순신은 조선시대 수백 년을 관통하며 살아온 여러 왕들과 공신功臣들 사이에서도 존재감을 잃지 않는다. 남녀노

소가 흠모하며 호명하는 그의 이름과 삶은, 오늘을 살아가는 사람들의 입과 글을 통해 다시 쓰기 된다.

1) 인간 이순신의 고독한 고백 _ 김훈의 『칼의 노래』[85]

"이 글은 오직 소설로서 읽혀지기를 바란다"는 일러두기로 시작하는 김훈 작가의 『칼의 노래』는 이순신의 일인칭 시점으로 서술된다. 소설이지만 「연보」와 「인물지」가 부록으로 실려 있어, 소설을 대하는 작가의 진지함을 엿보게 한다.

작가는 이순신이 태어난 시대의 배경을 이렇게 묘사한다. "16세기 사림 지식인들의 마음속에서, 인의예지와 도학적 정의의 길은 선명하게 보였다. 아름다운 길이었고, 피에 젖은 길이었다. 그 시대는, 선명히 보이는 그 길로 걸어갈 수 없었다. 그 시대는, 그 분명한 길로 현실을 몰아갈 수 없었다. 현실과 가치 사이에서, 지식인의 세상은 피바다가 되었다. 김종직, 조광조의 문하는 모두 도륙되었다. 살아남은 자들은 산천에 유랑했다"(김훈(2), 187). 16세기라는 어지러운 시대, 온갖 폭력과 요란한 말들이 난무하는 시대는 지금의 시대와 크게 다르지 않았을 것이다. 작가가 '책 머리에' 쓴 "2000년 가을에 나는 다시 초야로 돌아왔다. 나는 정의로운

---

85 김훈, 『칼의 노래』(1·2), 생각의 나무, 2005.

자들의 세상과 작별하였다. 나는 내 당대의 어떠한 가치도 긍정할 수 없었다"(김훈(1), 12)고 말하는 '지금, 여기'에 있는 작가의 깊은 절망감은 이 소설의 깊이와 맞닿아 있다.

무능한 조정과 무력한 백성

이 소설은 왕명을 거역했다는 죄로 의금부에 압송되었다가 풀려난 이후, 이순신이 백의종군白衣從軍했던 정유년의 이야기로부터 시작한다. "버려진 섬마다 꽃이 피었다"(김훈(1), 17). 작가는 소설의 첫 문장을 이렇게 썼다. 무참히 버려진 섬에서도 아랑곳 않고 피어나는 꽃. 비참한 현실과 끈질긴 생명력은 뚜렷한 명암을 이루며, 참담한 시대를 단 한 문장으로 보여준다. 섬을 버린 이들은 밤처럼 어둡고 무능했으며, 무능했기에 사악했다. 임금은 다만 글로 소통할 수 있을 뿐인데, 임금께 올리는 글은 화사하지만 거짓된 언어들로 넘쳐났다. 그 실체 없는 언어들은 이순신을 형틀에 매달았고, 김덕령의 목을 베었으며, 무죄한 피난민들을 죽음으로 내몰았다.

나는 정유년 4월 초하룻날 서울 의금부에서 풀려났다. 내가 받은 문초의 내용은 무의미했다. 위관들의 심문은 결국 아무것도 묻고 있지 않았다. 그들을 헛것을 쫓고 있었다. 나는 그들의 언어가 가엾었다. …… 그들은 헛것을 정밀하게 짜 맞추어 충忠과 의義의 구조물을 만들어가고 있었다. (김훈(1), 18)

김덕령은 용맹했기 때문에 죽었다. 임금은 장수의 용맹이 필요했고 장수의 용맹이 두려웠다. 사직의 제단은 날마다 피에 젖었다. (김훈(1), 74)

포탄과 화살이 우박으로 나르는 싸움의 뒷전에서 조선 수군은 적의 머리를 잘랐고 일본 수군은 적의 코를 베었다. 잘려진 머리와 코는 소금에 절여져 상부에 바쳐졌다. 그것이 전과의 증거물이었다. 잘라낸 머리와 코에서 적과 아군을 식별할 수는 없었다. …… 피난민들은 다만 얼굴 가운데 코가 있기 때문에 죽었다. (김훈(1), 19)

이러한 비극 뒤에는 눈이 감겨진, 또는 눈을 감아버린 권력이 있었다. 그들은 권력을 지키는 데 다급했고, 굳이 욕망을 감추려 들지도 않았다. 관기를 끼고 술을 마시는 현감과 그 담장 밖을 휩싸고 도는 역질은 서로 대비되며 비극을 선명하게 보여준다.

현감이 매일 밤 관기를 끼고 술을 마셨다. 나주에 역질이 돌았다. (김훈(1), 119)

소설 속에서 이순신은 청정수를 들이키고 싶은 순간이 잦다(김훈(1), 48; 김훈(2), 92). 작가는 이 비참한 시대를 취함으로써 잊는 것이 아니라, 오히려 맑게 깨어서 이 비극을 대면하려고 한다. 허구의 언어로 구축된 과거는 오히려 비극적 현재를 선명하게 드러낸다. 역설적으로.

피의 바다, 그 위의 전투

명량의 전투로 알려진 싸움에 우리는 열광해야 하는가? 후인들이 아름답고 장엄하게 그려내는 이순신의 싸움은 과연 환호와 행진가에 어울리는 싸움인가? 김훈은 이를 집요하게 되묻는다. 후인들에 의해 여러 글과 동영상으로 장려하게 묘사되는 바다 위의 전투는 결코 아름답지 않다. 머리를 잃은 시체가 떠다니고, 수군들은 흔들리는 배 위에서 죽어간다. 알지 못하는 서로가 적의를 품고 칼날을 겨누어 서로를 찍어내야 하는 싸움이 명량의 전투였고, 한산도의 전투였다.

후인들에게 무용담처럼 쉽사리 이야기되는 명량의 전투는 결코 신나는 무용담이 아니라, 비참하고 두려운 전투였다. 열두 척의 배로 적선 삼백 척을 맞아야 하는 이순신의 마음은 충忠으로 무장한 용맹이기보다 어쩌면 인간으로 가질 수 있는 두려움, 비참함과 맞닿아 있었을 것이다.

우수영에서 내 군사는 백이십 명이었고 내 전선은 열두 척이었다. 그것이 내가 그 위에 입각해야 할 사실이었다. 그것은 많거나 적은 것이 아니고 다만 사실일 뿐이었다. (김훈(1), 63)

명량에서, 나는 이긴 것인가. 헤아릴 수 없이 많은 적들이 명량으로 몰려왔고, 헤아릴 수 없이 많은 적들이 명량에서 죽었다. 남동 썰물에 밀려갔던 적의 시체들이 다시 북서 밀물에 밀려 명량을 뒤덮었다. 죽을 때, 적들은 다들 각자 죽었을 것이다. 적선이 깨어지고 불타서 기울 때 물로 뛰어든 적병이 모두 적의 깃발 아래에서 익명의 죽음을 죽었다 하더라도, 죽어서 물 위에 뜬 그들의 죽음은 저마다의 죽음처럼 보였다. (김훈(1), 123)

작가는 이순신의 탁월한 리더십과 무공武功에 기대지 않는다. 오히려 명량의 전투는 배에 실을 식량의 부족함을 걱정했고, 주춤하는 부하의 목에 칼을 겨누며 전투를 포기하지 않도록 만들었던 이순신, 그리고 거친 바다와 싸워가며 생명을 걸고 노를 저어야 했던 수많은 수군들에 대한 연민이 먼저 읽힌다. 『칼의 노래』는 어지러운 시대에, 언어와 울음을 교차해가며 그 시간을 버텼던 한 인간과 함께 비참함과 누추함을 견뎠던 사람들에 대한 기록이다.

공유되지 않는 개별적 존재의 고통과 슬픔

이 소설은 오직 살기 위해 죽여야 하는 위태로운 전쟁 속에서, 또 다른 하루를 살아내는 한 사내의 독백이다. 특히 작가는 개별성에 주목한다. 다만 '백성'이라고 표현하는 것은 온당치 않다. 잘려진 머리에 남겨진 각기 다른 표정과 울음, 그들의 언어는 모두 오롯한 개인의 것이다. 그래서 작가는 비극적인 시대를 살았던 수많은 사람들의 개별성에 주목한다. 적이라 할지라도, 그들이 개별적인 생각과 감정을 가진 인간이라는 점을 강조한다.

나는 개별적인 죽음을 이해할 수 없었다. 온 바다를 송장이 뒤덮어도, 그 많은 죽음들이 개별적인 죽음을 설명하거나 위로할 수는 없을 것이었다. (김훈(1), 114)

적어도, 널빤지에 매달려서 덤벼들다가 내 부하들의 창검과 화살을 받는 순간부터 숨이 끊어질 때까지 그들의 살아 있는 몸의 고통과 무서움은 각자의 몫이었을 것이다. (김훈(1), 123-124)

그들을 울게 하는 죽음이 그들 모두에게 공통된 것이었다 하더라도 그 죽음을 우는 그들의 울음과 그 울음이 서식하는 그들의 몸은 개별적인 것으로 보였다. (김훈(2), 113)

울음을 우는 포로들의 얼굴을 들여다보면서 나는 적의 개별성이야말로 나의 적이라는 것을 알았다. (김훈(2), 113)

작가는 '개별성'이라는 점에서 장군 이순신에게서 인간 이순신

의 모습을 발견한다. 이순신은 많은 사람의 목을 베었고, 길에 나
뒹구는 시신을 보며 비애를 느꼈으며, 사랑하는 가족들의 죽음을
개별적인 슬픔으로 받아들여야만 했던 한 개인일 뿐이었다. 작가
는 사랑하는 아들의 죽음을 홀로 감당해야 했던 이순신의 고통
과 슬픔을 지나치지 않는다. 또한 사적인 슬픔을 돌보지 않는 장
군이 아니라, 오히려 개인적 슬픔을 감당할 수 없어 소금창고 안
에서 숨죽이며 우는 한 인간의 모습을 조명한다.[86]

> 면의 부고를 받던 날, 나는 군무를 폐하고 하루 종일 혼자 앉아
> 있었다. 환도 두 자루와 면사첩이 걸린 내 숙사 도배지 아래 나는
> 하루 종일 혼자 앉아 있었다. …… 몸 깊은 곳에서 치솟는 울음을

---

86 아들 면의 죽음에 대한 『난중일기』의 기록에도 고통과 슬픔이 절절하게 드러나 있다.
"저녁에 어떤 사람이 천안에서 와서 집안 편지를 전하는데, 봉함을 뜯기도 전에 뼈와 살
이 먼저 떨리고 마음이 조급하고 어지러웠다. 대충 겉봉을 펴서 열이 쓴 글씨체를 보니,
겉면에 '통곡(痛哭)' 두 글자가 씌어 있어서 면이 전사했음을 알게 되어 나도 모르게 간
담이 떨어져 목 놓아 통곡하였다. 하늘이 어찌 이다지도 인자하지 못하신고. 간담이 타
고 찢어지는 듯하다. 내가 죽고 네가 사는 것이 이치에 마땅하거늘, 네가 죽고 내가 살았
으니, 이런 어긋난 이치가 어디 있는가. 천지가 캄캄하고 해조차도 빛이 변했구나. 슬프
다, 내 아들아! 나를 버리고 어디로 갔느냐. 영특한 기질이 남달라서 하늘이 이 세상에
머물러 두지 않는 것이냐. 내가 지은 죄 때문에 화가 네 몸에 미친 것이냐. 이제 내가 세
상에 살아 있은들 누구에게 의지할 것인가. …… 하룻밤 지내기가 한 해를 지내는 것 같
구나."(정유년/10/14)
이 글에서 인용한 『난중일기』의 인용문은 모두 다음의 번역을 따르고 있으며, 일부 수
정하여 사용했음을 밝힌다. 이순신, 노승석 옮김, 『난중일기』, 여해, 2015. 날짜 순서대
로 기록되었기 때문에 페이지는 따로 밝히지 않았다.

이를 악물어 참았다. …… 나는 소금창고 안으로 들어갔다. 가마니 위에 엎드려 나는 겨우 숨죽여 울었다. (김훈(1), 139-140)

『칼의 노래』는 삶과 죽음이 포개지고 다시 멀어지는 모든 순간들, 그리고 그 순간들을 삶이라는 이름으로 감내해야 했던 모든 사람들에 대한 기록이다. 김훈은 "『난중일기』는 싸움터에서 백성의 신분으로 전사한 수많은 군졸들의 실명을 기록하고 있다. 또 심부름하는 종들과 수발들던 여자들, 그리고 여러 말썽꾸러기들, 탈영자, 범법자들의 이름을 모두 다 실명으로 기록하고 있다. 그 수많은 사람들의 삶의 궤적을 지금에 와서 추적할 수는 없다. 그들은 다들 당대 현실에 맞서서 싸웠고, 싸우다 죽었고, 절망했고, 또 다른 세상을 꿈꾸었고, 꿈을 위해 싸우다 또 죽었다. 그 수많은 이름들은 고귀해 보인다. 이름만 전하고 이야기는 전하지 않는 그 많은 넋들이 이제 편안하기를 바란다"(김훈(2), 200)고 썼다. 이 소설은 고통의 어떤 시대를 아프게 살아간 사람들에 대한 씻김굿과도 같다.

『칼의 노래』를 이루는 소제목들은 단순하고 명쾌하며, 일상적이기까지 하다. "칼의 울음, 안개 속의 살구꽃, 허깨비, 몸이 살아서, 서캐, 식은땀, 일자진—字陣, 전환, 구덩이, 바람 속의 무 싹, 젖냄새, 사지死地에서, 누린내와 비린내, 물비늘, 무거운 몸, 물들이기, 국물, 언어와 울음, 밥, 아무 일도 없는 바다, 노을과 화약 연기, 사쿠라 꽃잎, 더듬이, 날개, 달무리, 옥수수 숲의 바람과 시간, 백골과 백설, 인후, 적의 해, 적의 달, 소금, 빈손, 볏짚, 들리지 않는 사랑 노래"처럼, 화려한 수사를 찾아보기 어려운 언어들은 삶과 죽음의 간명함을 동시에 품고 있다.

이순신의 전공戰功을 확실하게 전달할 수 있는 명량鳴梁이나 한산도閑山島 등의 명사는 선택되지 않았다. 후인들이 환호하는 명량의 전투는 오히려 이순신의 고뇌와 두려움이 뒤엉킨 지옥이었다. 그래서 작가는 두고두고 칭송받는 명량이라는 전투의 묘사에 호들갑을 떨지 않는다. 오히려 삼백 척의 적선에 맞서야 하는 이순신과 수군들의 두려움을 더욱 사실적으로 그려낸다. 작가는 허구라는 강력한 무기로, 얼마든 이 전투를 미화하고 칭송할 수 있을 것이다. 그러나 김훈의 언어는 칼끝처럼 날카롭고 서늘해서 흔한 칭송을 거부하고, 개별적일 수밖에 없는 고통과 슬픔을 담담히 그려낸다.

작가는 위대한 장군의 무용담 속 이순신이 아니라, 다만 한 인간으로 이순신을 이해한다. 이 소설은 위인전이나 찬미가가 아니라, 전장戰場이라는 피할 수 없는 사지로 내몰린 한 인간의 내밀한 독백에 가깝다. 어둡고 혼탁했던 16세기를 관통해야 했던 한 인간의 고통과 슬픔을 날것으로 보여준다. 과거를 묘사했던 언어들은 오늘도 똑같은 고통과 무게감으로 다가온다. 작가는 고통의 언저리를 맴도는 언어들을 '지금, 여기'에 겹쳐놓으며 묻는 듯하다. 과거와 현재는 왜 이토록 닮아 있는가.

2) 리더 잃은 시대의 판타지 _ 영화 〈명량〉[87]

김한민 감독은 이순신의 많은 전투 가운데서도 명량鳴梁을 선택했을까? 이순신의 수많은 전투 가운데서도 가장 극적인 전투였기 때문일 것이다. 이순신은 단 열두 척의 배로 적선 삼백여 척을 맞아 용맹하게 싸워, 기적 같은 승리를 이루었다. 백의종군하여 몸과 마음까지 쇠약해진 이순신에게 남겨진 것은 단 열두 척의 배와 얼마 남지 않은 병사들, 나날이 흩어져가는 민심과 진영을 가득 채운 두려움이었다.

이순신이 의금부로 압송되어 고문을 받는 동안, 이순신 대신 수군을 지휘하여 전투에 나섰던 원균은 조선 수군을 완전한 열세로 바꾸어놓았고, 그 결과는 끔찍한 두려움과 공포로 이어졌다. 이순신은 수군보다, 사람들을 사로잡은 공포와 두려움을 다스려야 했다.

'충'에 대한 새로운 해석, '백성을 향하는 것'

영화 〈명량〉은 의금부에서 고문받는 이순신의 고통으로부터 시작된다. 고문에서 풀려나 다시 임지로 향하는 이순신의 어깨는 무겁다. 상업영화답게 이 영화는 도입부터 극적인 요소를 적극적

---

87 영화 〈명량〉(김한민, 2014).

으로 활용한다. 영화는 이순신이 처한 고립무원의 처지를 여러 각도에서 조명한다. 두려움에 울부짖는 백성들, 마지막 구선龜船에 불을 지르고 도망가는 배설, 싸움이 두려워 도망치는 수군, 이 싸움을 말리는 아들과 신임하는 장수 안위의 목숨을 건 충언, 강력한 왜적 장수 구루시마 미치후사의 카리스마와 왜선 삼백여 척을 이끌고 덤벼드는 의기양양한 왜군의 모습이 대조적으로 묘사된다. 이는 이순신의 카리스마가 가장 잘 발휘될 수 있는 효과적인 배경이 된다.

고립무원의 처지가 된 이순신은 아무도 이해하지 못할 전투를 끝내 포기하지 않는다. 이순신의 아들 이회조차도 이순신이 싸우려는 의지를 이해하지 못한다. 회는 심지어 이순신의 목숨을 거두려고 했던 임금에게 향한 '충'을 이해할 수 없다. 그러나 이순신은 진정한 '충'이란 백성을 향한 것이라고 답한다.

이회: "아버님은 왜 싸우시는 것입니까?"

이순신: "의리다."

이회: "저토록 몰염치한 임금한테 말입니까?"

이순신: "무릇, 장수된 자의 의리는 충忠을 좇아야 하고, 충은 백성을 향해야 한다."

이회: "임금이 아니고 말입니까?"

이순신: "백성이 있어야 나라가 있고, 나라가 있어야 임금이 있는

법이지."

이회: "그 백성은 저 살기만을 바랄 뿐, 아무것도 기대할 것도 없는데도 말씀이십니까?"

이순신: "밥술 뜨거라. 아까운 밥이다."(《명량》 중에서)

영화는 '충'을 우회하여 해석한다. 충은 임금이나 나라를 위하는 마음이 아니라 백성을 향한 마음에서 비롯되는 것이다. 백성이 있어야 나라가 있고, 나라가 있어야 비로소 임금이 있는 것이므로, 결국 충이라는 것은 백성을 향하고 있어야 한다는 것이다. 실제 『난중일기』에도 이탈하는 민심과, 피해를 고스란히 감당해야 하는 백성들에 대한 이순신의 염려가 드러나는데,[88] 영화에서는 이러한 염려를 아들 회와의 대화를 통해 드러낸다. 영화는 자애로우면서도 엄격한, 고뇌하는 이순신의 모습을 그려내는 데 초점을 맞춘다.

이 싸움의 불가함을 외치는 모든 장수들에게, 이순신은 진영을 불태우며 배수의 진을 친다. "아직도 살기를 바라는 자가 있느냐?"

---

[88] "그런데 이 도(道)의 민심이 흩어져 달아나려고 하는 탓에 늘 징병한다는 소식만 들으면 모두 달아나 피한다고 하니 통분함을 이길 길이 없습니다"(계사년/9/1).
"소비포 권관에게서 영남의 여러 배의 사부(射夫)와 격군이 거의 다 굶어 죽어간다는 말을 들었다. 참혹하여 차마 들을 수가 없었다"(갑오년/1/19).

"아직 신에게는 열두 척의 배가 남아 있습니다."

지금까지 우리에게 가장 잘 알려진 이순신의 말은, "나의 죽음을 적에게 알리지 말라", "살고자 하면 죽을 것이요, 죽고자 하면 살 것이다"라는 무장다운 말이다. 그러나 이 영화를 통해 가장 기억에 남는 대사는 "아직 신에게는 열두 척의 배가 남아 있습니다"일 것이다. 두 시간이 넘는 러닝타임으로 묘사한 명량의 전투, 극단적인 상황에서도 포기하지 않고 승리했던, 그 격렬했던 명량의 싸움은 『난중일기』에 오히려 담담한 필치로 묘사되어 있다.

이른 아침에 망군望軍이 와서 보고하기를 "적선이 무려 이백여 척이 명량을 거쳐 곧바로 진치고 있는 곳으로 향해 온다"고 했다. 여러 장수들을 불러 거듭 약속할 것을 밝히고 닻을 올리고 바다로 나가니, 적선 133여 척이 우리의 배를 에워쌌다. 지휘선上船이 홀로 적선 속으로 들어가 포탄과 화살을 비바람같이 쏘아대지만 여러 배들은 바라만 보고서 진군하지 않아 일을 장차 헤아릴 수 없었다.

배 위에 있는 군사들이 서로 돌아보며 놀라 얼굴빛이 질려 있었다. …… 내가 뱃전에 서서 직접 안위를 불러 말하였다. "네가 억지를 부리다 군법에 죽고 싶으냐?" 다시 불러 말했다. "안위야, 군법에 죽고 싶으냐? 물러나 도망가면 살 것 같으냐?" …… 안위의 배 위에 있는 군사들은 죽기를 각오한 채 마구 쏘아 대고 내가 탄 배의 군관들도 빗발치듯 어지러이 쏘아 적선 두 척을 남김없이 모두 섬멸하였다. 매우 천행한 일이었다. 우리를 에워싸던 적선 서른 척도 부서지니 모든 적들이 저항하지 못하고 다시는 침범해오지 못했다.

(『난중일기』 정유년/9/16)

『난중일기』에 따르면, 명량의 전투 전에 이순신은 군사들과 중양절을 보내면서 소를 잡아 그들을 격려하고, 부지런히 적을 정탐했다. 정탐 정보에 근거하여 피난민들을 대피시키고, 자신은 우수영 앞바다로 들어갔다. 모든 날이 그랬겠지만, 당시는 이순신에게는 평안하지 않은 날들이었던 것으로 보인다. 이순신은 "밤의 꿈에 이상한 징조가 많았다"(정유년/1/15)고 기록했다. 영화에서 이순신은 수군을 해체하고 육군을 지원하라는 선조의 명령에, 다음과 같이 글을 올린다.

"지금 수군을 파하시면, 적들이 서해를 돌아 바로 전하께 들이닥칠까 신은 다만 그것이 염려되옵니다. 아직 신에게는 열두 척의 배가 남아 있습니다. 죽을 힘을 다하여 싸우면 오히려 할 수 있는 일입니다. 신이 살아 있는 한, 적들은 감히 우리를 업신여기지 못할 것입니다."(〈명량〉 중에서)

영화에서 이순신은 모두가 만류하는 명량의 전투를 포기하지 않는다. 명량鳴梁은 목이 좁아 물이 울며 돌아나간다는 의미의 '울돌목'이라는 이름을 갖고 있다. 이순신은 울돌목의 물살을 이용해서 적들을 막겠다는 전략을 세운다. 이순신의 배가 앞서서 싸우는 동안 나머지 열한 척의 배는 감히 접근을 하지 못한다. 두려웠던 조선 수군은 감히 나서지 못하다가, 안위의 배를 시작으로 조금씩 합류하기 시작한다. 이순신의 외롭고도 용맹한 싸움에 감동을 받은 백성들이 작은 고깃배를 타고 물살의 회오리에 빠져드는 이순신의 배를 구해내자, 다른 장수들도 움직이기 시작한 것이다. 드디어 적들은 물러나고, 필패라고 여겨졌던 싸움에서 이순신은 승리를 얻게 된다.

영화는 극적인 장면과 감동적인 장면을 교차 편집하여, 영화에 몰입하게 한다. 죽은 아버지를 위해 노를 저었던 토란 소년, 장군선을 구하기 위해 장렬히 전사하는 탐망꾼 임준영, 고깃배로 장군의 배를 회오리 물살에서 건져냈던 백성들의 모습이 대표적이다. 구선을 불태우고 도망하는 배설, 물러서지 않는 이순신의 단호함은 긴장감을 늦출 수 없게 만든다. 이 싸움이 끝난 후, 이순신은 아들 회와 이렇게 대화를 나눈다.

이회: "울돌목의 회오리를 이용할 생각을 어찌하셨습니까? (……) 절체절명의 순간에 몰아친 회오리 말입니다. 그 회오리가 아니었다면 ……."

이순신: "천행이었다."

이회: "천행이라니요? 그렇다면 아주 낭패를 볼 수도 있지 않았습니까?"

이순신: "그래. 그랬지. 그 순간에 백성들이 나를 구해주지 않았더라면."

이회: "백성을 두고 천행이라고 하신 겁니까? 회오리가 아니고요?"

이순신: "네 생각엔 무엇이 더 천행이었겠느냐?"(《명량》 중에서)

이순신은 영화의 시작에서 말했던 '충'의 근거를 말해준다. 그의 충은 본디 백성을 향한 것이고, 그 백성은 끝내 그를 죽음으로부터 건져 올린다. 백성을 향한 충, 백성을 위해 죽음을 불사한 리더를 향한 백성들의 지극한 마음은 격렬한 전투신만큼이나 극적이다.

왜 명량인가? 명량은 열두 척의 배로 삼백 척의 적군을 물리친 극적인 전투였기 때문일 것이다. 극적인 이야기, 과도한 긴장감은 사람들을 더욱 흥분하게 만든다. 영화 〈명량〉의 주인공은 비현실적인 전투를 이끌었던 장군 이순신이다. 감독은 영화의 이순신에게서 여전히 되풀이되는 정의 없는 시대에 기꺼이 따르고 싶은 리더의 모습을 그려내고 있다. 이 영화는 그에게 열광할 만한 충분한 이유를 제공하고 있다. 이 영화의 흥행을 이끌었던 것은 장수의 용맹함이나 극적인 전투라기보다는, 희망 없는 현실에서도 끝내 포기하지 않았던 리더의 이미지일 것이다. 그런 면에서 영화 〈명량〉은 역사적 사실을 바탕으로 한 사극이지만, '지금, 여기'라는 맥락으로 자연스럽게 편입된다. 영화 〈명량〉의 이순신은 진정한 리더의 부재라는 결핍과 바람을 투영한 판타지가 된다.[89]

〈명량: 회오리 바다를 향하여〉[90]

영화 〈명량〉은 가장 극적인 역사적 전투를 소재로 함으로써 고통의 역사를 마치 오락처럼 소비하게 하는 측면도 보인다. 이 영화는 실제로 있었던 사건, 누구나 알고 있지만 사실은 제대로 알지 못하는 싸움, 그 비현실적인 싸움을 대중에게 각인시키는 데 성공한 것으로 보인다. 천만 명 이상의 관객수가 그 증거이다. 하지만 이 영화는 성공한 만큼 적지 않은 논란도 불러일으킨 것이 사실이다. 배설 장군에 대한 묘사가 불러온 소송, 지나친 애국심에 기댄 영화라는 혹평이 그것이다. 이를 염두에 둔 듯, 김한민 감독은 명량에 대한 또 다른 다큐멘터리 영화 〈명량: 회오리 바다를

---

89 "〈명량〉이 보여준 이순신은 과거의 실체가 아니라 오늘날 우리가 꿈꾸는 이순신이다. 따라서 〈명량〉 신드롬의 사회적 의미에 대한 분석은 꿈의 해석처럼 접근해야 한다. (······) 〈명량〉 신드롬의 의미와 무의미를 가르는 준거는 영화라는 텍스트의 작품성보다는 지금 대한민국이 처한 시대상황, 곧 콘텍스트와의 연관성이다."(김기봉, 『히스토리아, 쿠오바디스』, 서해문집, 2016, p.273).
90 다큐멘터리 〈명량: 회오리 바다를 향하여〉(김한민, 2015).

향하여〉를 내놓았다. 이 영상은 영화 〈명량〉에 대한 일종의 주석과 같은 느낌으로 전해진다.

영화의 초반에 감독은 이렇게 묻는다. "명량해전은 정말 조선의 운명을 바꾸어놓은 위대한 전투였을까? 아니면, 지나친 애국심으로 포장된 그저 평범하고 소소한 전투였을까?" 백의종군 이후, 명량해전까지의 전 여정을 되짚어보는 여정을 담아낸 이 영화는 이순신의 『난중일기』의 기록을 바탕으로 구성하였다. 날씨와 여정, 장소, 만났던 사람들까지 꼼꼼하게 기록한 『난중일기』 덕분에 여정은 보다 현실감을 얻는다.

영화감독과 〈명량〉에 출연한 배우들은 이순신이 의금부에서 풀려난 후 남해로 내려가기까지의 여정을 『난중일기』의 기록대로 따라 걸으며, 당시 조선과 이순신의 상황을 대화의 형식으로 풀어낸다. 석주관성, 구례 화엄사, 손인필 비각, 곡성 군청 등으로 이어지는 길목 곳곳에는 역사의 한 자락과 이순신의 삶의 일부가 남아 있다. 다큐멘터리에서 꼼꼼히 되짚어간 이순신의 백의종군 이후의 과정이 영화에 녹아들었더라면, 이순신의 캐릭터와 명량의 전투는 더욱 설득력을 얻었을지도 모르겠다.

마치 한 쌍으로 이루어진 듯 보이는 영화와 다큐멘터리의 제작은 역사 리텔링의 한계와 고민을 나타내는 듯 보이기도 한다. 분명한 것은, 이것이 이순신 열풍으로 이어져 관련 도서의 출판, 역사 배우기 등으로 이어졌다는 것이다. 대중성을 확보한 역사 리텔링에 대해서는 칭찬, 비판, 환호 비난이 뒤따르기 마련이고, 이 작품도 예외는 아니다. 그러나 적어도 이들이 역사에 대한 관심과 논의를 더욱 풍부하게 해주었다는 점만큼은 분명해보인다.

| 그들의 다시 쓰기 |

이순신과 그의 긴 칼은 광화문의 상징이다. 사람들은 이순신 동상 앞을 오가고, 그 발아래서 그들의 목소리를 높인다. 죽는 날까지 이순신이 밟았던 땅, 드나듦이 심한 서해와 남해의 바다는 비참하고 맹렬했던 전투를 거짓말처럼 지워내고 다만 이야기를 남기고 있다. 16세기의 조선, 부패했던 권력 속에서 이순신의 삶과 죽음은 더욱 비극적으로 다가온다.

죽은 후에야 '충무忠武'라는 시호를 얻은 그는 과연 어떤 사람이었을까. 한 사람의 일생이 단 두 글자로 요약되기는 어렵지만, 이순신이 충忠을 가진 무인武人이었다는 사실을 부정하기는 어렵다. 그가 남긴 『난중일기』를 통해, 후인들은 무장武將으로서, 남편으로서, 아들이자 아비로서의 모습을 발견할 수 있다.

이순신의 삶은 흔히 충忠과 무武로 묘사된다. 하지만 『난중일기』에는 그의 삶에 '충'과 '무' 외에도 '통痛', '분憤', '곡哭', 불안, 답답함, 수치 등의 감정적 언어들이 자리하고 있다. 그는 뛰어난 무장이었고, 사관史官 못지않은 뛰어난 기록자였다. 그는 날씨, 망궐례를 행했던 날, 훈련을 그만둔 날과 그 이유, 쏜 화살의 개수와 곤장을 친 회수, 효수한 사람들의 이름과 이유, 원균이 했던 구체적인 잘못과 그에 대한 증오의 감정까지 구체적으로 적어놓았다. 또한 백첩선, 별선別扇, 부시火金, 큰 대大竹, 삶은 대熟竹, 상품죽上品竹 등의 개수, 지역별 전선戰船의 수량과 세부적인 내용, 명나라 수군과 주고받은 물품들을 매우 상세하게 기록하고 있다.

『난중일기』를 통해 만나게 되는 이순신은 냉정함을 잃지 않으며, 언제나 카리스마 넘치는 리더이기에 앞서 누구보다 풍부한 감정을 가진 인간으로서 한 개인이다. 민심을 살피고 사람들의 심리를 섬세하게 살피는 덕장德將의 면모를 보이지만, 어머니 앞에서는 어머니의 병환을 걱정하는 평범한 아들이다. 하지만 그는 사람들의 탐욕과 이기적인 모습에는 "가소롭다"며 냉소를 감추지 않고, 심하게 비판을 하기도 한다. 분노와 울분을 토로하는 모습도 종종 보인다.

탄환에 맞은 상처 때문에 옷조차 제대로 입을 수 없었던 통증, 몸이 불편하여 하루 종일 누워서 신음하거나, 다른 사람과 제대로 이야기조차 나눌 수 없었던 고통에 대한 잦은 묘사는, 피와 살을 가진 한 인간이 남긴 기록이다. 이순신은 한 인간이자, 아들, 남편, 아비이자 신하였고, 부하들을 거느린 장수였다. '어지러운 난亂 속에서 남긴 일기'는, 불화살이 날아들고, 사방에서 시신이 썩어가는 냄새가 진동하는 고통스러운 현실 위에서 쓰인 그의 오롯한 흔적이다. 일기 속에는 나라와 백성을 향한 사랑과 연민이, 그리고 한 인간이 결코 피할 수 없었던 증오와 분노, 통증이 쌍생아처럼 나란히 마주하고 있다.

김훈은 장수이자 목민관, 아버지이자 아들이기도 했던 이순신이라는 한 인간의 이야기를 풀어내는 데 주력했다. 또한 혼탁하고 부조리하며, 암흑과 같은 현실을 살아가야 했던 백성들의 개별적 고통과 죽음에 주목하고 있다. 이 소설에는 정의 없는 시대에서 무장으로 살아야 했던 한 인간의 버거운 삶의 무게가 실려 있다. 부패하고 어두웠던 16세기의 조선은 '현재'와 그리 멀어 보이지 않는다. 작가는 그런 어두운 현실을 온몸으로 관통해야 했던, 장수로서 무거운 짐을 짊어지고 걸어가야 했던 한 인간의 깊은 내면을 잘 보여주고 있다.

반면, 〈명량〉은 강렬한 구국의 영웅을 그려내는 데 치중한 듯이 보인다. 상업적 성공을 거둔 이 영화에 보내는 불편한 시선은 어쩌면 강요되듯 안겨지는 애국, 구국에 대한 무게감 때문인지도 모른다. 그러나 다른 시선에서 보자면, 사람들의 열광은 정의 없는 시대, 우울하고 암담한 시대를 관통하며 걸어갔던 리더에 대한 깊은 갈망에서 끌어올려진 것인지도 모른다.

역사적 인물이나 사건에도 트렌드가 있다고 할 수 있을까? 꼭 그렇다고 말할 수는 없지만, 한 사건이나 인물이 동시에 생산되는 현상은 눈여겨볼 필요가 있다. 황진이를 주제로 한 영화, 드라마,

소설 등이 비슷한 시기에 유행처럼 번졌고, 이순신 콘텐츠의 생산과 유통도 다르지 않았다. 황진이 콘텐츠가 활발한 여성의 사회진출, 여성에 대한 사회적 인식의 긍정적 변화, 사랑에 대한 현대인들의 인식 및 욕망을 투영한 것으로서 선택되었다면, 이순신은 난세의 영웅이자, 실력과 인간적인 따뜻함을 갖춘 리더라는 점에서 매력적인 콘텐츠가 되었던 것으로 보인다. 칠흑처럼 어두운 시대, 리더의 부재라는 현실이야말로 이순신을 소환한 이유일 것이다.

6장

중국의 역사 리텔링

청淸나라의 장학성章學誠은 이렇게 말했다. "역사에서 귀하게 여기는 것은 의미義이고, 갖추어야 할 것은 사실(또는 사건事)이며, 글文의 형식으로 표현한다."[91] 언어로 표현된 사건에 의미를 부여하는 것이 역사라는 것이다. 그런데 여기에서 역사의 성립 조건으로 제시한 세 요소, 즉 '사실'과 '의미', 그리고 '언어'가 합쳐지는 과정은 단순하지 않다.

---

91 "史所貴者義也, 而所具者事也, 所憑者文也." 章學誠, 『文史通義』, 中華書局, 1961, p.144.

이는 『춘추春秋』라는 저작을 통해서도 알 수 있다. 『춘추』는 경학인 동시에 역사서이다. 그러나 『춘추』는 중국의 전통적인 분류인 경經, 사史, 자子, 집集의 분류에 깔끔하게 분류되지 않고, 경전經과 역사의 경계를 넘나들었다. 『좌전左傳』과 『공양전公羊傳』, 『곡량전穀粱傳』의 해석을 낳았고, 이 해석은 개인의 표현과 정치 참여를 가능하게 하는 장場이 되었다. 역사는 역사가의 의도에 따라 다양한 방법으로 재현되거나, 서술에 초점이 맞추어져 기술되기도 한다. 역사해석학과 역사기술학의 차이로 설명되는 이러한 간극은 역사에 대해 가졌던 고대인들의 진지한 고민과 태도를 엿보게 한다.[92] 경학에 대한 주석과 해석, 이와 같은 해석학적 방식은 훗날 역사 기술에도 적용되었고, 소설과 같은 서사를 읽는 데도 깊은 영향을 주었다.[93] 역사와 소설을 분리하려는 오랜 시도에도 불구하고, 이들이 언제나 어느 정도의 교집합을 유지할 수밖에 없었던 이유일 것이다.

따라서 오랜 시간 동안 '하잘 것 없는 이야기'로 폄하되었던 소설과 엄정한 역사의 만남은 어색하거나 무리한 시도가 아니라, 오히려 서로의 자양분이 되어 발전해왔다고 말하는 편이 옳을 것이다. 『삼국연의三國演義』, 『수호전水滸傳』 등의 발생과 유행은 문학

---

92 루샤오펑, 조미원·박계화·손수영 옮김, 『역사에서 허구로』, 길, 2001, pp.98-99.
93 루샤오펑, 같은 책, p.101.

과 역사의 뒤섞임, 그 오랜 흔적을 잘 보여주고 있다. 창작에 있어 소재의 결핍을 경험하고 있는 요즈음, 역사 서사는 매력적인 콘텐츠가 되어 다채롭게 리텔링되고 있다.

역사서사에 대해 소설이라는 장르로서 그 전개 방식을 살펴보면 작가가 주인공과 거리를 두고 관찰하는 경우가 있고, 주인공의 삶을 자세히 들여다보는 경우도 있으며, 직접 주인공이 되어 이야기를 서술하는 경우도 있다. 흔히 3인칭 관찰자시점, 전지적 작가시점, 1인칭 주인공시점 등으로 구분하는데, 이는 관점과 매체에 따라 다른 작품으로 탄생되기도 한다. 중국인들의 가장 큰 주목을 받아왔던 두 인물, 무측천武則天과 공자孔子의 다시 쓰기를 통해, 문화적 흐름과 그 의미를 살펴볼 수 있을 것이다.

1. 무측천

중국 섬서성陝西省 함양시咸陽市에는 특이한 비석이 하나 있다. 멀리서도 보이는 크고 높은 석비石碑, 멀리서도 절로 고개가 숙여지는 위용을 자랑한다. 그 비석이 이름을 널리 알리게 된 건, 비석에 꼭 필요한 '묘비명'을 두고 꽤나 오랜 싸움을 지속했기 때문이다. 싸움이 지속되는 동안, 이 웅장한 비석에는 단 한 글자도 새겨지지 못했다. 사람들은 글자 없이 외롭게 우뚝 선 이 비석을 무자비無字碑라고 불렀는데, 말 그대로 '글자가 없는 비석'이라는 뜻이다. 물론 지금은 송대宋代 이후 사람들이 글자를 새겨 넣어 유자비有字碑가 되었지만 말이다.

글자가 없었던 이유는 무엇일까? 두 가지 극단적인 추측이 가능하다. 비석 주인공의 삶이 너무 위대해서 글로 표현할 수 없거나, 반대로 그 삶이 너무 악해서 글로 표현하는 것조차 불가능할 정도였기 때문일 것이다. '글자 없는 비석'은 사람들의 상상력을 자극하기에도 좋은 것이어서, 무자비에 대한 사람들의 갑론을박은 학술적 연구보다도 풍부하고 흥미롭다. 실제로 이 비석의 주인공은 두 가지 극단적인 가능성을 모두 가진 인물로 알려진, 중국 최초이자 유일한 여황제女皇帝 무측천武則天이다. 우리나라에는 '측천무후則天武后'의 이름으로 더 잘 알려져 있지만, 중국에서는 '무[조]는 곧 하늘이다'라는 의미의 무측천으로 호명된다. 이미 '후后'의 위치를 뛰어넘어 여황이 된 사실에 근거하여, 이 글에서도 '무측천'이라는 용어를 선택하였다.

무측천만큼 평가가 엇갈리는 인물이 또 있을까. 전통적인 남성 중심적 사회에서 권력 있는 황후가 아닌, 여성 황제에 대한 관심은 지금까지도 시들지 않는다. 전세계적으로 여제女帝나 여왕으로서 뛰어난 평가를 가진 인물은 결코 적지 않다. 스페인의 이사벨라, 영국의 엘리자베스, 러시아의 예카테리나 2세, 오스트리아의 마리아 테레지아 등이 그들이다.[94] 이들은 명문가 출신이거나 대단한 인맥을 가지고 있지만, 무측천은 평범한 가문에서 태어나 자신의 의지와 노력만으로 여황제의 자리에 올랐다는 점에서 그들과 다르다. 생전의 악행과 혹독함, 잔인함에도 불구하고, 그녀가 이룬 업적, 강인함에 대한 칭송도 계속되고 있다. 이렇게 극적인 운명을 살았던 인물에게 부여된 '중국 최초의 여황제이자 유일한 여황제'라는 수식은 그녀를 흠모의 대상이나 증오의 대상으로 만든다. 무측천에 대한 사람들의 호기심과 궁금증은 무측천을 현대로 소환시키는 계기가 된다. 무측천은 책으로, 영화로, 드라마로 부단히 태어난다.

무측천에게는 잔인하고 혹독한 여성이었다는 비난과 명철한 여성 군주였다는 찬사가 그림자처럼 따라다닌다. 역사적 사건, 인물에 대한 다시 쓰기가 그러하듯, 작가가 측천무후에 대해 가진 생각과 감정은 지극히 다른 서사를 만드는 출발점이 된다. 역사를 이야기하는 이유가 객관적인 팩트를 찾아내는 것에 앞서, 진실과 의미를 찾는 것이라면 각기 다른 서사로 짜인 이야기를 탐색하는 것은 흥미로운 과정이 될 것이다.

---

94 도야마 군지, 박정임 옮김, '머릿말', 『측천무후』, 페이퍼로드, 2006.

1) 궁중 잔혹사 _ 쑤퉁의『측천무후』[95]

'중국 최초의 여성 황제'라는 타이틀은 모든 이의 시선을 사로잡기에 충분하다. 하지만 무측천을 바라보는 시선은 결코 같지 않다. 여성들은 양가적 시선으로, 남성들은 의심과 혐오의 시선으로 바라보기 쉽다. 남성 작가이면서도 여성의 심리 묘사에 탁월하다는 평가를 받는 쑤퉁蘇童은 그녀를 어떻게 그려냈을까?

본연의 소임이 소설가라 하더라도 그에게는 사가史家의 임무가 무겁게 요청되는 듯하다. 빈번한 사서史書의 인용은 역사소설에 대한 진지한 자세, 또는 부담감으로 읽어도 좋을 것이다. 사가의 면모를 요청받는다 하더라도 쑤퉁은 소설가의 권리를 포기하지 않는다. 역사와 차분한 상상력의 만남, 쑤퉁의 소설은 이렇게 완성되었다.

역사소설은 사료에 대한 엄밀함을 요청받는 대신 상상력이라는 면죄부를 지닌 채 탄생한다. 역사적 사실과 상상력이라는 쌍생아는 역사적 인물을 기이하게 만들기도 하고, 때로 다르게 생각할 수 있는 관점을 제공하기도 한다. 작가는 역사의 인물이나 사건을 미화할 수도 있고, 교묘하게 악의적으로 그려낼 수도 있다.

---

95 蘇童,『武則天』, 上海文藝出版社, 2008. 이 책은 우리나라에『측천무후』라는 제목으로 번역되어 소개되었다(쑤퉁, 김재영 옮김,『측천무후』, 비채, 2010). 인용문의 페이지 번호는 번역본의 페이지를 따랐다.

어찌 되었거나 그것이 소설이라면, 비난을 할 수 있을지언정 책임을 묻기는 어렵다. 그것을 판단하는 것은 다시 독자의 몫으로 남겨진다.

너의 목소리가 들려

산 자나 죽은 자는 그들의 말을 들어줄 누군가를 필요로 한다. 역사를 '이긴 자의 기록'이라고 말할 수 있다면, 이기지 못한 자들의 목소리는 매몰되거나 사라진다고 할 수 있다. 소설가의 상상력은 역사 속에 묻힌 목소리들을 추적한다. 그들의 억울함, 슬픔, 분노를 달래주려는 듯, 그들의 시점에서 대화하듯 하소연하듯 전개되는 이야기는 그 무게만큼이나 진지하다.

이 소설의 독특한 점은 시점을 바꾸어가며 서술되고 있다는 것이다. 이 가운데서도 어머니인 무측천의 위세에 눌렸던 태자 홍弘과 예종睿宗의 일인칭 시점으로 진행되는 서사는, 궁중의 내밀함과 은밀함을 읽게 하는 효과적인 도구로 사용된다.

나는 동궁의 황태자 이홍이다. 동궁에는 뛰어난 학식을 가진 수많은 학자와 모사들이 운집해 있었다. 하지만 어떻게 하면 내 어머니의 그 손을 피할 수 있는지는 누구도 가르쳐주지 못했다. 인자함을 가득 품고 예로써 남을 대하는 것 말고, 역사서에 기록된 나의 하찮은 공적들 말고 내가 달리 무엇을 할 수 있었겠는가?(쑤퉁, 74-75)

나는 스물아홉에 즉위하여 역사상 유명무실했다고 알려진 예종 황제가 되었다. (쑤퉁, 266)

제왕의 무거운 면류관은 이제 내 머리에서 벗겨질 것이었다. 그것은 수많은 자들이 꿈에 그리며 목숨을 내걸고 다투는 물건이었고, 그 휘황함과 장엄함은 견줄 데가 없었건만, 내게는 지겨운 골칫거리나 허황된 장신구에 불과했다. 이제 나는 그것을 공손히 내 어머니에게 바칠 터였다. 나는 그것을 굴종이 아니라 거스를 수 없는 하늘의 뜻이라고 생각했다. (쑤퉁, 269)

은연중에 어머니 수중의 저 [양위를 요구하는] 조서가 내가 등극한 뒤로 내린 유일한 조서라는 생각이 머리를 스쳤다. 그것은 예종 황제의 마지막 조서이기도 했다. 그다지 우스울 것도 없다. 내가 이상한 허수아비 황제라는 건 세상이 다 아는 일이니까. (쑤퉁, 271)

의욕에 넘쳤던 젊은 홍은 독살당했고, 예종은 스스로 황위를 내려놓음으로써 연약한 삶을 이었다. 빼앗기거나 스스로 포기하거나 결과는 같았다. 일인칭을 군데군데 삽입한 소설의 이런 독특한 구조는 비명에 죽은 홍과 황제였지만 무능하고 무력했던 두 왕의 공포와 무력감을 극대화함으로써 무조의 잔혹함을 한층 효과적으로 드러낸다. 하지만 작가는 그녀의 입이 되기를 거부한다.

독자들은 일인칭으로 서술하는 그들의 처지에 이입되어 그들의 분노와 상실, 절망을 체험하게 되는데, 이는 무측천을 바라보는 작가의 입장과 다르지 않다. 어떤 의미에서 이 소설은 비명에 죽어간 그녀의 가족들을 애도하는 작가의 추모사이자, 그들을 위한 진혼곡이다.

그녀를 위한 사랑은 없다

역대 중국의 황제들은 많은 여성을 후궁으로 맞았다. 많은 자손을 낳는 것은 황제의 의무이자 아름다운 덕이었기 때문이다. 그러나 여성 황제에게는 예외였다. 무측천을 시중들던 남총男寵의 존재는 추문이자 감추어야 할 스캔들이었다. 무측천은 설회의, 장씨 형제에게 마음을 주었으나 그것은 결코 로맨스가 될 수 없었다. 작가는 무측천의 남성들의 등장과 그들 사이의 긴장 관계를 노련하게 추적한다.

여황을 들뜨게 했던 멋진 미남자 설회의는 심남구에게 질투를 느끼고 돌이킬 수 없는 실수, 만산신궁에 불을 지르는 잘못을 저지르고 만다. 여황을 자신의 여자로 생각했던 설회의는 결국 여황을 꼭 닮은 태평 공주에 의해 살해된다. 여황의 히스테리는 여기에서 멈추지 않는다. 여황은 끊임없이 연호를 바꾸고, 밀고密告를 맹신하고 살인을 멈추지 않는다. 그녀의 방탕이 정점에 이른 것은 장씨 형제와의 만남과 밀접하게 연관된다.

미소년 장창종은 만세통천 2년에 상양궁 여황 침전에 들어왔다. 그는 태평 공주가 민간에서 발굴한 불로장생의 영약이었다. (……) 침대 위에서 할머니 하나를 모시는 건 식은 죽 먹기나 마찬가지였고, 그 때문에 그가 얻은 부귀영화란 궁 밖의 소년이 감히 넘볼 수 없는 것이었다. (……)

　"나한테도 광록대부光祿大夫 같은 벼슬을 줄까?" (……)

　"광록대부든 광복대부든 오품관쯤 따는 건 문제없다고."

　역시 여황은 장역지를 보고 한눈에 반했다. 그는 입궁한 그날 바로 4품관인 상승봉어尙乘奉御에 봉해졌다. (……) 여황은 메마른 두 입술로 장씨 형제의 젊음을 게걸스럽게 빨아들이고 있었다. (쑤퉁, 304-306)

　그들은 가장 친밀한 관계였지만, 서로를 이용하는 관계에 불과했다. "장씨 형제는 그녀에게 그저 불로장생의 약에 지나지 않았"(쑤퉁, 306)고 여황은 장씨 형제의 젊음을 게걸스럽게 빨아들이는 괴물이었다. 그들은 노파의 몸에서 시큼한 죽음의 냄새를 맡았지만, 이용가치가 유효하기 때문에 떠나지 못한다. 쑤퉁은 이들의 복잡한 관계는 추문일 뿐이고, 다만 서로를 이용하기 위한 관계였다고 묘사한다. 괴물, 노파, 불로장생의 영약, 게걸스러움과 같은 묘사는 무측천에 대한 작가의 비난이다. 이를 통해 쑤퉁은 그들의 관계는 결코 사랑이 아니었다고, 추악한 욕망일 뿐이라고 말한다.

잔혹한 파괴자 무측천

우아한 여황의 시대는 학정虐政에 큰 빚을 지고 있다. 이 점에 있어서 쑤퉁은 기존의 역사적 관점과 크게 다르지 않다. 무측천이 총애했던 고문관 내준신의 기발한 고문방법과 공포는 행간을 통해 더욱 공포스럽게 다가온다.

> 황태후 무조가 여황의 보좌를 향해 한발 한발 우아하게 다가서던 시대는 혹리들의 위세가 하늘을 찌르던 시대이기도 했다. 후대의 문인과 학자들은 그것을 진흙탕 속에 나란히 핀 한 쌍의 연꽃으로 보았다. 한 줄기에서 나온 두 덩이 연꽃은 서로 영양을 주고받으며 서로 자기 열매를 맺었다. (쑤퉁, 229)

> 조정과 관아 역시 숨이 턱턱 막히는 납빛 공기로 휩싸였다. 음해와 무고가 유행이 되고 사람과 금수를 분간할 수 없는 비정상적인 시대에 조정 신료들은 가족에게 일찌감치 유언을 남겨놓았고, 아침마다 입궐할 때 처자식과 나누는 인사가 그대로 마지막 인사나 마찬가지였다. (쑤퉁, 232)

그녀의 치세는 공포를 가장한 태평성대였다. 밀고와 살인이 난무하고 정의는 찾아볼 수 없는 고통의 시대였다. 그녀의 눈은 날카롭고 손은 매서웠다. 작가 쑤퉁은 혹리의 전성시대였던 무측천의 정치를 강도 높게 비판하며, 그녀에 대한 모든 긍정적인 평가를 무화시키는 것처럼 보인다.

이어, 작가는 무측천의 불행한 노년을 묘사한다. 지략과 권세가 있었지만, 무측천도 늙음과 죽음 앞에서는 일개 범인凡人에 불과했다. 그녀는 신들의 향연에 참여할 수 없었다. 태평 공주가 바친 불로장생의 강장제, 영약은 그 시기를 늦출 수는 있어도 불가능하게 할 수는 없는 일이었다. 그녀의 한마디에 발 빠르게 움직이던 커다란 제국은 그녀를 배반할 만반의 준비를 하고 있었다. 그녀가 다시 불러들인 중종은 황위를 되찾았고, 대당大唐의 복원도 신속하게 진행되었다. "퇴위한 여황은 무시되거나 잊혀지고 있었고, 옛 위용을 되찾은 당나라 왕실은 여황이 죽었다는 소식만 기다리고 있었다"(쑤퉁, 326). 모두의 바람대로 그녀는 끝내 외롭게 죽어갔다.

쑤퉁의 역사소설에서 전지적 시점과 일인칭 시점의 교차 서술은 무측천의 잔혹함을 드러내기 위한 효과적인 장치로 차용되고 있다. 전지적 작가 시점의 내러티브는 객관성을 담보한 듯한 엄숙함으로 일관되어 있다. '나'로 호명되는 가련한 황자皇子와 황제皇帝의 떨리는 목소리는, 소설이라는 재판의 장으로 소환된 무측천의 잔혹함을 증언하는 증인의 목소리에 다름 아니다. 작가 쑤퉁은 무측천의 정치적 행보와 치적에 대한 판단을 보류하고, 그녀의 로맨스에 집중한다. 이어, '기괴함, 잔혹함, 문란함'이라는 다양하지만 통일된 언어의 조합은 그녀에 대한 평가를 가감 없이 보여준다.

쑤퉁의 『측천무후』는 중국 최초의 여성 황제에 대한 남성들의 시선을 잘 보여준다고 할 수 있다. 사실 역사적으로 무측천은 공과功過를 모두 가진 것으로 평가되고 있지만, 이 소설에서 무측천은 욕망과 아집에 사로잡힌 광기어린 여성이라는 점이 강조되었다. 억울하게 죽었던 황자 홍과 예종의 목소리를 통해 무측천을 복원하려는 시도에서, 무측천에 대한 편파적인 시선을 읽을 수 있다. 그렇다 하더라도 비난할 수는 없다. 역사소설은 어디까지나 역사에 대해 작가의 상상력을 동원하여 완성한 허구의 창작품이니 말이다.

2) 꿈꾸고 사랑했던 한 여인의 목소리 _ 샨사의 『측천무후』[96]

중국 역사상 유일한 여황제, 고종高宗으로 하여금 기꺼이 황실의 계율을 뛰어넘게 했던 여인. 그녀는 욕망과 야욕으로 꿈틀거렸던 괴물이었던 것일까. 여성 작가 샨사Shan Sa는 지금은 죽고 없는, 오직 글과 사물 사이에 흔적을 남기고 있는 그 여인의 생각을 되묻고, 그녀의 감정을 만진다. 작가는 황제, 무측천과 같은 화려한 칭호를 걷어내고 '무조武照'라는 이름으로 그녀를 다시 호명한다.

---

96 샨사, 이상해 옮김, 『측천무후』, 현대문학, 2007. 여황(女皇)이라는 제목을 가진 샨사(ShanSa)의 저작 *Impératrice*은 『측천무후』의 제목으로 번역되었다. 인용문의 페이지 번호는 번역본의 페이지를 따랐다.

샨사는 비난과 오욕뿐인 그녀의 삶으로 걸어 들어가 그녀가 되어, 일인칭 시점으로 소설을 전개한다.

어린 시절, 무조는 세상에 대한 호기심으로 충만하고 자신감이 넘치던 아이였다. 그녀는 잠시도 눈을 붙이지 않고 세상을 바라보는, 요람에서 세상을 맞이하기보다는 기꺼이 세상을 향해 먼저 나아가고픈 욕구를 가진 아이였다. 무조는 사내처럼 옷을 입고, 양팔을 벌린 채 자유를 누리는 아이였다. 하지만 자부심 넘치며 행복했던 유년은 지속되지 않았다. 아버지의 죽음은 유년의 행복을 간단없이 앗아갔다.

아버지와 함께 죽어버린 행복, 그 뒤에 오는 불행과도 같았다. 감당할 수 없을 만큼의 시련을 겪은 어린 무조는 "열한 살의 나이에 이미 늙은이가 되어 있었다"(샨사, 54)고 회상하고 있다. 그러나 어머니와 어린 동생을 두고 마냥 힘들어할 수만은 없었다. 운명이든 그렇지 않든 그녀 앞에 놓인 삶은 그녀가 살아내야 할 몫이었기 때문이었다. 아버지가 돌아가시고 재산이 사라지고, 그녀와 가족은 낯선 땅에 남겨지게 되었다. 어린 무조는 두 눈을 부릅뜨고 불행에 맞서기로 결심하지만, 이런 결심에도 불구하고 슬프고 불행한 일은 끊이지 않았다. 대장군 이적李勣의 추천으로 내명부内命婦의 후궁이 되어 입궐하게 된 것이다. 가문의 영광이기는 했지만, 돌아올 기약이 요원한 여행은 행복으로 요약될 수 없었다.

젊은 시절의 빛과 그림자

아버지가 돌아가시고 난 후에 비로소 경험하게 된 가난은 입궐 이후에도 영향을 끼쳤다. 가난했던 무조는 궁궐에서 다른 후궁들과 똑같이 경쟁할 수 없었다. 보잘것없는 집안, 경제적 궁핍은 그녀를 절망스럽게 만들었지만, 그렇다고 해서 이런 현실이 그녀를 굴복시키지 못했다. 무조는 다른 후궁들과는 다른 방법으로 현실을 극복하기로 한다. 스스로 "고운 진주들 틈에 있던 자갈"(샨사, 80)이라고 말했던 무조는 독특한 자갈이 되기로 마음먹었던 것이다. 모두들 통통하게 살을 찌워 치장을 하는 동안, 그녀는 다른 방식으로 자신을 꾸미기 시작한다. 무조는 희고 통통한 외모를 가진 여성들 가운데서, 황금빛 피부와 날렵한 몸매를 만들어 독특한 매력을 가짐으로써 스스로를 지켰다.

시련은 예기치 못했던 순간에 다가왔다. 무조가 바라보던 유일한 남성, 태종이 세상을 떠난 것이다. 태종의 부재는 태양이 구름 속으로 사라진 어두운 세상 같았다. 이런 어둠 속에서 무조는 치노雉奴[고종高宗 이치李治]에게 편지를 썼다. 아무런 답장이 없었고, 결국 무조는 다시 절로 돌아갔다. 그녀는 그곳에서 절망의 굴곡을 지나, "여자가 환상에서 깨어나야 하는 스물여덟이 되었다"(샨사, 162).

캄캄한 어둠에서 빛이 된 것은 연인 치노였다. 황후가 숙비를 제거하려는 목적으로 전 황제의 재인才人이었던 비구니, 무조를 불러들였다. 어렵게 입궐한 무조는 치노의 연인이자 그의 조언자로 서서히 자리매김하기 시작한다. 무조는 황제 대신 "보고서를 읽고 주석을 달았고, 스물아홉 살의 나이에 처음으로 빛줄기를 보았다"(산사, 184). 그녀는 단순히 젊음과 미모로 황제의 마음을 사로잡았던 수많은 여인들과 달리, 정치를 논하고 정치 보고서를 함께 읽고 조언을 함으로써 치세治世라는 거대한 대열에 합류할 수 있었다. 무조는 치노를 위해 제국을 길들이겠다고 결심한다. 기댈 만한 가문도 지지자도 없었지만, 치노의 사랑 그리고 현실적 어려움을 이겨내려는 강한 의지는 무조의 꿈을 현실이 되게 했다.

너절한 오해와 누명

후대의 역사가들은 그녀를 잔혹한 살인마라고 평가한다. 자신이 낳은 아이들뿐만 아니라, 반대파를 신속하고 잔혹하게 제거한 그녀의 잔인무도함은 사람들의 비명과 저주로 요약되었다. 하지만 샨사는 그것이 세상의 오해였다고, 후인들이 씌운 너절한 누명이었다고 말한다. 첫째 딸의 죽음으로부터 시작된 가족들의 죽음은 그녀가 사주한 것이 아니라, 오히려 그녀를 죽이기 위해 짜놓은 계획의 어긋남에서 비롯된 것이라고 말한다. 무조는 첫째 딸의 죽음 앞에 정신을 잃을 정도였다.

딸의 죽음, 언니인 한국 부인과 조카인 위국 부인의 죽음에 가장 가슴 아파했던 것은 그녀 자신이었다. 그녀는 궁 안으로 불러들인 가족들이 하나씩 죽어가는 걸 보며 눈물을 쏟아야 했다. 언니 모녀는 고종을 두고 거친 싸움을 벌였다. 싸움에서 끝내 이길 수 없었던 무조의 언니는 치명적인 독을 마셔 스스로 목숨을 끊었다. 고통스러웠던 무조는 미친 듯이 일을 하면서 언니를 잊어갔다.

언니인 한국 부인의 불행에도 불구하고 그녀의 딸인 위국 부인의 야망은 식을 줄 몰랐다. 조카는 무조가 언니를 독살했다고 비난했고, 호시탐탐 비妃의 자리를 노렸다. 불행은 예기치 못한 곳에서 찾아왔다. 먼 곳에서 찾아온 사촌들이 무조의 알현을 요청하며 특산물을 바쳤다. 무조는 식사자리에 있던 조카에게 술을 맛보라고 했는데, 술을 맛보던 조카는 한 모금도 넘기지 못하고 무조 대신 죽음을 맞았다. 무조 가족들이 독살된 것은 그녀가 죽인게 아니라, 그녀를 죽이려던 암살자들의 실수에서 빚어진 비극이었다. 가족을 잃은 슬픔이 가시기도 전에, 무조는 세간의 저주와 비난까지도 감당해야 했다.

무조는 역모를 척결하기 위해 판관들의 횡포를 고발하는 민원에 귀를 기울였다. 그녀를 반대하는 역모가 끊이지 않았고, 그녀는 위대한 제국을 위해 그것을 깨끗하게 처리하지 않으면 안 되었다. 실수도 있었다. 자백만으로 이루어진 신속한 판결과 처형은 비난과 두려움, 악평을 몰고 왔다. 수많은 고발과 고문, 자백과 숙청은 스스로를 보호하기 위한 연약한 정당방위였지만 너무 많은 피를 흘렸고, 무조가 원하지 않는 죽음을 시행하여, 그녀의 관용을 살해했다. 그녀는 억울하다.

황궁 내부, 여경문 인근에 설치하게 한 특별법정과 특별감옥에
서 감찰사와 어사들이 독립왕국의 왕자들처럼 그들 자의대로 행동
한다는 사실이 수사를 통해 드러났다. 그들의 정보원들이 제국 곳
곳에 득실거리고 있었다. 그들은 단순 고발을 근거로 죄 없는 사람
들을 기소했고, 음모에 가담한 혐의로 체포되면 심문을 하는 동안
예외 없이 고문을 가했다. …… 그들은 단 한 명의 죄인도 살려두지
않기 위해 죄 없는 자들을 죽음으로 내몰았다. 그들은 악마들을 말
살한다는 구실 아래 나의 관용을 살해했고, 나도 모르는 사이에 나
를 전제군주로 바꿔놓았다. (샨사, 410)

무조는 잔혹한 여황이 아니라, 위대한 제왕이 되고 싶었다. 언
제든 제국을 끝장낼 수 있는 모든 시도를 차단하려고 노력했다.
그토록 바라던 제국을 지킬 수는 있었지만, 그녀에게는 잔혹한
살해자, 찬탈자라는 오명만이 남겨졌다.

그것은, 사랑
무조는 고종을 정말 사랑했을까? 후세의 역사가들은 무조가
그녀의 야망을 위해 부끄러움도 모르는 여인처럼 굴었다며 혹평
했다. 하지만 그들의 사랑은 혹평될 수 없다. 무조는 "나는 이미

그의 노예였다. 이미 그에게 내 몸과 영혼을 바쳤다. …… 치노는 나의 운명이었고, 나는 그의 빛이었다"(산사, 197)고 말한다. 무조의 첫째 딸이 죽었을 때, 그는 황후와 숙비를 고발하고 그녀를 진정으로 위로했다. 황후의 위位는 치노의 사랑이자 선물이었다. 하지만 고종은 무조보다 먼저 세상을 떠났다. 여성의 몸으로 많은 일을 했지만 고종이 죽은 후에도 무조는 혼자였다. 그녀의 외로움을 간파한 천금 공주와 태평 공주는 무조에게 설회의라는 근사한 남자를 선물했다. 고종 이후, 무조는 새로운 사랑을 만났다.

나이 육십이 되어서야 나는 남자가 여자보다 더 큰 쾌락을 나에게 줄 수 있다는 것을 깨달았다. 소보는 나에게 감각의 풍요로움을 발견하게 해주었다. …… 나도 모르는 사이에 내 얼굴이 서서히 변해갔다. 발그스레한 빛이 뺨에 되돌아와 앉았고 눈에서 냉혹한 기운이 사라졌다. 화장을 하지 않았는데도 입술이 붉게 빛났다. 조회 때, 나는 권좌에 앉아 이러한 나의 변신을 아무 부끄러움 없이 과시했다. 내 목소리는 더욱 힘찼고, 머리는 더욱 빨리 돌아갔다. (산사, 363)

그러나 마흔 살 연하의 설회의는 제멋대로였고, 궁 밖에서 다른 여성들을 만나 무조에게 질투를 불러일으켰다. 무조는 자신을 황부皇夫로 임명해달라는 회의의 요구에 아연했다. 하지만, 무조는 설회의의 사랑을 받아들일 수 없었다. 과부들에게 재가를 장려했지만, 단 하나의 예외가 있다면 그녀 자신이었다. 회의가 세상을 떠난 후에야 그 사랑을 이해했다. 그의 부재는 무조를 깊은 슬픔에 빠뜨렸다.

진실한 사랑을 잃은 무조는 후회했지만 돌이킬 수 없었다. "신들은 황제를 위해서는 사랑을 마련해놓지 않았다"(산사, 429). 무측천에 대한 전통적인 부정적 평가를 굳혔던 것 가운데 가장 큰 사건은 단연 그녀의 남성편력, 그와 관련된 추문들이다. 동시대를 살든 그렇지 않든, 무측천의 사생활은 '문란함'이라는 수식어가 붙어 곱게 받아들여지지 않았다. 그녀의 변태적 성향을 비난하며 조롱하기도 했다. 하지만, 그녀는 몇몇 남성들을 통해 남편인 고종과의 관계에서도 느끼지 못했던 기쁨과 행복을 느꼈고, 그들을 진심으로 사랑했다.

위대한 제국의 여황

그녀는 황위에 오르려는 야심이 없었다. 하지만 궁 안에 불사조가 날아들고, 황색 꾀꼬리가 떼를 지어 날아오르는 등, 기이한 현상들이 전국에서 보고되었다. 그녀는 특별한 칭호를 받을 자격이 없다며 거절했지만 급기야 아들 단旦이 아버지의 성인 이李를 버리고 어머니의 성을 따를 것을 허락해달라고 요청하고, 점성술사와 승상들도 끈질기게 요구해왔다. 거절할 방법을 찾지 못한 그녀는 중국 역사상 유일무이한 여황이 되었다.

생전의 악행 때문에 무측천의 정치적 업적마저도 제대로 된 평가를 받아오지 못한 게 사실이다. 그렇더라도 모든 걸 부정할 수는 없다. 황족의 권위를 덜고 모든 사람에게 기회를 보장한다는 '과거제도'의 광범위한 실시는 그녀처럼 평민 출신의 인재들에게 감히 꿈꿀 수도 없었던 기회를 제공해주었다.

샨사는 역사서의 행간을 걸으면서, 일면 남성중심주의적 이데올로기에 의해 비판적으로 읽힐 수밖에 없었던 여성으로서 무조의 삶을 새롭게 복원하였다. 평민 출신으로 아무런 연줄 없이 적막한 궁에서 투쟁 같은 외롭고 불안한 삶을 살았을지도 모를 무조의 삶, 작가는 기꺼이 그녀가 되었다. 어쩌면 이는 역사의 틈, 이긴 자의 기록인 행간에서 측천무후를 새롭게 구출하고 싶었는지도 모른다.

> 황제들은 내가 도입한 과거시험을 계속 실시했고, 내가 발명한 진실의 함을 사용했다. 그들은 내가 제정한 법들을 적용했고, 내가 만든 의식들을 지켰다. 하지만 나는 타락한 여성의 상징이 되었다. 실록은 내가 황후에게 죄를 뒤집어씌우기 위해 내 딸을 교살했다고 전했다. 여성을 혐오하는 역사가들은 내가 내 권위에 도전하는 큰아들 홍을 독살했다고 비난했다. 소설가들은 그들 자신의 성적 환상을 투사시켜 나를 방탕한 여자로 만들었다. 시간이 흘러감에 따라 진실은 불확실해지고 거짓이 뿌리를 내렸다. (샨사, 520)

작가 샨사는 측천무후의 변호인이 되어 그녀의 억울한 심정을 대변한다. 역사의 기록은 완전하지도, 온전하지도 못하다. 시간의 장막을 관통한 사건의 진실은 오히려 희미해지고, 거짓이 뿌리를 내려 진실인 양 가장할 수도 있다. 권력을 위해 자기 딸을 교살하고 아들을 독살한 잔혹한 여성, 성적인 방종에서 벗어나지 못했던 방탕한 여성이라는 평가는 측천무후의 맨얼굴이 아닐 수도 있을 것이다.

여성 작가 샨사는 혹평으로 일관되었던 무측천에 대한 역사를 소설로 복원하였다. 어쩌면 작가는 남성 사가史家들의 붓끝에서 완성된 역사서술이 불합리하다고 생각했는지도 모른다. 작가는 역사의 행간에 상상력을 불어넣어, 어쩌면 그랬을지도 모르는 그녀의 이야기를 완성한다.

3) 새로운 신데렐라 이야기 _ 드라마 〈무미랑전기〉[97]

무측천은 중국 역사상 가장 널리 알려진 여성이자 후대 역사가들에게 혹평을 받아온 중국 최초의 여황제지만, 시간이 지나면서 그녀에 대한 평가가 다양해지고 있다. 그녀는 무측천을 비롯하여, 무조武照, 무미랑武媚娘, 측천대성황제則天大聖皇帝, 성신황제聖神皇

---

97 (중국) 텔레비전 드라마 〈武媚娘傳奇〉(2014).

帝 등의 이름을 갖고 있다. 무측천은 양귀비와 더불어 가장 많이 영화와 드라마, 책으로 재현된 인물이기도 하다. 단순히 외적 아름다움으로 남성들의 이목을 사로잡았던 양귀비나 서시西施 등의 여성과는 다르게, 무측천은 탁월한 정치적 식견으로 왕조를 이끌었던 주인공이라는 점이 사람들의 호기심을 자극한다.

무측천의 정치적 야망과 식견은 중국 최초의 여성 황제라는 역사적 사건으로 이어졌지만, 남성들에 의한 평가는 늘 부정적인 견해 일색이었다. 그러나 과거의 역사서술이 남성 중심의 기록이었다는 점을 염두에 둔다면, 그녀에 대한 평가가 그다지 공정하지 않았다고 생각해볼 여지가 있다. 적어도 그녀가 역사의 도도한 흐름에 균열을 가한 여성이라는 점은 분명해 보인다.

최초의 역사 리텔링에서 무측천은 정치적 야망과 자기 목적이 뚜렷한 한 인간인 동시에, 양귀비를 뛰어넘는 매력적인 여성으로 그려지고 있다. 이는 그녀가 평범하지 않은 삶을 살았던 눈에 띄는 여성이라는 이유도 있지만, 대중문화의 주요한 향유계층이 여성이라는 점, 여성의 지위가 예전과 비교할 수 없을 정도로 높아졌다는 사실과 무관하지 않아 보인다.

신데렐라의 출현

무측천은 널리 알려진 대로 독특한 이력을 갖고 있다. 그녀는 당唐 제국의 제2대 황제 태종의 후궁이었던 동시에, 제3대 황제 고

종高宗 이치李治의 황후였으며, 새로운 주周왕조를 다스린 여성 황
제이기도 하다. 남성 중심의 사회에서 무측천은 줄곧 비난의 대
상이 되어왔지만, 여성의 사회 진출이 활발해진 이후 그녀에 대한
평가는 서서히 바뀌어갔다. 아무런 배경도 없이 스스로의 능력만
으로 꿈을 이룬 이 여성은, 꿈과 사랑을 이룬 여인으로 받아들여
지기도 한다. 덕분에 그녀는 다양한 장르로 리텔링되고 있다.

지난 2014년에 제작된 텔레비전 드라마 〈무미랑전기武媚娘傳奇〉
는 무측천을 재현하는 기존의 방식과 다른 방식으로 전개된다.
태종은 5품 재인才人이었던 무조武照에게 아름답다는 의미의 '미媚'
라는 글자를 내려주었고, 이후 그녀는 무미랑으로 불렸다. 〈무미
랑전기〉라는 드라마의 제목의 선택은, 그녀가 태종의 재인으로 보
냈던 시기를 강조한다는 의도인 동시에 '전기傳奇'라는 용어를 덧
붙여 과감한 허구성의 개입을 시사하고 있다.

기존의 연구나 서사가 고종의 황후가 된 이후를 다루고 있다
면, 이 드라마는 무미랑과 태종과의 관계에 많은 부분을 할애하
고 있다. 드라마에서 무미랑은 착하고 발랄한 후궁이자 우정과 의
리를 소중히 하고, 자신의 불이익도 마다하지 않고 용감하게 옳
은 일에 나서며, 위기에 처한 사람들을 구하는 수퍼 영웅이다. 가
무에 능하고, 외국 사신을 응대하는 일에도 소홀함이 없으며, 다
양한 기예技藝를 갖춘 그녀는 태종의 눈에는 진주지만, 질시의 대
상이 된다. 이후 누명을 쓰고 궁녀의 지위까지 떨어져 액정掖庭에

서 비참한 생활을 하기도 했지만, 여기에서 오히려 무미랑은 많은 사람들을 사귀고 태종의 유모와도 각별한 사이가 된다.

무미랑은 타고난 미모와 총명함 덕분에 어디에 가더라도 질투의 대상이 되지만 끝내 사람들의 사랑과 신뢰를 받는다. 이런 무미랑을 가장 사랑하는 것은 태종이다. 태종은 어려운 일이 있거나, 마음이 괴로울 때마다 그녀를 찾는다. 그녀는 태종의 최고의 카운슬러이자 친구로 그려진다. 장손 황후가 사망한 후, 황후가 없이 후궁들이 각축을 벌이는 가운데 무미랑은 사술邪術을 쓰지 않고, 사람들을 속이지 않으며, 무고한 사람들을 해치지 않는 유일한 여성이다.

드라마 속의 무미랑은 태자의 모반 사건에 휘말리면서(이 사건은 태자와 위왕 태泰 사이에 있었던 권력 다툼이지만, 여기에서는 무미랑이 연루된 역모사건으로 그려진다) 태종과의 거리가 멀어진다. 무미랑은 태자의 총애를 독차지하고 싶었던 서첩여의 간계로 계속해서 위험에 빠지게 되는데, 이때 그녀는 장손 황후의 아들 치노와 가까워지게 된다. 태종은 중신들의 권고로 무재인武才人을 멀리하지만, 그의 마음은 그녀를 떠나지 못한다. 세상을 떠난 태종을 위해 가장 슬프게 애도하는 것도 그녀이다. 실제 역사와 달리, 드라마에서는 태종과 무조의 애틋한 사랑을 높은 비중으로 그렸다.

역사 기록에 따르면, 무미랑은 생전에 말을 좋아했던 태종이 사자총을 길들여 보라고 말하자, "말을 듣지 않으면 쇠채찍으로 때리고, 그래도 안 되면 철퇴로 머리를 칩니다. 그런데도 말을 듣지 않으면 비수를 꽂습니다"라는 대답으로 태종의 심기를 불편하게 해서, 태종이 다시는 그녀를 가까이 하지 않았다고 알려져 있다. 그러나 이 드라마에서는 태종의 아들 치노를 구하기 위해 사자총에 비수를 꽂은 것으로 그려졌다. 엄밀한 '사실'은 존재하지만 그 사건을 풀어가는 방식은 사뭇 다르다.

그녀를 위한 변명

텔레비전 드라마 〈무미랑전기〉의 가장 큰 특징은 의도적이고 과감한 각색이다. '일대기'나 '전기傳記'라는 말 대신 '소설小說'의 의미를 가진 당대唐代의 문학 장르였던 '전기傳奇'라는 용어를 선택한 것에는, 이 작품에서 딱딱한 역사의 재현이 아니라 소설과 같은 자유로운 상상력, 낭만과 환상을 추구하겠다는 의도가 담겨 있다.

이 드라마는 이러한 의도에 걸맞게 무미랑의 이야기를 과감하게 각색하여 낭만적이고 환상적으로 그리고 있다. 태종이 붕어한 후, 무미랑은 감업사感業寺로 들어가게 되는데, 그녀에 대한 그리움을 제어할 수 없었던 고종은 그녀를 데려오고, 곧 그녀는 무소의武昭儀라는 봉호를 받는다. 왕황후王皇后와 소숙비蕭淑妃의 흙탕물 싸움은 결국 고종에 의한 '자결 명령'으로 끝나고, 무소의는 '원하지 않는' 황후의 자리에 오른다. 무소의는 풍질風疾을 앓고 있는 고종을 위해 직접 조서를 읽고, 대신들과 상의하여 현명한 판단을 내리는 한편, 자녀들에게도 한없이 인자하고 지혜로운 어머니로 그려진다. 자신이 낳은 딸과 아들을 독살했다는 혐의를 받고 있는 그녀와는 대조적인 모습이다.

아들인 태자 홍弘과 딸 정안定安 공주의 죽음으로 식음을 전폐하며 슬퍼하는 모습에서는 자신의 야망을 위해 살인도 서슴지 않았던 무측천의 모습은 전혀 보이지 않는다. 피도 눈물도 없는 여인들의 공간인 후정後庭에서 서현비徐賢妃와 순수한 우정을 나누고, 정인情人을 잃은 고양高陽 공주를 자매처럼 아낀다. 고양 공주에게 배신을 당하지만, 이 경험을 통해 그녀는 오히려 더 지혜로워지고 단단해진다. 그녀는 명철한 판단력, 자애로움, 지혜를 겸비한 황후로서 자리매김을 하게 된다. 태종과 고종의 사랑에 힘입어 끝내 여황이 된 그녀 앞에 머리를 조아리는 신하들의 모습은 중국식 버전의 신데렐라 이야기이다.

역사에서 판타지로

〈무미랑전기〉의 주인공은 노력과 선량함, 지혜와 용기로 끝내 꿈을 이루어가는 한 여성의 일대기라고 말해도 과언이 아니다. 무측천을 새롭게 조명하고, 꿈을 이루어가는 한 여성의 고군분투기를 그려내겠다는 의도는 좋았지만, 이 드라마는 내내 '역사 왜곡'이라는 비판에서 자유롭지 못했다. 실제로, 이 드라마는 무측천이 스스로 여황女皇이 되기 위해 고종 사후에 저질렀던 고문과 협

박, 살인에 대한 이야기는 전혀 다루지 않았다. 또한 선제인 태종의 후궁이 고종의 황후皇后가 된다고 했을 때 있었을 법한 피비린내 나는 진통에 대해서도 끝내 한 마디도 하지 않았다. 황후, 여황이 된 이후 그녀가 저지른 악행에 대한 피로감을 덜어내기 위해 여황 즉위로 서둘러 끝맺어야 했던 부분도, 시청자들에게는 큰 아쉬움으로 남았던 것으로 보인다..

〈무미랑전기〉는 아무런 배경도 없이, 오직 실력과 미모로 최고의 자리에 오른 여성의 성공 드라마이다. 드라마는 성공에 대한 욕망이 넘실대는 이 사람들의 심리를 잘 반영하고 있다. 처음부터 역사가 아닌 허구적 장르인 소설을 지향한 〈무미랑'전기'武媚娘'傳奇'〉라는 제목은 시사하는 바가 많다. 성공한 여성으로서의 무미랑에 초점을 맞춘 이 작품은 자본을 먹고 크는 미디어의 속성과 시청자들의 욕망이 갖는 함수관계를 잘 보여준다. 또한 역사가 콘텐츠로서 어떤 역할을 할 수 있는가를 말해준다. 화려한 당대 복식의 성공적인 재현이라는 평가에도 불구하고, 역사 왜곡으로 혹평을 받았던 이 드라마는, '역사 리텔링'이 여전히 끝나지 않은 논쟁거리라는 점을 알려준다.

| 그들의 다시 쓰기 |

『구당서舊唐書』, 『신당서新唐書』, 『자치통감資治通鑑』 등 전통적 사

서史書를 비롯하여 여사면呂思勉, 잠중면岑仲勉과 같은 현대 역사학자들도 무측천에게 부정적 평가를 내렸다. 물론 곽말약郭抹若, 진인각陳寅恪, 이당李唐처럼 측천의 출중한 면을 인정하려는 학자들도 있지만,[98] 그녀의 악평을 일소시키기에는 부족해 보인다.

샨사, 쑤퉁은 각기 다른 관점에서 무측천을 서술하고 있다. 샨사는 일인칭 주인공 시점에서, 쑤퉁은 각기 다른 여러 주인공들의 입을 통해 이야기를 만들어간다. 이런 작은 차이는 과연 그녀를 어떻게 바라보는가의 문제와 직접적으로 결부되면서 서로 다른 전개로 이어진다. 무측천은 성토와 증오의 대상이 되기도 하고, 연민의 대상이 되기도 하며, 때로 흠모의 존재로 그려지기도 한다. 한 사람을 평가한다는 것은 간단하면서도 복잡하고, 쉬워 보이지만 어려운 일이다. 삶이 그만큼 입체적이고 복잡하기 때문이다. 특히 무측천처럼 전통적으로 부정적 평가를 받아온 인물의 경우, 그를 공정하게 재조명하기란 결코 쉬운 일이 아니다.

무측천을 다시 쓰기 한 작가들은 일일이 거론할 수 없다. 영화와 드라마는 현재도 진행 중이다. 무측천을 어떻게 바라볼 것인가의 문제는 그녀와 고종과의 관계, 잔혹함(살인), 그녀의 연인들의 묘사를 통해 비교적 선명하게 드러난다. 무측천의 정치적 능력과 정치적 보복, 복잡한 사생활은 현재적 관점으로 해석되어 소비자

---

98 도미야 군지, 박정임 옮김, 같은 책, pp.247-249.

들에게 제공된다. 독자나 시청자를 고려해야 하는 소설이나 드라마, 영화로 어떤 인물을 복원한다는 것은, 인물이나 시대에 대한 진지한 탐구보다는 역사적 사건이나 인물을 바라보는 '현재적 시선'의 확인이라고 보는 편이 옳을 것이다.

무측천이 기존의 황후를 폐하고 황후의 자리에 오른 것, 태종의 후궁이었던 그녀가 태종의 아들인 고종의 황후가 되었다는 역사적 사실은 그녀를 마음껏 비난할 수 있는 확실한 근거가 되었다. 그러나 그녀에 대한 변호도 있다. 오함吳晗은 『신중국의 인간상』에서 다음과 같이 말했다.

　　당 왕조 시대의 남녀 혼인 관계는 송대 이후와는 다르다. 남편이 죽어서 재혼하는 것이 이상한 일이 아니었다. 당 왕조의 궁정 내 생활 관습에는 소수민족의 생활 습관이 섞여 있었다. …… 소수민족의 관습에서는 아버지가 죽은 뒤 어머니가 아들과 결혼한다는 것도 이상한 일이 아니다.[99]

무측천이 태종의 후궁에서 고종의 황후가 된 것, 다시 말해 아버지와 아들의 여인이었다는 것에 대한 비난은 가혹할 정도로 혹독하다. 하지만 사람들은 무측천의 손자인 현종玄宗이 며느리를

---

99 도미야 군지, 박정임 옮김, 같은 책, p.65에서 재인용.

빼앗아 후궁으로 삼았던 것에 대해 큰 비난을 하지 않는다. 혹자는 그녀가 황제가 된 이후 보인 문란함은 남성 황제들과 비교했을 때 결코 심한 것이 아니라고 변호하기도 한다. 이러한 논란은 남성 중심의 역사, 역사관에서 비롯되었다고 볼 수 있기에, '오늘'이라는 맥락에서는 그녀가 당한 부당함과 억울함을 말할 수 있는 것이다.

무측천의 다시 쓰기에서 빠지지 않는 부분은 '여황의 사랑'이다. 황제가 된 후 그녀의 사생활은 특히 주요한 공격대상이 되었다. 남성 황제들이 수십 명의 자녀를 생산하는 것은 축복이었지만, 그녀에게는 추문이자 저주였다. 세파에 시달린 그녀에게 잠시 시름을 잊게 했고, 그녀를 설레게 했던 설회의, 심남구, 장총지, 장역지 형제는 불로불사不老不死의 영약靈藥으로 이해되거나 그녀의 부적절한 연인으로 기록된다. 샨사가 다시 쓰기 한 것처럼 진정한 사랑을 나눈 연인이었는지, 많은 남성 사가들이 비난했던 것처럼 다만 이용가치가 있던 존재에 불과했는지는 알 수 없다. 그들의 진정한 이야기는 그들을 바라보는 후인들의 몫이다.

타고난 미모와 영민한 두뇌로 중국 역사상 최초의 '여성 황제'가 되었던 무측천에 대한 감정은 양가적이다. 특히 여성 진출이 활발해지는 현대 중국에서 그녀는 잔혹한 여성이기도 하지만, 어떤 의미에서는 야심과 끈기로 '꿈'을 이룬 여성으로서 새롭게 평가받고 있다. 새롭게 리텔링된 측천무후는 역사의 기록과 달리(각진 턱을 가진 여성) 매력적인 외모를 가진 미녀, 탁월한 능력을 가진 여성으로 그려지고 있다. 무측천의 다시 쓰기는 역사적 인물이 각기 다른 시대적 배경, 가치관에 따라 다양하게 다시 쓰기 될 수 있음을 보여주는 사례가 된다.

이제 남겨진 문제는 오롯이 독자의 것이다. 독자는 그들의 상상력으로 무측천을 새롭게 다시 쓰기 하는 리텔러가 될 수 있다. 그녀의 이야기는 얼마든 다시 쓰기 될 수 있다. 삶에 대한 욕망으로 충만했던 여인, 비난과 오명汚名이 끊이지 않는 그녀의 기이한 삶은 여전히 이야기 속에서 살아 있을 것이다.

2. 공자

공자孔子는 유교문화권 안에 있는 우리에게 익숙한 콘텐츠이다. 우리 문화권에서 공자는 외국의 콘텐츠로 인식되지 않고, 거부감 없이 받아들여졌다. 공자, 『논어論語』와 관련된 콘텐츠는 중국뿐만 아니라 우리나라에서도 출판, 방송, 공연, 다큐멘터리, 관광 상품 등으로 다시 쓰기 되어왔고 꾸준히 소비되어왔다.[100]

---

100 이하나의 연구에 따르면, 2000년부터 2012년까지 우리나라에서 생산된 『논어』 관련 도서만 하더라도 500권 이상이다. 이하나, 「논어의 문화콘텐츠 활용방안 연구」, 고려대학교 박사학위논문, 2014, pp.74-87.

중국 산동성 산동대학 안의 공자상(좌), 청도(靑島)의 한 공원 안에 있는 공자상(중), 대만사범대학 안의 공자상(우). 각 지역마다 대표성을 가진 인물들이 있지만, 공자상은 중국의 전역에서 발견된다. 공자에 대한 중국인들의 애호를 엿볼 수 있다.

공자는 중국을 대표하는 문화콘텐츠이자 아이콘이다. 공자는 중국의 소프트파워를 보여주기 위해 선택된 대표적 콘텐츠로서, 공자는 영화와 드라마를 통해 현대로 끊임없이 호명되고 있다. 중국정부가 중국어의 보급을 위해 세계 각국에 설립한 교육시설의 이름을 '공자학원孔子學院'으로 선택한 것만으로도 그 중요성과 문화적 가치를 엿볼 수 있다. 공자의 서사와 이미지는 박물관, 도서관, 각종 기념품에 덧씌워져 중국의 가치를 전략적으로 표출하는 아이콘이자 출구로 활용되고 있다.

공자孔子의 서사는 성인聖人이 된 한 인간의 일대기라는 점에서 다소 지루한 주제라고 할 수 있지만, 그 이야기는 TV 드라마와 영화, 애니메이션, 만화 등을 통해 리텔링되고 있다. 무려 2500여 년 전의 인물인 공자의 삶을 재현한다는 것은 쉬운 일이 아닌 것처럼 보인다. 그러나 이런 염려와는 달리 공자는 끊임없이 이야기되었고, 그와 관련된 서사가 생산되고 있다. 사실, 공자에 관한 서사는 그의 사후부터 생산되고 증식되어왔다. 공통점이 있다면, 공자에 대한 스토리텔링에는 역동적이거나 극적인 상상력이 개입되지 않는다는 점이다. 공자의 서사를 뒤집거나 전복시키는 리텔링은 드물고, 상상력의 개입은 주로 공자를 미화시키는 데 집중되어 있는 것처럼 보이기도 한다.

여기에서는 공자에 관한 최초의 전면적 다시 쓰기라 할 수 있는 사마천司馬遷의 「공자세가孔子世家」와 후메이胡玫의 영화 〈공자孔子〉의 리텔링을 차례대로 살펴보기로 한다.

1) 누추함으로 빛나는 삶 _ 사마천의 「공자세가」[101]

춘추전국 시대의 뛰어난 스승이자 정치가. 생전의 삶은 무척 고단했지만 사후에 얻은 명성은 그 누구도 전복시킬 수 없을 정도

---

101 司馬遷 撰, 裵駰 集解, 司馬貞 索隱, 張守節 正義, 『史記』, 中華書局, 1997.
　이 부분은 다음의 두 글을 수정, 보완한 것이다. 유강하, 『역사의 쉼터 이야기 박물관 사기(史記)』, 단비, 2016, pp.96-112.; 유강하, 「삶 속에서 '나의 철학' 발견하기」, 『공군』 (447), 2015.

로 위대하다고 평가받는 공자. 그의 명성은 어디에서부터 시작된 것일까? 공자의 삶을 재현한다고 했을 때 사마천의 『사기史記』를 먼저 떠올리게 된다. 제후들의 이야기를 편집한 「세가世家」에 공자가 포함된 것만으로도 커다란 의미를 부여할 수 있는데, 이러한 편집은 사마천의 역사관에 기인한다. 사마천은 공자를 이렇게 묘사하였다.

> 공자는 노魯나라 창평향昌平鄕 추읍陬邑에서 태어났다. 그의 조상은 송宋 나라 사람으로 공방숙孔防叔이라고 부른다. 방숙은 백하伯夏를 낳았고, 백하는 숙량흘叔梁紇을 낳았다. 흘은 안 씨安氏의 딸과 야합野合하여 공자를 낳았는데, 니구尼丘에서 기도하여 공자를 얻었다. (……)
>
> (『사기』「공자세가」)

사마천은 『사기』에서 공자의 탄생과 기이한 외모에 대해 묘사하고, 이어 그의 곧은 사람됨에 대해 설명하였다. 사마천은 공자가 숙량흘과 안씨 딸의 야합에서 태어났고, 이후에도 가난하고 지위가 낮은 삶을 살았다고 말한다. 그것이 자의적이든 타의적이든 공자의 삶은 사후에 얻어진 명성과는 달랐던 듯하다. 이런 삶을 증명이라도 하듯, 공자의 삶은 불안정과 가난의 연속이었다. 하지만, 공자는 그러한 실의失意의 순간에도 쉽게 스스로를 허물지 않았다. 공자에게는 하찮은 일들이 주어졌지만, 그는 마다하지 않았다.

공자는 가난하고 천하였다. 그가 계 씨季氏의 말단 창고지기인 위리委吏를 맡은 적이 있었다. 그의 저울질은 공평하였고, 그가 직리職吏의 일을 맡고 있을 때 가축은 살찌고 새끼도 많았다. 이 덕분에 그는 공사工事를 담당하는 사공司空이 되었다. (『사기』「공자세가」)

공자 나이 서른, 서서히 그의 이름이 알려지기 시작했다. 그에게 예禮와 정치에 대해 묻는 왕들과 대신들이 많아졌다. 공자가 정치에 발을 들여놓는 것은 어려웠지만 그의 학문적 명성은 이미 널리 알려지고 있었다. 사람들이 사방에서 몰려들어 그의 제자가 되기를 청했다.

노나라에서는 대부大夫 이하의 모든 사람들이 정도正道에서 벗어나, 분수에 맞지 않는 행동을 하였다. 그러자 공자는 벼슬을 하지 않고 물러나 『시詩』, 『서書』, 『예禮』, 『악樂』을 닦았다. 제자들은 더욱 많아져, 먼 곳이라 하더라도 [공자에게] 배우러 오지 않는 사람이 없었다. (『사기』「공자세가」)

공자의 명성은 하루아침에 얻어진 것이 아니라, 하루하루 쌓아 올려진 것이라고 설명하는 것이 옳을 것이다. 사마천은 공자의 젊은 시절을 '가난하고 천하였다'고 묘사하였다. 도道가 없으면 물러난다는退 그의 신념에 따라, 공자는 정치가 혼탁해지면 나서지 않고 물러났다. 신념을 버린 게 아니라, 이상을 실천하기 위한 방법이었다. 제자들을 키우며 적당한 때를 보아오던 공자에게도 기회가 생겼다.

[노나라 정공 9년에] 정공定公은 공자를 [노나라의 고을인] 중도中都의 재상宰으로 삼았는데, 일 년 만에 사방이 모두 공자의 방법을 따랐다. 공자는 중도의 재상에서 사공司空이 되었고, 사공에서 대사구大司寇가 되었다. (……)

[정공 14년] 공자가 정사를 맡은 지 석 달이 지나자 양과 돼지를 파는 사람들이 물건 값을 속이지 않았다. 남녀가 길을 갈 때 따로 걸었고, 길에 물건이 떨어져도 줍지 않았다. 사방에서 읍에 찾아오는 사람들도 관리에게 허가를 받을 필요가 없었고, [노나라에 왔던 사람들은] 모두 만족해서 돌아갔다. (『사기』「공자세가」)

공자는 중도의 재로부터 시작하여, 사공, 대사구의 자리까지 오른다. 사마천은 공자가 이렇게 승승장구할 수 있었던 것은 그의 정치적 수완이나 운運보다는 노력과 능력에 덕분이라고 설명한다. 공자의 정치 아래, 정치와 상업이 바르게 자리를 잡아가는 모습은 정치가로서의 공자의 면모를 읽게 한다. 공자가 대사구가 된

당시는 공자가 정치적 능력을 꽃피운 시기였다.

그러나 다시 한 번 시련이 닥치고, 그 이후로 공자는 그를 수식하는 단어인 '주유周遊'라는 기약 없는 긴 여정을 시작한다. 모함받고, 굶기도 하고, 쫓겨 다니면서도 포기하지 않았던 공자를 절망케 한 것은 세월이었다. 패기 있는 모습으로 길을 떠났으나, 결국 길 위에 부유하는 삶을 살 수밖에 없었다. 끝내 어디에도 정착하지 못한 공자는 다시 노나라로 돌아온다. 공자는 정치에 참여하겠다는 뜻을 접고 제자를 기르는 데 마음을 집중하려 했지만 삶의 고통은 끝나지 않는다. 공자는 사랑하는 아들과 제자들이 차례로 세상을 떠나는 것을 무력하게 바라보아야 했다. 공자는 높은 문명文名만을 남긴 채 세상을 떠났다.

제자들은 모두 삼 년 동안 상복을 입었다. 그들은 마음에서 우러나는 슬픔으로 삼년상을 마치고 서로 이별을 고하고 헤어졌는데, 헤어질 때 다시 통곡하면서 애도했다. 어떤 제자는 더 머무르기도 했는데, 자공子貢은 무덤 옆에 여막盧幕을 짓고 무덤을 지켰으니 모두 육 년 동안을 있다가 떠났다.

나중에 공자의 제자들과 노나라 사람들 가운데 공자의 무덤가에 와서 집을 짓고 산 사람이 백여 가구나 되었다. 이 때문에 사람들은 그곳을 '공자 마을孔里'이라고 불렀다. (『사기』「공자세가」)

공자는 생전에 몇 년을 제외하고 그럴듯한 벼슬을 하지 못했다. 그러나 포기하지 않고 그의 이상과 철학에 귀기울여줄 군주를 찾아 부지런히 다녔다. 그 세월은 제자들마저 지치게 할 정도였다. 하지만, 사마천은 공자를 「세가世家」에 포함하여 그 삶에 경의를 표했다. 사마천이 「공자세가」에서 그에 대한 찬사만 늘어놓은 것은 아니지만, 공자를 「세가」에 포함시킨 것만으로도 공자에 대한 흠모와 경외를 표현한 것이라 할 수 있다. 사마천은 공자의 고통과 사후의 영광을 뚜렷하게 대비시켜 공자를 더욱 부각시켰다. 사마천의 선택과 역사서술은 이후 공자에 대한 평가에 큰 역할을 하게 된다. 사마천은 공자를 이렇게 칭송했다.

"세상에는 군왕으로부터 현인賢人까지 많은 사람들이 있었다. 그들은 살아 있을 때에는 영화로웠지만, 죽으면 그것으로 끝이었다. 그러나 공자는 벼슬이 없는 포의布衣의 신세를 벗어나지 못했지만, 십여 대를 지나왔어도 여전히 학자들이 그를 으뜸으로 꼽는다. 천자로부터 왕후, 나라 안에서 육예六藝를 말하는 모든 자들이 공부자孔夫子에게서 합당함을 찾는다. 지극한 성인이라고 말할 수 있을 것이다!"(『사기』 「공자세가」)

이후 공자에 대한 신성화가 본격화되면서 공자의 위치는 더욱 공고해져갔다. 그것은 오늘날까지도 크게 변하지 않고 있다. 중국인들에게 공자는 여전히 살아 있는 '성인聖人'이다. 그러나 이처럼 과도한 '성인 만들기 프로젝트'는 애국심이나 민족주의 등과 결합하며, 다소 과격한 형태로 표현되기도 한다. 얼마 전, 중국 북경대학北京大學의 교수 리링李零은 『상갓집 개喪家之狗』라는 제목으로 책을 출간했다. 그런데 리링이 공자를 대표하는 단어로 '상갓집 개'라는 단어를 선택한 것이 문제가 되었다. '상갓집 개'는 공자가 스스로 인정한 표현인데도 말이다.

> 정나라 사람 중에 어떤 사람이 자공에게 일러 말했다.
> "동문에 어떤 사람이 있는데 그 이마는 요堯 임금을 닮았고, 그 목은 고요를 닮았으며, 그 어깨는 자산子産을 닮았습니다. 그런데 허리는 우禹 임금보다 세 촌寸이 짧고, 풀 죽은 모습이 마치 상갓집 개와 같았습니다."
> 자공은 사실대로 공자에게 말했다. 공자는 즐겁게 웃으며 말했다.
> "[그가 묘사한 나의] 모습이 똑같지는 않지만, 상갓집 개와 닮았다고 한 것은 정말 그렇다! 정말 그렇다!"(『사기』「공자세가」)

리링의 저작은 『논어』와 공자에 대한 객관적 시선이라는 평가를 받기도 했지만, 무차별적인 공격과 비난이 뒤따랐다. 이런 현실에 직면한 리링은 이렇게 탄식했다. "책을 읽지 않은 자가 책을 읽은 자를 욕하되, 올바른 이유가 있다는 듯이 당당하게 쓸데없는 말을 한 바가지 쏟아내는데, 그것은 책과는 전혀 관계가 없는 것들이었다."[102]

리링의 탄식은 중국에서의 '공자열孔子熱'이 과연 어떠한 모습으로 존재하는지 그 실상과 허상을 잘 보여준다. 공자를 알지 못하는 사람조차도 공자에 대한 비난을 참지 못하는 사회적 현상, 이러한 분위기는 역설적으로 현대 중국에서 공자가 얼마나 가치 있는 '문화콘텐츠'로 통용되는지를 보여준다.

2) 중국의 소프트파워, 공자 _ 허옌장의 『공자』와 영화 〈공자〉[103]

후메이胡玫의 영화 〈공자〉의 원작은 허옌장何燕江의 『공자孔子』이다. 이 책은 우리나라에 『인간 공자』[104]로 번역되어 소개되었다. 허옌장은 『사기』, 『논어』, 『공자연보』를 재구성하여 고독하고 집념이 강한 사내, 어려운 상황에서도 이상을 포기하지 않았던 한 사람의 이야기를 그리려 했다고 밝히고, 무엇보다 공자의 인간적인 면모를 보여주기 위해 이 소설을 완성했다고 말한다.[105]

중국을 대표하는, 중국이 자랑하는 세계 사대 성인 가운데 하

---

102 리링, 황종원 옮김, 『논어, 세 번 찢다』, 파주, 글항아리, 2011, p.9.
103 (중국) 영화 〈孔子〉(胡玫, 2010)
104 허옌장, 김지은 옮김, 『인간 공자』(1·2), 알에치코리아, 2012.
105 허옌장, 『인간 공자』(2), p.586.

나인 공자를 다시 쓰기 한다는 점은 적지 않은 부담이 따르는 작업이기도 할 것이다. 우선 작가는 이 글이 소설로 쓰였다는 점을 말하면서, 개인적인 견해가 불가피하게 반영된 점도 있고 역사적 순서도 뒤바뀐 부분이 있다고 고백한다.

작가는 이 작품이 소설임을 힘주어 강조하고 있는데, 소설임을 강조하는 작가의 의도가 순수해 보이지만은 않는다. 작가는 소설에 『논어』의 문장을 빈번하게 삽입하고 공자에 관한 역대의 평가를 뒤섞어 놓아, 소설이 아니라 또 다른 「공자세가」를 집필하려고 했던 것처럼 보이기도 하기 때문이다. 실제로 이 소설에는 공자의 인간적인 면모를 강조하기 위해 상상력을 과도하게 발휘한 부분이 여러 군데에서 포착된다. 대표적인 경우가 남자南子와 관련된 에피소드, 아내인 기관 씨와 관련된 에피소드이다. 작가는 평판이 좋지 않았던 남자와 공자의 만남에 대해 변호를 자처한다.

기관백은 남자가 공구를 흠모하고 있다는 것을 알고 있었지만, 일이 이렇게 빨리 진전될 줄 전혀 예상하지 못했다. 공구가 방 안에서 책을 읽고 있는데 기관백이 안으로 들어와 공구의 곁에 앉았다. 그는 공구를 쳐다보며 조심스럽게 입을 열었다.

"남백이 남자를 데리고 이곳을 떠났네. 남자는 다시 돌아오지 않을거야." (······)

공구는 자신의 마음을 솔직하게 털어놓았다.

"어르신, 저 …… 저는 남자 아가씨를 마음에 두고 있습니다."(허옌 장(1), 183)

남자는 공구 곁으로 가 애틋한 눈빛으로 공구를 바라보았다. 긴장한 공구는 고개를 아래로 숙이다 남자의 옷에 단추가 하나 없는 것을 발견했다. 공구는 시선을 피하면서 남자에게 말했다.
"이 옷은 그 옛날 검무를 할 때 입었던 옷이군요."
남자는 고개를 끄덕이고 공구의 품에 기댔다. 공구는 피하지도 받아주지도 않고 나무처럼 가만히 앉아 있다가 곧이어 자리에서 일어났다. "이만 가보겠습니다."
공구는 고개도 돌아보지 않고 밖으로 나갔다. 남자는 얼굴에 흐르는 눈물을 닦으며 탁자 위에 놓인 작은 천을 풀었다. 그 안에는 잃어버렸던 단추가 있었다. (……)
자로는 여전히 입을 굳게 다물고 있었다. 공구는 자로에게 다가가 말했다. "내가 옳지 못한 일을 했다면 하늘이 나를 벌할 것이다."(허옌장(2), 350-351)

공자와 남자南子와의 만남은 『논어』「옹야雍也」편에 실려 있다. 공자가 남자를 만나자, 공자를 사랑했던 제자는 불쾌한 감정을 여지없이 드러낸다. 『논어』의 편자編者들은 자로子路의 감정을 '불열不說[悅]'이라는 두 글자로 표현했다. 남자는 위령공衛靈公의 부인으로서, 당시 음녀淫女로 소문이 자자한 여성이었다. 남자는 위령공이 있는데도 미남자로 유명했던 송조宋朝와 사사로운 관계를 가졌던 여성이다. 남자는 당대의 유능한 정치가이자 지식인인 공자와 만나고 싶어 했다. 공자의 줄기찬 거절에도 불구하고, 남자가 집요하게 요청하자 공자는 끝내 그 만남을 받아들인다. 사마천은 "공자가 문으로 들어가 북면하여 머리를 조아렸다. 부인도 휘장 안에서 두 번 절했다. 허리에 찬 패옥이 맑은 소리를 냈다"(「공자세가」)고 기록했다. 『논어』와 『사기』의 짧은 문장은 상상력을 불러일으키기에 충분하다기에, 혹자는 이들 사이를 의심스러운 눈초리로 바라보기도 한다.[106] 자로도 공자와 남자를 불편한 시선으로 바라보았는데, 공자는 기뻐하지 않는 제자에게 옳지 못한 일을 했다면 "하늘이 나를 벌할 것"이라고 두 번이나 말하면서 의혹을 강하게 부인한다.

　『논어』와 『사기』의 짧은 기록이 남긴 후유증은 적지 않다. 이 에피소드에서 오히려 인간으로서의 공자를 읽어내는 경우도 있지만,[107] 대부분은 모른 척하거나 침묵한다. 그리고 허옌장처럼 남자가 공자를 잊지 못하고 흠모의 정을 표현했지만, 공자가 이를 거절했다는 미담으로 그려내기도 한다. 영화에서는 공자에게 가르침

106 김용옥, 『논어 한글역주』(2), 통나무, 2012, pp.511-513.
107 김용옥, 같은 글, p.511.

을 청했으나 거절당한 남자, 그럼에도 불구하고 공자의 진정성을 이해하는 남자南子의 모습이 그려진다. 화살을 맞고 죽어가는 남자가 공자와의 만남을 떠올리는 장면은 이들 사이에 경건한 애틋함이 있었다는 것을 보여주려고 애쓴 흔적이 역력하다. 로맨티스트로서 공자의 면모는 여기에서 끝나지 않는다. 죽는 날까지 남편인 공구孔丘를 잊지 못한 아내 기관 씨와 공자의 오열은 공구 부부의 변함없는 사랑과 믿음을 보여준다.

뜰에는 아무것도 없이 텅 비어 있었고 나무에 낡은 천만 널려 있었다. 이때, 방에서 기관 씨의 목소리가 들렸다. "공구 …… 공구."
문을 열고 들여다보았지만 컴컴해서 아무 것도 보이지 않았다. 공구는 눈을 비비고 주변을 보면서 말했다.
"나요, 공구가 왔소! 당신에게 미안하오. 지금 어디에 있소?"
기관 씨의 목소리가 계속해서 귓가에 들려왔지만 아무것도 보이지 않았다. 잠시 후, 공구는 등잔에 불을 붙이고 나서야 모든 상황을 깨달았다. 앞에 보이는 하얀 천을 들추니 그곳에는 기관 씨의 시신이 놓여 있었다. (……)
공리와 공급은 자리에 엎드려 통곡을 했다. 얼마나 지났을까 공리는 기관 씨 옆에 있는 청동거울과 비녀를 발견했다. 그 거울과 비녀는 공구가 노나라를 떠나기 전에 기관 씨에게 선물로 주고 간 것이었다. 기관 씨는 한 번도 사용하지 못했지만 늘 곁에 가까이 두고 있

었다. (허옌장(2), 556-557)

　사실, 여성에 대한 공자의 인식은 그다지 긍정적이지 않다. 공자는 "소인과 여자는 대하기 어렵다. 가까이하면 불손하고, 멀리하면 원망한다"(『논어』「양화陽貨」)고 말했다. 이는 여성에 대한 사회적 인식이 높지 않았던 당시의 현실과도 맞아 떨어진다. 하지만 소설과 영화 속의 공자는 애틋함과 자상함으로 여성들을 대하는 모습으로 그려진다. 널리 알려진 것처럼, 공자는 아내와 헤어진 것으로 받아들여지고 있다. 공자가 유능한 정치가이자 위대한 스승이기는 했지만, 좋은 남편이었는가를 묻는 질문에 대한 대답은 긍정적이지 않다. 그러나 작가는 이 소설에서 공자를 '현재적 시선'에서 보았을 때 도덕적으로 완벽한 인물로 그리려고 애쓴 것처럼 보인다. 작가가 강조한 것처럼 이 글은 소설이라는 장르로 쓰였기 때문에, 이에 대한 비판은 합당하지 않아 보이지만, "중국 역사학계의 최신 연구·고증으로 제자백가시대 완벽 재현"이라는 광고 문구는 소설이 아니라, 새로운 경전을 소개받는 착시효과를 일으키게 한다.

　작가는 이 소설의 마지막에서 공자는 "시서를 편찬하고 예악을 바로 세웠으며, 중국의 전통 사상의 핵심 가치관을 정립했다. 그의 제자인 자공, 증삼, 자하는 후에 한 시대를 풍미하는 존경받는 인사가 되었고 유가사상을 전파하는 데 크게 기여했다"(허옌장

(2), 286)고 서술한 뒤, 그 유명한 주희朱熹의 문장으로 소설을 끝 맺는다. "하늘이 공자를 내지 않았다면 만고萬古가 긴 밤과 같았 을 것이다"(허옌장(2), 584)

영화감독인 후메이는 기본적으로 작가의 시선을 그대로 계승하 고 있다. 중국의 제5세대 영화감독이자, 고전역사극 제작을 주로 해왔던 후메이 감독의 〈공자〉는 대표적인 주선율 영화이다.[108] 세 계적인 배우 저우룬파周潤發를 내세워 확장성을 꾀한 이 영화는, 중국의 소프트 파워인 공자를 전 세계적으로 알리고, 중국인들에 게 자부심을 갖게 하려는 의도를 충분히 반영하고 있다.

작가에 의해 재창조된 성인 공자는 영화 〈공자〉에서 유능한 정 치가, 엄격한 스승, 자애로운 인간의 측면이 강조된 채 그려지고 있다. 매력적인 남자南子 앞에서도 전혀 미동하지 않는 모습이 그 렇고, 순장殉葬에 처해질 뻔한 소년을 구하는 스토리가 그렇다. 그 뿐만 아니라 아내에게 한없이 살가운 남편이자, 한겨울 물에 빠져 버린 죽간을 건지기 위해 차가운 물에 뛰어들었다가 죽음을 맞

---

108 "주선율이라는 용어는 1987년 3월 정부가 주관한 전국극영화창작회의(全國故事片創 作會談)에서 '주선율을 널리 알리고, 다양화를 견지하자(弘揚主旋律, 堅持多樣化)'라는 구호 속에 처음 등장"하였다. "1987년 주선율 용어의 등장은 개혁개방 이후 대중문화 의 팽창과 문화열(文化熱)로 상징되던 새로운 문화변동 속에서 국가권력이 정치이데올 로기 영화의 위기감 속에 영화시장에서의 헤게모니를 견지하기 위해 동원한 강권력의 표출이라 할 수 있다." 강내영, 「'신(新) 주선율'과 '범(汎) 주선율'-중국 주선율 영화의 변천과 이데올로기 창출 연구」, 『중국문학연구』(49), 2012, p.220

는 안회顔回 앞에서 통곡하는 공자의 모습은 눈물을 자아내게 만든다.

공자는 끝내 꿈과 이상을 포기하지 않았던 한 사람, 죽는 날까지 자신을 단정하게 지켰던 스승이다. 수천 년이 지난 오늘까지도 중국뿐만 아니라 유교문화권에서 추앙받는 인물을 현대에 다시 쓰기 한다는 것은 쉬운 일이 아닌 것처럼 보인다. 오랜 전, 우리나라에서 『공자가 죽어야 나라가 산다』의 출판이 뜨거운 사회적 이슈가 되었던 것과, 『상갓집 개』의 출판으로 여론의 비난에 직면했던 리링의 하소연을 상기해본다면 사회적 존경을 받는 '성인'에 대한 다시 쓰기가 결코 녹록치 않은 문제라는 점을 깨닫게 된다.

| 그들의 다시 쓰기 |

신화 다시 쓰기와 달리 역사 다시 쓰기는 때로 엄밀한 고증을 요구한다. 하지만 작가들은 역사서에 있는 작은 틈을 지나치지 못하고 거대하고 발랄한 상상력을 발휘하기 쉽다. 앞서 살펴본 것처럼 작가에 따라 극과 극의 캐릭터로 그려지는 무측천이 그 대표적인 예라 할 수 있을 것이다.

공자 리텔링은 무측천의 경우와 다르다. 무엇보다 공자는 중국인들이 오랫동안 떠받들어온 성인이라는 점이 그렇다. '세계 사대 성인'이라는 수식어는 중국인들이 자부심을 가지기에 충분하다.

실제로 공자는 당시의 시대적 편견이나 불합리한 사유와 싸웠던 인물로, 제자들을 차별 없이 받아들였고, 과감하고 개혁적인 정책을 펴기도 했다. 잠시 얻은 세속적 성공을 뒤로 하고 공자는 신념에 따라 노나라를 떠나 오랜 시간을 주유하지만, 끝내 그의 꿈을 실현하지 못하고 결국 노나라로 돌아온다. 그러나 그의 삶은 실패라는 말로 요약되지 않고, 어두웠던 시대에서 꿈과 이상을 잃지 않았던 성인, 위대한 인물로 그려진다.

사마천은 공자를 「세가世家」에 편입시켜, 공자의 위상을 확고히 했다. 공자의 가난하고 고된 순간을 많이 그렸지만, 이것은 오히려 고통을 극복한 성인의 면모를 두드러지게 한다. "지극한 성인이라고 말할 수 있다"고 단언하는 사마천의 언사는, 훗날 공자를 신격화, 성인화하는 데 중요한 근거가 되었다. 앞서 무측천의 사례에서 확인한 것처럼, 역사 리텔링에 대해 다양한 해석의 개입과 상상력을 허용하고 있지만, 공자는 예외적 사례처럼 보이기도 한다. 공자를 리텔링한 영화, 드라마, 책, 애니메이션 등의 내용은 대동소이하다. 공자를 객관적으로 보자는 학술서나 연구서가 발표/출간되기도 하지만, 공자에 대한 대부분의 리텔링은 공자 칭송이라는 단일한 방향성을 가진 것처럼 보인다.

중국을 대표하는 공자에 대한 역사 리텔링은 확대되고 공자 콘텐츠의 생산과 확산도 증가할 것이다. 그러나 공자가 중국을 대표하는 인물이라는 점을 고려했을 때, 공자에 대한 역동적인 다시 쓰기는 기대하기 어려워 보인다. 공자와 『논어』를 비판적으로 해석한 리링에 대한 무차별적 공격, 공자를 천편일률적으로 다시 쓰기 한 최근의 드라마와 영화가 그 움직일 수 없는 증거다.

제 4 부

문화 리텔링과 도시, 그리고 전망

7장

이야기를 입은 도시

역사가 있는 도시, 시간의 흔적이 있는 도시는 모두 그들만의 이야기를 갖고 있다. 어떤 이야기들은 소수의 사람들만이 향유하다가 그대로 사라지는가 하면, 또 어떤 이야기들은 사람들의 마음을 움직여 부단히 다시 쓰기 되는 매력적인 서사가 된다. 사람들의 마음을 움직였던 사람들과 사건들은 특정한 시공간을 배경으로 한다. 시간은 변하지만, 공간은 여전히 그 자리에 있다. 그리고 그 공간에 사람들은 이야기의 집을 짓는다. 이야기들은 노래와 춤으로, 제의로 재현되어 나타난다.

문화산업의 시대, 그것을 가능케 하는 최소한의 요소는 바로 문화콘텐츠이다. 이때, 수백 년을 지나며 살아남은 이야기들은 유용한 콘텐츠가 된다. 지역에 스며들어 있는 오래된 옛 이야기들은 오늘날의 매체와 만나 문화콘텐츠가 되고, 이는 지역축제와 문화상품으로, 문화자원으로 만들어져 새로운 생명을 얻는다.

억울해서 죽을 수 없었던 소녀 아랑의 이야기를 품은 도시 밀양密陽, 이순신의 발길이 닿은 한반도의 산하山河가 그렇다. 또, 하늘 아래 가장 아름다운 땅에서 있었던 백사 여인과 약초꾼 청년의 사랑이야기를 품은 항주杭州, 진시황과 양귀비의 애절하고 비극적인 러브스토리를 가진 곳, 로마보다 더 화려하고 번화했던 장안長安의 옛 모습을 간직한 서안西安이 대표적인 도시들이다. 그뿐이겠는가? 우리나라와 중국, 일본과 유럽의 곳곳에는 누군가의 흔적과 이야기가 후인들과의 대화를 기다리고 있다.

1. '아랑, 네 이야기를 들어줄게'_ 밀양

아랑의 마을, '밀양密陽'

'비밀스러운 빛secret sunshine', '조밀하게 빛나는 밝은 볕密陽'이라는 이름을 가진 도시 '밀양'은 한 소녀 때문에 더욱 유명하다. 억울하게 죽어서 원귀가 되어, 끊임없이 해원을 요구했던 소녀는 다만 정절을 지키기 위해 죽은 말없는 소녀가 아니다. 억울함을 풀어달라며 귀신이 되어 부사들을 괴롭힌 그녀는 사람들이 미처 생각하지 못했던 용기를 가진 소녀이기도 하다.

밀양에서 소녀 아랑의 흔적을 찾는 것은 어렵지 않다. 아랑의 혼백을 모신 사당인 '아랑사阿郞祠'를 언급하지 않더라도, 식당, 유치원, 동호회 등 사람들의 일상이 담긴 수많은 곳에서 아랑의 이름을 발견할 수 있다. 어쩌면 사람들에게 아랑은 정절을 위해 죽어야 했던 소녀이기에 앞서, 원귀가 되는 것도 두려워하지 않고 자신의 억울함을 풀기 위해 모든 노력을 다했던 적극적이고 용기 있는 소녀로 기억되고 있는지도 모른다.

이야기가 있는 건축물

아리따운 소녀 아랑이 달구경을 했던 밀양의 영남루嶺南樓와 아랑의 혼을 모신 아랑사는 밀양을 대표하는 명소이다. 특히 영남루는 현재 보물 147호로 지정되어 있을 뿐만 아니라, 야경이 특히 아름답기로 유명하다. '영남루 야경'은 만어사 운해, 재약산 억새 등과 함께 '밀양팔경密陽八景'에 포함되어 있다. 영남루는 밀양 사람들에게 더없이 친숙한 장소일 뿐만 아니라, 밀양으로 여행을 가는 사람들에게는 꼭 들러야 하는 필수 코스이기도 하다.

그런데 이 지점에서 의문이 생겨난다. 달구경을 나갔다가 살해당한 소녀, 위험한 순간을 죽음으로 맞서야 했던 그녀의 슬프고

가혹한 운명이 어떻게 지역을 대표하는 이야기가 되었을까 하는
궁금증 말이다.

축제가 된 아랑의 제사: '밀양아랑제'에서 '밀양아리랑대축제'로

밀양을 대표하는 지역축제인 '밀양아리랑대축제'에서 아랑은 주
요한 부분을 차지한다. 그도 그럴 것이 아랑제의 기원은 조선시대
중엽까지 거슬러 올라갈 정도로 역사가 깊다.[109] '아랑제'라는 명칭
으로 시작된 제의도 이미 1963년부터 시작된, 역사가 오랜 축제
이다. 지역축제인 밀양문화제와 별도로 진행되었던 이 행사는 아
랑의 혼백을 기리기 위한 제사에서 시작된 제의였을 것이다.

원귀를 달래는 제의가 모든 사람들이 흥겹게 참여할 수 있는
지역축제로 자리 잡기까지는 크고 작은 변화들이 있었다. 우선
'밀양아랑제'에서 '밀양아리랑대축제'로 명칭이 바뀌었다. 현재의
'밀양아리랑대축제'라는 이름에서는 아랑의 흔적을 찾아볼 수 없
지만, 이 축제가 아랑제에서 시작된 행사인 만큼 아랑과 관련된
행사를 다수 포함하고 있다. '아랑규수 선발대회'와 '아랑대관식',
아랑사에서 거행되는 '아랑제향' 등이 그것이다. 가장 아름다운
지역 미인을 선발하는 미인대회와 아랑대관식만 놓고 본다면 정

---

109 서정은, 「1960-1970년대 '밀양아랑제'와 아랑 기억의 각축: 지역민과 여성의 입장을 중
심으로」, 이화여자대학교 석사학위논문, 2012, p.36.

형화된 현대식 미인대회와 크게 다르지 않은 모습이다. 선발된 아리따운 규수들이 사제司祭가 되어 아랑제향의 제사에 참여한다는 사실을 제외한다면 말이다.

그녀의 목소리, 다시 듣기

'밀양아랑제'에서 '밀양아리랑대축제'로의 변화는 지역축제의 성격 변화에 기인한 것으로 보인다. 모든 사람들을 불러 모아 떠들썩하게 어울리는 축제의 자리를, 단순히 한 소녀의 죽음을 기리는 자리로 만들 수 없다는 고민이 있었을 것이다. 지역축제가 지역흥

보나 지역경제에 민감한 문제인 만큼, 되도록 사람들을 즐겁게 하는 데 무게가 실리는 것은 자연스러워 보인다. 흥겹고 발랄한 축제에 '원귀 소녀'보다는 곱게 댕기를 드리고 달구경을 나가는 소녀가 잘 어울리기 때문이다.

다만, 아랑의 이름이 축제와 어우러지고, 축제에서 소비 가능한 콘텐츠가 될수록 아랑의 목소리는 희미해진다는 우려도 지울 수 없다. 아랑이 누구인가? 널리 알려진 대로 겁탈당할 위기에서 저항하다가 살해된, 또는 겁탈당한 뒤 살해된 가련한 소녀, 죽어서도 대밭에 버려진 참혹한 사건의 주인공이다. 부사의 딸이지만, 그 아버지조차 그녀를 오해하여 억울함을 풀 데가 없었던 한스러운 소녀, 그래서 원귀가 된 소녀가 바로 아랑이다.

그런데 시간이 지날수록 참혹한 사건의 주인공이라는 사실은 점차 희석되고, 아랑이 정절을 지켰다는 내용만이 부각되고 있다. 실제로 아랑규수 선발대회는 "아랑의 고귀한 정순정신貞純精神을 기리고 그 숭고한 뜻을 되새겨 후인들의 귀감으로 삼고자"한다는 선언 아래 시행되고 있다. 밀양아리랑대축제의 3대 정신 가운데 하나는 '죽음으로써 순결의 화신이 된 윤동옥 아랑 낭자의 정순정신'을 기리는 '순정純貞'이다.

그러나 후인들이 아랑을 기억하는 것은 단순히 그녀가 정절을 지키기 위해서 죽었기 때문은 아닐 것이다. 오히려 사람들의 마음을 움직였던 것은 오히려 원귀가 되어서라도 억울함을 풀어달라

정순문(좌)과 아랑사(우). 정순문(貞純門)을 들어서면, 곧장 아랑사(阿郞祠)로 이어진다. 아랑사 안에
는 아랑의 초상화와, 아랑이 누명을 벗게 된 사연을 그린 그림이 걸려 있다.

고 끈질기게 요구했던 그녀의 간절함, 공적인 장소에서의 해원과
명예 회복을 요구했던 그녀의 용기 때문인지도 모른다. 철저하게
사회적 약자였던 소녀, 이 소녀의 억울함을 밝히고 세상에 공표한
이 부사의 이야기는 용기와 진정성, 사회적 정의라는 거대한 주제
를 담은 이야기이다.

밀양아랑제에서 밀양아리랑대축제로 명칭을 바꾸고 축제의 성
격을 대폭 수정한 것도 의미가 있지만, 아랑이 단순히 해원을 요
구하는 원귀가 아니라 한층 깊은 의미를 가진 이야기라는 점을
잊지 않는 것도 의미가 있을 것이다. '정절'이라는 단일한 시각에
서 벗어나, 끝까지 해원을 요구했던 인내와 용기를 가진 소녀, 약
자의 편에 서서 결국 사건을 해결한 부사의 정신과 용기를 되살리
는 것은 이 축제를 더욱 풍부하게 해줄 것이다.

2. 이순신의 이야기와 도시

우리의 역사 속에서 수많은 사람들이 살다가 죽어갔지만, 모든 사람들이 흔적을 남기고 간 것은 아니다. 역사에 한 줄이라도 기록이 남아 있는 사람들은 후인들에게 기억되고 있다는 영광도 누릴 수 있지만, 후인들의 냉정한 평가에서 결코 자유롭지 못한 것이 사실이다.

수많은 과거의 인물들 가운데서도 대체로 후한 평가를 받고 있을 뿐만 아니라, 흠모의 대상이 되는 인물도 있는데 조선시대의 장군 이순신이 그 대표적인 예에 해당한다. 병약했던 조선, 침울했던 역사 속에서도 희생, 용기, 청렴 등의 이미지로 기억되고 있는 그는 생전에 누리지 못했던 영광을 수백 년이 지난 후에 누리고 있다. 이순신이 넘나들었던 세찬 바닷길과 누추한 골목들은 저마다 이순신의 삶을 재연하기 위해 동분서주하고 있다.

서울 건천동(인현동)에서 태어나 외가였던 아산으로 이사하여 성장하고, 훗날 '삼도수군통제사'를 맡았던 이순신을 대표하는 공간은 한 곳으로 특정되지 않는다. 수없이 발령받고, 또 다시 파직되는 개인적인 불운, '백의종군'으로 대표되는 그의 삶은 깊은 무게감을 가진다. 흔히 유명세를 가진 인물은 특정한 지역과 함께 호명되기 쉽지만, 이순신은 예외적으로 적용된다. 이순신은 병과 丙科에 급제한 이후, 전라도로부터 국경 지대인 함경도에 이르기까지 다양한 곳에서 근무했다. 이후 충청도, 전라도, 경상도를 관할하는 삼도수군통제사三道水軍統制使가 되었다. 그는 부임한 곳마다 후인들이 기억할 만한 흔적을 남겼다. 따라서 이순신이라는 인물은 한 도시와 연결되어 떠오르지 않는다. 서울로부터 지방에 이르기까지 많은 곳에서 그를 호명하고 기념한다. 서울 광화문광장으로부터 시작하여, 그의 마지막을 껴안았던 남해의 너른 바다는 모두 이순신의 이야기를 품고 있다.

서울 광화문광장

광화문광장처럼 미디어에 빈번하게 노출되는 장소가 또 있을까? 복잡한 도심 속 광화문광장의 중심에는 한 손에 장검長劍을 쥐고 있는 무인武人 이순신 동상이 자리하고 있다. 수많은 전투를 치르고, 결국 바다 한가운데서 전사한 이순신의 동상은 전국 곳곳에서 찾아볼 수 있다. 역사적 평가, 후인들의 후한 평가는 이순신을 따뜻한 기억으로 소환한다. 매해 이순신 장군 탄신일을 기념하여, 서울에서는 광화문을 중심으로 하여 음악회와 공연, 행진, 세신洗身 등의 다양한 행사를 진행한다.

역사적 평가가 극명하게 갈리지 않는 충무공 이순신에 대한 리텔링은 애국주의나 호국정신으로 이어지곤 한다. 이순신은 왕조시대에는 충절의 상징으로, 일제강점기에는 '민족의 태양'과 '역사의 면류관'으로, 5·16 이후에는 정치종교의 아이콘이 되어 수없이 리텔링되었다.[110] 광화문광장에 있는 긴 칼을 차고 있는 이순신 장군의 동상도 그러한 맥락에서 선택된 것이라고 할 수 있다. 그러나 '지금, 여기' 수많은 집회의 상징이 된 광화문광장은 단선적인 애국이나 민족주의의 상징이 아니라, 대표적인 집회장소로서 다양한 사람들의 목소리를 반영하는 열린 장소로 변화하고 있다.

과거, 이순신은 '국가의, 국가에 의한, 국가를 위한' 인물로 선택되었지만, 언제부터인가 광화문광장은 '국민의, 국민에 의한, 국민을 위한' 공간으로 선택되고 있다. 이순신이라는 기표는 여전히 '애국'을 표현하고 있겠지만, 왕조 시대와 일제강점기에 각기 다른 상징으로 작동했던 것처럼, 광화문광장의 이순신은 오늘날의 민주주의 시대에 통용되는 새로운 상징성을 갖게 될 것이다.

충청남도 아산

아산의 현충사顯忠祠는 1704년 유생들이 사당 건립을 상소하여 세워진 곳으로, 숙종이 직접 하사한 '현충사顯忠祠'라는 편액으로도 이름이 높다. 1868년 흥선대원군의 서원철폐령으로 사당이 철폐되기도 했지만 1932년에 중건되었다. 1959년에는 충무공 묘소가 사적 제112호로 지정되고, 8년 후에는 현충사가 사적 제155호로 지정되었다. 2011년 충무공이순신기념관이 개관되어 현재의

---

110 김기봉,『히스토리아, 쿠오바디스』, 서해문집, 2016, pp.270-271.

(좌)아산 현충사. (우)이순신의 고택(古宅).

모습을 갖추게 되었다.[111] 현재 이곳은 이순신과 임진왜란에 관한 유물을 전시하여, 전시 및 교육의 장소로 활용되고 있다.

현충사의 개별적인 요소마다 역사적 의미가 배어 있지만, 아산 현충사는 큰 볼거리를 제공하지 않는다. 넓은 야외공간과 이순신의 삶의 한 자락을 상상하게 만드는 고택이 있지만, 잘 손질된 아름다운 조경을 제외하면 이순신을 연상할 수 있을 만한 것들이 많지 않다. 이순신의 흔적이 남아 있는 여수, 통영, 한산, 거제, 진도, 해남 등의 도시와 비교해 보아도, 아산에 있는 기념물 또는 기념지는 충분하지 않다.

아산 현충사는 콘텐츠가 부족하다는 평가를 받기도 하는데, 오히려 이를 강점으로 승화할 수도 있다. 현충사, 이순신의 묘소,

---

111 hcs.cha.go.kr/

아산 현충사 "난중일기초고본".

게바위, 고택 등, 자연인으로서의 이순신을 떠올리게 하는 이 장소들은 상상력을 발휘하고 역사에 대한 생각을 해주는 여백의 공간이 될 수도 있기 때문이다.

아산은 이순신의 고택과 묘소가 있는 장소라는 점에서, 이미 숙종 때 세워지고 숙종으로부터 하사받은 편액을 보유하고 있다는 점에서, 다른 도시와 차별화된 지점을 확보할 수 있다. 충분한 볼거리를 제공하는 것도 중요하지만, 현충사는 이순신의 삶과 오랜 역사를 담고 있다는 점에서 그 자체로 충분히 의미가 있다.

아산에서는 매해 이순신 탄신일 전후로 '아산성웅이순신축제'[112]를 개최한다. 이순신을 테마로 하여 열리는 수많은 축제 가운데 하나인데, 다른 축제에 비해 짧고 간소하게 진행된다. 이순신 장군 출정식, 이순신 장군 탄신 축하 콘서트, 무과 재연 퍼포먼스, 무과 체험 등을 진행하는데, 축제의 규모는 점차 축소되는 추세에

---

112 http://culture.asan.go.kr/_esunshin/

있다. 인접한 지역과 콘텐츠가 겹친다는 우려도 있었을 것이다. 살펴보면, 이순신과 관련된 지역축제는 적지 않다. 화려한 퍼포먼스를 통해 사람들을 불러 모으는 것도 좋지만, 고즈넉함과 담백함, 『난중일기』와 손때 묻은 옛 책들은 그의 인간적인 매력을 보여주는 콘텐츠로 활용될 수 있다.

경상남도 통영

경상남도 통영은 한국의 나폴리로 불리기도 한다. 통영은 아름다운 자연 풍광뿐만 아니라 문화콘텐츠들 덕분에 더욱 매력적인 도시가 된다. 통영은 다양한 문화콘텐츠를 도시에 입혀, 다채로운 스토리텔링을 성공적으로 만들어낸 대표적인 문화도시라고 할 수 있다. 작가인 유치진, 유치환 형제, 시인 김춘수, 소설가 박경리의 흔적이 남아 있는 문학도시인 동시에, 음악가 윤이상을 낳은 예술도시이다. 2002년부터 시작된 '통영국제음악제'는 한국을 대표하는 음악제로 자리매김했다. 윤이상거리, 윤이상기념관, 윤이상음악공원, 청마문학관, 박경리기념관을 비롯하여 동피랑 벽화마을은 사람들을 끌어들이는 요소로 작용한다.

이순신은 통영을 대표하는 콘텐츠 가운데 하나이다. 이순신을 기념하는 장소로는 한산도 제승당과 이순신공원이 있다. 이곳은 이순신이 「한산도가」라는 절창絶唱을 남긴 곳이자, 한산대첩을 기억하게 하는 장소이기도 하다.

한산 섬 달 밝은 밤에 수루戍樓에 홀로 앉아

큰 칼을 어루만지며 깊은 시름 할 때에,

어디선가 들려오는 일성호가一聲胡笳는 근심을 더한다.

(이순신,「한산도가閑山島歌」)

　　2016년 제55회 통영한산대첩축제는 "한산섬 달 밝은 밤에"라
는 주제로 개최되었다. 한산대첩閑山大捷은 1592년 한산도 앞바다
에서 조선 수군이 일본 수군을 맞아 크게 싸웠던 싸움이다. 처음
으로 학익진鶴翼陣을 사용했던 전투로, 진주대첩晉州大捷, 행주대첩
幸州大捷과 함께 임진왜란의 삼대첩으로 손꼽힌다.『난중일기』에는
한산대첩과 관련된 내용이 기록되어 있지 않지만, 이 날의 격렬했
던 싸움은 조선시대의 여러 기록에 남아 있다. 한산대첩을 기억
하는 사람들은 전쟁으로 피폐해진 고통과 더불어, 찬란한 영광을
떠올린다. 통영을 대표하는 지역축제로 자리매김할 수 있었던 데
에는, 수많은 사람들의 따뜻한 시선과 자부심이 바탕이 되었을 것
이다.
　　이순신 콘텐츠와 관련된 통영의 가장 큰 문화행사는 '통영한산
대첩축제'다. 이순신과 관련하여 전국 각지에서 열리는 축제 가운
데서도 이 축제는 가장 오랫동안 지속되어왔다. 이 축제는 1962년
부터 시작되어 지금까지 꾸준히 이어져오고 있는데, 닷새 동안 진
행되는 이 축제에는 이순신을 콘텐츠로 한 다채로운 행사가 열

통영 이순신공원.

린다. 이순신 장군 전통무예 시연, 이순신 장군 행렬 재현, 거북
선 출정식, 한산대첩 출정식, 한산대첩 재현, 뮤지컬, 무용공연, 거
북선 노 젓기 대회 등이 그것이다. 또한 어린이 인형극, 이순신학
교, 어린이 군점 프로그램 등 어린이와 청소년들을 위한 프로그램
과 성인들을 위한 프로그램들이 기획되어 있어, 다양한 연령층의
참여가 가능하다. 이러한 프로그램들은 단순히 보여주기에서 끝
나지 않고 시민들의 참여를 가능하게 한다. 과거, 재현과 보여주기
위주로 진행되던 행사는 참여형으로 전환되면서 축제분위기를 더
욱 농후하게 한다. 콘텐츠의 다변화는 참여자들의 호응을 성공적

으로 이끌어냈다는 평가를 받는다.

한산섬은 이순신 장군이 최초로 삼도수군통제영을 설치한 곳으로, 현재는 체험코스로 만들어져 이용되고 있다. 또한 적들을 감시했던 망산에는 등산로가 만들어져 개방되고 있다. 또한 거북선의 모양을 딴 숙박시설, 축제, 공원, 식당, 상점 등 이순신 콘텐츠는 성공적으로 작동하고 있다. 문화산업적 측면에서 접근해보면, 이순신 콘텐츠는 축제, 체험활동과 연계되면서 꾸준히 소비되고 있다는 점에서 긍정적으로 평가되고 있다. 통영한산대첩축제는 지역의 특산물을 내세우지 않고도, 인물과 이야기라는 매력적인 콘텐츠만으로도 훌륭한 문화산업이 될 수 있음을 보여주는 사례라는 점에서 눈여겨볼 만하다. 매력적인 인물, 이야기가 있는 장소는 축제, 체험상품으로 이어지고, 등산로 개발이나 개방형공원(이순신공원) 등 일상의 영역까지 확대될 수 있다.

통영한산대첩축제는 문화체육관광부의 예비축제, 유망축제, 우수축제로 선정되어왔다. 이런 성공적인 콘텐츠의 활용은 경제적 효과로도 이어진다. 이 축제에 참여하는 방문객들의 비율을 따져보면, 지역주민의 비율은 점차 감소하는 반면, 관광객의 비율은 증가하는 것으로 보고되고 있다.[113] 높은 방문객의 만족도, 재방문

---

113 송혜정, 「동일한 소재를 주제로 한 지역 축제의 비교를 통한 활성화 방안-여수거북선 축제와 통영한산대첩 축제를 중심으로」, 동신대학교 석사학위논문, 2008, p.55.

율은 축제의 성공을 보여주는 지표라 할 수 있다. 또한 이는 역사 교육의 장으로 활용될 수 있다는 점에서도 의미가 있다. 통영한산대첩축제는 문화콘텐츠가 어떻게 도시에 입혀지고, 작동하는지를 보여주는 좋은 사례라 할 수 있다.

전라남도 여수

전라남도 여수에도 이순신을 콘텐츠로 한 지역 축제가 있다. 동일한 콘텐츠로 만들어지는 축제 속에서 차별화를 꾀하기 위해, 각각의 축제는 콘셉트를 설정하기 마련인데, '여수거북선축제'는 '호국'의 정신을 강조한다.[114]

> "가만히 생각해보니 호남은 나라의 보루입니다. 만약 호남이 없다면 나라도 없는 것입니다竊想湖南國家之保障, 若無湖南是無國家"(사헌부 지평 현덕승에게 보낸 이순신의 서한문 중에서).

'호국'이라는 주제는 이순신의 서한문에서 찾아볼 수 있다. 여수거북선축제는 호국 문화축제인 '여수진남제'에서 출발하였다. 1967년 여수진남제에서 출발한 이 축제는 진남제거북선축제, 여수거북선축제, 여수거북선대축제 등의 이름으로 개최되다가 지난

---

114 여수거북선축제에 관한 개략적인 설명은 http://www.jinnamje.com을 기초로 하였다.

2011년부터 '여수거북선축제'로 사용되고 있다.

전라남도 여수시는 전라좌도수군절도영(전라좌수영) 본영이 있었던 곳으로, 조선의 보루 역할을 했다는 자부심이 남아 있는 곳이다. 이 사실은 축제의 초기 이름인 '진남제'를 통해서도 알 수 있다. '진남'이라는 이름은 국보 304호로 지정된 '진남관鎭南館'에서 비롯되었는데, 여기서 '진남鎭南'은 남쪽에 있는 일본을 진압한다는 의미이다. 1592년 임진년 5월 4일에 출전하여 열 차례가 넘는 해전에서 승리를 거둔 것을 기념하기 위해, 지금도 해마다 5월 4일에 축제를 개최한다.

여수거북선축제에는 전라좌수영 수군 출정식, 풍어제 등 보여주기 행사를 비롯하여, 거북선 만들기, 소년 이순신 놀이터, 전라좌수영 병영 체험, 통제영길놀이 체험 등 축제 방문객들의 참여를 유도하는 프로그램이 함께 운영되고 있다. 또한 이순신 플래시몹 대회, 난중일기 휘호대회, 이순신 로봇 체험 등 청소년과 젊은이들이 거부감 없이 즐길 수 있는 프로그램도 개발되어 있다. 단순히 역사인물의 재현에 머무르는 것이 아니라, 현재라는 시간성을 고려하고 있다는 점이 매력적이다. 이처럼 다양하게 개발된 프로그램은 후속 체험프로그램으로 연계될 수 있다는 장점이 있다.

여수의 이순신대교李舜臣大橋도 빼놓을 수 없다. 이순신대교는 전라남도 여수와 광양을 연결하는 현수교이다. 우리나라에서 가장 길고, 해수면에서 상판까지의 높이가 가장 높을 뿐만 아니라, 길이로 보자면 세계에서 네 번째로 긴 다리이다. 원래 '광양대교'라는 이름을 가지고 있었지만, 교량 공모전을 통해 '이순신대교'라는 지금의 이름을 얻게 되었다.

한 인물에 대한 리텔링이 이처럼 경쟁적으로 이루어지는 경우는 흔하지 않다. 각 도시마다 다채로운 방식으로 리텔링되는 이순신 콘텐츠의 활용 사례는, 문화콘텐츠가 성공적인 문화산업이 될 수 있음을 잘 보여준다.

이야기와 삶의 흔적들

이순신은 이미 『난중일기亂中日記』에 이야기와 생각과 감정을 남겼다. 때로는 리더로 때로는 수하의 장수로, 때로는 아비와 남편이 되어 살아가면서 남긴 이순신의 수많은 이야기들은 사람들의 마음을 울린다. "가벼이 움직이지 마라. 침착하게 태산 같이 무겁게 행동하라勿令妄動 靜重如山", "자기 한 몸만 살찔 일을 하고 이런 일은 돌아보지 않으니 다른 날의 일들도 짐작할 수 있다從事肥己 如是不願 他日之事 亦可知矣", "내가 죽지 않는 동안에는 적이 감히 침범하지 못할 것이다吾不死 則賊必不敢來犯矣"[115] 등, 짧으면서도 울림이 있는 말들은 비장하게, 때로는 애잔하게 들려온다.

---

115 http://www.choongmoogongleesoonsin.co.kr/sub _ 04/sub _ 04 _ 03.asp

누구나 할 수 있는 말처럼 보이기도 하지만, 그렇게 살아냈던 그의 이야기이기에 그 언어들은 깊이와 무게를 얻는다. 절기마다 앞 다투어 피어나는 꽃처럼 한반도 전역에서 펼쳐지는 축제들은 그를 '지금, 여기' 우리의 삶 속으로 소환한다.

끊이지 않는 이순신에 대한 열기의 근원은 어디인가? "이순신이라는 과거의 인물은 한 명이지만, 한국사에서 각 시대 사람들은 자기 시대를 비추는 거울로서 이순신의 이미지를 조금씩 다르게 변용시켜왔다. 왕조 시대에는 충절의 상징, 일제강점기에는 국가의 부재를 민족으로 보상할 목적으로 '민족의 태양'과 '역사의 면류관'으로, 그리고 5·16 군사정변 이후 군부독재시대에는 '성웅 이순신' 담론을 통해 민족주의 정치종교의 아이콘이 됐다."[116] 어떤 면에서 보자면 이순신은 매우 이데올로기화된 인물이다. 이순신은 특히 국가적 위기의 순간에 주로 호명되어왔으며, 민족의식과 애국심의 고취라는 측면이 강조되어왔다. 앞으로 이순신을 주요한 콘텐츠로 한 다양한 축제들이 각각의 차별성을 갖고 만들어진다면, 이순신에 대한 스토리텔링은 민족주의, 애국심, 호국이라는 단일한 틀을 벗어나 더욱 다양한 이야기와 가치를 담아낼 수 있을 것이다.

각기 다른 장소에서 호명하는 이순신, 그와 맞닿아 있는 이야

116 김기봉, 『히스토리아, 쿠오바디스』, 서해문집, 2016, pp.270-271.

기들은 다채로운 콘텐츠로 부활하고 있다. 통영한산대첩축제, 여수거북선축제, 진해군항제, 아산성웅이순신축제, 무안명량대첩축제는 대표적인 이순신 콘텐츠이다. 이들은 단순히 일회성 축제에 머무르는 것이 아니라, 교육의 장으로 활용되고, 체험상품으로 개발되어 사람들이 향유할 수 있는 기회를 제공하며, 경제적 효과를 창출한다. 단순히 이순신이라는 인물과 사건을 각인시키는 것이 아니라, 다양한 의미와 가치의 추구로 이어진다면 이순신은 더욱 성공적인 콘텐츠가 될 수 있을 것이다.

이순신의 이야기를 입은 축제와 도시, 그것은 다만 과거의 재현에 머무르지 않고, 사람들에게 '장군 이순신'에 대한 새로운 이야기를 하게 만든다. 새롭게 리텔링된 이야기들은 단순히 과거를 반복하는 것이 아니라 '현재'라는 맥락과 닿아 변주되며, 새로운 의미와 가치를 만들어낸다.

3. 지상의 천국, 비극적 사랑이 서린 곳 _ 항주

항주杭州는 고대의 오吳나라와 월越나라에 속해 있었고, 남송南宋의 도성都省이었던 도시다. 중국의 고도古都 가운데 하나이면서, 경제적으로도 발달한 도시이다. 항주는 지금까지도 "하늘에는 천당이 있고, 땅에는 소주와 항주가 있다上有天堂, 下有蘇杭"는 말이 전해질 정도로 아름다운 도시다. 이러한 찬사는 자연이 만들어낸 거대한 호수와 기이한 나무, 숲의 어울림만으로 만들어지기 어렵다. 이 도시의 아름다움을 시들지 않게 하는 것은 이 도시가 천년이 지나도 낡지 않는 이야기를 품고 있기 때문이다.

뇌봉탑에 갇힌 아름다운 사랑이야기

일찍이 항주에서 지방관을 지냈던 북송北宋 시대의 유명한 문인 소식蘇軾은 비가 지나간 뒤의 서호西湖를 이렇게 노래했다.

> 비온 후 맑게 갠 서호에서 한 잔.
> 반짝이며 넘실거리는 물빛은 맑아서 더욱 좋고 몽몽한 이슬비 속에 잠긴 산빛은 기이하다.
> 서호를 서시에 견주어보니
> 옅은 화장이든 짙은 화장이든 잘 어울린다.

소식은 "고향도 이 호수와 산보다 좋을 것 같지 않다"고 말하며 그의 마음을 표현했는데, 서호는 항주의 자랑이자, 많은 이야기를 담고 있는 호수이다. 그가 쌓았다고 알려진 소제蘇堤는 서호를 대표하는 '서호십경西湖十景' 가운데 하나이다.

서호를 사이에 두고 두 개의 탑이 나란히 바라보고 있는데, 그들은 보숙탑保俶塔과 뇌봉탑雷峰塔이다. 새로 웅장하게 중건된 뇌

뇌봉탑(좌)과 보숙탑(우). 서호를 가운데 두고 마주한 두 개의 탑. 두 탑은 결코 이어질 수 없는 연인인 스님과 미인이 마주한 모습이라고 이야기된다.

봉탑과 달리 보숙탑은 요란하지 않으면서도 위엄이 있다. 호수를 사이에 두고 서로 바라보기만 해야 하는 운명을 가진 두 탑을 보고, 사람들은 아름다운 처녀와 노승의 닿을 수 없는 사랑이라고 말했다. 천 년을 지나도 결코 만날 수 없는, 시간의 비바람과 함께 시간을 견디며 마주보고 있어야만 하는 두 개의 탑은 서호의 풍경을 더욱 그윽하게 만든다.

　한때 무너졌다가 중건된 뇌봉탑에는 허선과 백 낭자가 남긴 옛 이야기의 흔적이 남아 있다. 한 인간을 잊지 못해 세상을 떠나지 못하는 그녀는 삼천 년의 수련을 포기하고, 끝내 뇌봉탑 아래 봉인되었다.

사진으로 남겨진 옛 뇌봉탑(좌). 중건된 뇌봉탑 안에 놓인 옛 뇌봉탑의 흔적(우). 낡은 벽돌과 먼지들이 켜켜이 쌓아 만들어진 탑은 허선을 향한 백 낭자의 사랑을 알뜰히 묻어버린 형벌의 장소이기도 하다.

　서호 주변의 빼어난 경관들만 모아 놓았다는 '서호십경'은 경치도 아름답지만 그들이 각기 간직한 이야기가 경치의 아름다움을 넘어선다. 서호 주변에는 신화와 전설, 역사와 사람들의 일상이 모여 만들어진 크고 작은 조형물과 건축물, 자연이 뒤섞여 기이한 아름다움을 자랑한다. 서호십경 가운데 하나가 바로 단교斷橋다. 겨울에 내린 흰 눈이 다리를 덮으면 다리가 끊어진 듯 보인다고 해서 '단교斷橋'라는 이름을 가진 고풍스러운 다리는 지금까지 남아 사람들의 휴식처가 되고 있다. 사람들은 '단교잔설斷橋殘雪'이라는 낭만적인 이름을 붙여주었다.

　겨울이 지나고 눈이 사라지면 이 다리는 원래의 모습을 회복

항주 서호 단교의 옛 모습. 물이 흘러가는 수로의 역할을 하는 다리의 둥근 구멍은 결과적으로 사람들의 상상력을 드나들게 하는 낭만적인 틈이 되었다. 서호십경의 하나로 알려져 있다.

한다. 둥근 구멍을 지나는 낮은 다리는 작고 아담한 다리가 된다. 다리 위로 쌓인 눈 때문에 끊어진 듯 보이는 '결핍'의 다리橋, 원래의 단교가 가졌던 결핍은 보슬비가 내리는 어느 청명절에 이루어진 허선과 백 낭자의 사랑으로 아름답게 메워진다.

백사 여인의 끝나지 않은 이야기, 〈인상·서호〉

허선과 백소정이 만났던 천년의 호수를 더욱 아름답게 하는 것은 아직도 사람들의 가슴에 남아 있는 이루지 못한 사랑, 백사전의 전설이다. 이들의 사랑은 〈인상·서호印象·西湖〉라는 제목의 공연으로 다시 쓰기 되어 지금까지 이어지고 있다.

〈인상·서호〉는 장이머우張藝謨 감독의 '인상印象' 시리즈 가운데 하나로, 항주 서호의 호수 위에서 펼쳐지는 수상공연예술이다. 〈인상·서호〉 공연은 서호를 배경으로 한 백사 여인과 가난한 서생의 사랑을 현대적으로 재해석한 것으로, 지난 2006년에 기획되어 지금까지 지속되는 성공적인 공연으로 꼽히고 있다. 서호의 잔잔하고 고요한 물 위에서 펼쳐지는 이 공연은 중국인들뿐만 아니라 항주를 여행하는 사람들이 놓쳐서는 안 되는 공연으로 자리 잡았다. "지구촌 최대의 수상공연"이라는 찬사가 무색하지 않다.

〈인상·서호〉는 빗방울이 흩날리는 호수에서 첫눈에 사랑에 빠진 두 사람의 이야기이다. 이야기 전개는 단조로울 수 있지만, 화려한 군무와 조명, 이야기와 어울리는 음악이 단조로움을 잊게 한다. 자막이나 대사 없이 진행되지만 그들의 애절한 이야기, 물과 빛이 조연이 되어 완성된 이 공연은 관중들에게 깊은 인상을 남긴다. 예술을 전공하는 수백 명의 배우들이 펼치는 군무, 서호의 밤을 화려하게 물들이는 조명, 천변만화하는 물의 고요하면서도 역동적인 움직임은 사랑과 이별의 애절함, 안타까움에 더욱 깊이 몰입하게 한다.

장이머우는 '야외'라는 장점을 영리하게 활용한다. 이미 천 년을 그 곳에 있어온 서호의 물과 산, 나무와 다리는 그대로 멋진 배경이 되고, 서호를 둥글게 감싸 안 듯 마련된 야외공연장은 관객과 공연을 하나로 만들면서 시간과 공간을 초월한 듯한 느낌마저 들게 한다.

　이들의 사랑을 더욱 애절하게 만드는 것은 이 공연의 음악이다. 다큐멘터리 〈실크로드〉의 작곡자 기타로喜多郎가 참여하여 공연의 질을 높였다. 만약 항주를 배경으로 한 백사전설白蛇傳說이 없었더라면 〈인상·서호〉라는 공연은 탄생되지 못했을 것이다. 가난하지만 마음 착한 서생과 백사 여인이 우연히 마주쳤던 비 오는 날의 서호, 어쩔 수 없이 이별을 선택할 수밖에 없었던 안타까운 사랑이야기는 관객들을 다시 천 년 전의 그 시간으로 이끈다. 이야기는 기본적으로 백사전의 이야기를 따르고 있지만, 비극으로 끝나지 않는다. 이제 남겨진 것은 '추억'과 '인상'이다. 그들의 이야기는 끝났지만, 여운은 끝나지 않는다. 공연은 "우리에게 변하지 않는 것이 있으니, 그것은 과거에 대한 추억과 기억이다"라고 여운을 남긴다. 천년의 호수 서호가 마르지 않는다면, 허선과 백 낭자의 이야기도, 그들의 사랑과 추억 속에 잠겼던 사람들의 이야기도 마르지 않을 것이다.

　항주의 〈인상·서호〉는 지역마다 하나씩 있을 법한 이야기, '전설'을 영리하게 활용한 좋은 사례가 된다. 천년의 호수에 담긴 애절한 이야기, 천 년을 뛰어넘는 몽환적인 수상공연은 사람들을 유혹한다. 이 공연의 연출자들은 이 공연을 "항주의 열한 번째 풍경印象西湖: 杭州第十一种风景"이라고 말하는데, 실제로 이 공연은 여행자들이 놓쳐서는 안 되는 상품으로 자리매김한 지 오래다. 이 공연이 거두어들인 수입만도 적지 않다.[117] 백사전설로 만들어진 이 공연은 사람들에게 감동만 전해주는 것이 아니다. 되살아난 천년의 전설은 항주를 새로운 도시로 만들어준다.

지금의 항주는 옛 사람들이 말했던 지상의 천당과 거리가 멀다. 항주는 사람들이 비싼 물가와 답답한 교통체증으로 비명을 지르는 곳이다. 잘 정비된 도로와 현대식 건물, 사방으로 통해 있는 철도는 중국의 전형적인 대도시일 뿐이다. 하지만 그 도시는 백사전설의 배경이 되었던 서호, 다리, 세월의 풍상을 견딘 고목과 하염없이 늘어진 능수버들이 호숫가를 지키고 있다. 비오는 청명에 비에 젖은 두 남녀를 태웠을 법한 작은 나무배도 여전히 그대로다.

중국인이든 외국인이든 사람들은 천년의 사랑이야기가 담긴 서호를 보기 위해, 또 그들의 애절한 사랑 속으로 들어갈 수 있는 공연을 위해 항주행을 택한다. 이야기를 입은 도시는 아름답고 매력적이다. 그것은 자본으로 가격을 정할 수 없는 무한한 가치와 매력을 가진다.

---

117 http://www.yxwestlake.com

4. 새로운 제국 만들기 _ 서안

역사 이야기를 입은 도시, 서안

'서쪽을 평안하게 한다'는 의미의 서안西安. 현재 중국의 섬서성
陝西省 성회省會인 서안의 역사는 유구하다. 역사의 깊이만큼이나
이름도 다양하다. 먼 서주西周 시기에는 호경鎬京으로 불렸고, 역
사의 오랜 시간 동안 '오랫동안 평안하라'는 상서로운 의미를 가진
장안長安으로 호명되었다. 때로 크게 흥하라는 의미의 대흥大興이
라는 이름, 경조京兆라는 이름으로 불리기도 했다. 지금은 섬서성
성회로서 구심적 역할을 하고 있지만, 먼 고대에는 왕들의 도읍
지, 제국을 건설한 왕들이 탐내던 비옥한 곳이기도 했다. 중국인
들에게 이곳은 중화문명의 중요한 발상지 가운데 하나이자, 실크
로드의 기점이기도 하다.

무려 열 개가 넘는 왕조의 도읍지였던 서안은 발길이 닿는 곳
마다 고대의 유물이 쏟아지는 곳이기도 하다. 서안은 유물을 그
대로 끌어안아 보존하면서, 그들을 계승적 차원에서 발전시키는
전략을 택하고 있다. 유네스코 세계문화유산에 등재된 중국의
유산 가운데, 서안은 이미 여섯 개의 유산을 보유하고 있다. 진시
황릉秦始皇陵 및 병마용兵馬俑, 미앙궁 유적지未央宮遺址, 대명궁 유
적지大明宮遺址, 대안탑大雁塔, 소안탑小雁塔, 흥교사탑興敎寺塔이 바
로 그것이다. 이 유적지들은 한漢, 당唐 제국의 영화를 보여주는

상징물이자, 기억의 장소이다. 서안에서 흔히 볼 수 있는 한당漢唐이라는 말은 찬란했던 과거에 대한 중국인들의 자부심을 말해준다.

바둑판식으로 구성된 계획된 이 도시는 당唐 왕조 때 문화의 꽃을 피운다. 장안에는 거주지, 상업지구, 넓은 도로가 있었다. 장안의 외벽만도 남북으로 8킬로미터, 동서로 10킬로미터에 이르는 방대한 규모였다. 불교, 도교를 비롯하여, 이슬람교, 유대교, 마니교, 조로아스터교, 네스토리우스교 등 다양한 종교가 있었고, 다채로운 종교 의식이 있었다. 경제는 발전했고, 문화는 다채로움으로 빛났으며, 모든 사람들이 그 도시를 사랑했다. 그곳이 바로 중국인들이 자부심을 느끼는 도시, 서안이다. 중국 역사상 가장 번성했던 두 제국, 한과 당의 흔적이 남아 있는 이곳은 유적과 유물을 통해 기억을 복원시키고, 더 나아가 고대의 찬란한 기억을 되살리고 있다. 그 기억의 중심에는 과거를 살았던 사람들의 이야기가 있다.

진시황과 병마용갱

진시황은 천하를 통일하고 천하를 호령한 위대한 인물이지만, 그를 한층 궁금한 인물로 만드는 것은 그의 복잡다단한 가족사이다. 사마천의 『사기』에 따르면 그는 탁월한 장사꾼 여불위呂不韋와 연燕나라에 볼모로 사로잡혔던 자초子楚의 아내 조희趙姬 사이에서 태어났다고 전한다.[118] 여불위의 도움과 지원을 받아 볼모 생활을 견뎌낸 자초는 장양왕莊襄王이 되었지만, 곧 병들어 죽고 열세 살의 어린 소년 정政이 왕이 되었다.

조희는 여불위의 아이를 임신한 채 자초와 혼인하여 끝내 황제의 어머니가 되었지만, 정치적 식견은 부족한 인물이었다. 조희와 사사로운 관계를 이어오던 여불위는 정이 성장하면서 불안함을 느낀다. 여불위는 조희에게 남성적 매력이 넘치는 노애嫪毐라는 인물을 소개하였다. 노애에게 흠뻑 빠져든 조희는 노애와의 사이에서 아이를 낳고, 그를 장신후長信侯에 봉해 많은 권력을 향유하게 하였다. 권력의 맛을 본 노애는 황위까지 넘보았으나, 먼저 손을 쓴 정에게 주살당하고 만다. 여불위는 노애의 반란에 연루되어 면직되는데, 불안함을 이기지 못하고 끝내 스스로 목숨을 끊는다.

정적도 제거되고 정치는 안정되어갔지만, 젊은 황제는 만족하지 않았다. 그는 주변의 나라들을 하나씩 정복해나간다. 전국칠웅戰國七雄의 강성한 나라들이 하나씩 사라져, 결국 그는 누구도 이루지 못했던 '천하통일'이라는 위업을 달성한다. 천하는 통일되었지만, 하나의 꿈이 완성되면 또 다른 어려움이 다가왔다. 진시황

---

118 "진시황제는 진 장양왕(莊襄王)의 아들이다. 장양왕이 조(趙)나라에 진나라의 질자(質子: 볼모)로 잡혀있을 때, 여불위의 첩을 보고 기뻐하여 그녀를 취하였고, 시황을 낳았다."(『사기』「진시황본기」)

에게 성현의 경전을 들이대며 비판하는 사람들에게 그는 '분서焚書'와 '갱유坑儒'로 화답했다. 진시황의 제국은 죽은 듯 고요해졌다. 신선과 미신에 탐닉한 진시황에게 온갖 기이한 징조들이 보고되었고, 그럴수록 그는 미신에 더욱 빠져들었다.

후인들에게 진시황은 잔혹하기 짝이 없는 황제로 그려진다. 많은 민간설화에서도 진시황은 폭군의 대명사로 호명된다. 그러나 역사의 기록을 그러모아보면 사랑받지 못했던, 누구조차 사랑할 수 없었던, 불안과 의심으로 평생을 살아가야 했던 한 메마른 사내일 뿐이다.

진시황에게는 자객들이 끊이지 않았고, 그럴수록 황제는 신선과 불사의 영약을 찾기 위해 몰두했다. 진시황은 즉위한 이후부터 자신의 능묘를 짓는 데 정성을 들였다. 여산을 뚫어 만든 능묘에는 온갖 기이한 기물과, 특이한 물건들로 가득 채워졌다. 의심이 많았던 진시황은 도굴을 염려하여, 기술자에게 자동으로 발사되는 활과 화살을 만들게 했다. 무덤 속에 크고 작은 강, 바다를 만든 뒤 수은을 흘려 흐르게 했다. 오래도록 꺼지지 않을 초를 만들어, 그곳이 영원히 밝은 곳이 되도록 설계했다. 진시황이 그토록 정성을 들여 만든 여산릉의 내부는 아직까지도 베일에 싸여 있다.

세기의 발견으로 칭송되는 진시황의 병마용갱兵馬俑坑은 진시황과 그의 보물들을 지키는 호위무사들이다. 서안을 대표하는 역사

서안의 진시황 석상(좌). 병마용갱(우). 끝없이 펼쳐진 병마용갱에는 발굴된 말과 군사들이 줄지어 서 있다. 실제 인물보다 훨씬 큰 이들은 단정하고도 위엄 있는 표정으로 자리를 지키고 있다.

유적 병마용갱은 진시황의 부와 명성을 보여주기도 하지만, 살아 있는 동안 자기 자신을 보호해줄 호위무사를 만들어야만 했던 외로운 한 인간의 황폐한 내면을 보여주는 마음의 무덤이기도 하다. 병마용갱은 단순히 진시황이라는 한 인간의 욕망, 고대의 비범한 기술만을 보여주는 거대한 무덤이 아니다. 이런 무덤을 만들어야만 했던 외로운 인간 진시황, 그를 둘러싼 수많은 사람들의 이야기가 만들어낸 기억의 장소이다.

미앙궁과 대명궁

유네스코 세계문화유산에 등재된 미앙궁未央宮과 대명궁大明宮 유적지는 각각 한나라와 당나라의 영화를 보여주는 흔적들이다.

미앙궁에는 초한전楚漢戰의 주인공이자 한나라의 개국황제인 유방劉邦의 이야기가 남아 있다. 진시황 사후, 격렬한 싸움의 최종 승자는 유방이었다. 항우項羽와 유방의 싸움이 끝나고, 유방은 황제가 되었다. 유방이 황제가 된 이후에도 싸움은 끊이지 않았다. 유방이 모반한 한왕韓王 신信을 직접 공격하려고 나섰을 때, 승상 소하蕭何는 장안에 미앙궁을 짓고 있었다. 소하는 진秦나라 장대章台의 기초 위에 미앙궁을 세우고, 동궐東闕, 북궐北闕, 태창도 세웠다. 고조가 돌아와 보니 궁궐이 지나치게 화려했다. 유방은 천하가 흉흉하여 아직 안정되지도 않았는데, 어찌하여 도를 넘는 궁궐을 짓느냐고 힐책했다. 그러자 소하는 천하가 안정되지 않았기 때문에 궁실을 지어야 하고, 웅장하고 화려한 궁실로 천자의 위엄을 세워야 한다고 역설했다. 이어 이후에도 이보다 더한 궁실을 지을 수 없도록 해야 한다는 소하의 대답을 들은 유방은 기뻐했다. 이후로 미앙궁은 한나라 왕실의 위엄을 상징하는 건축물이 되었다.

미앙궁 옆에는 앞서 세워진 장락궁長樂宮이 짝을 이루고 있다. 장락궁과 미앙궁은 각각 동쪽과 서쪽에 세워져 동궁東宮, 서궁西宮이라고 말하기도 하는데, '장락'과 '미앙'은 서로 합쳐져 '오랜 즐거움이 끝나지 않는다'는 의미를 만들어낸다. 유흠은 『서경잡기』에서 미앙궁의 화려함을 이렇게 설명했다.

미앙궁은 사방 둘레가 22리 95보 5척이고, 둘레의 가도는 길이가

70리이다. 대전大殿은 43개인데, 그중에서 32개는 밖에 있고 11개는 후궁에 있다. 연못이 13개, [인공]산이 6개인데, 연못 하나와 산 하나는 후궁에 있다. [궁중의] 작은 문은 모두 95개이다.[119]

미앙궁은 화려함의 극치였다. 인공으로 만든 연못과 산은 건축물과 어우러져 황실의 위엄을 보여주었다. 소하가 계획한 그대로였다. 이후 미앙궁은 한漢 제국을 대표하는 주요한 궁실로 기능했다. 이후, 왕조가 바뀌면서 미앙궁은 황궁으로 정해졌다가 불에 타고, 중건되기를 반복하다가 당나라 말엽, 폐허가 되고 말았다. 미앙궁은 소하가 기획했던 것처럼, 무려 천 년의 세월 동안 황실 권력의 상징이 되었다. 지금은 말 그대로 '유적'으로 남아 있을 뿐이지만, 어쩌면 그 남아 있는 '터'는 과거를 상상하기에 더없이 좋은 장소인지도 모른다.

대명궁은 당나라를 상징하는 궁전으로, 정치의 중심지이자 국가 권력의 상징이었다. 당 고종高宗으로부터 약 이백여 년 동안 당나라 황제들이 이곳에서 정무를 처리하고 조회를 열었다. 가장 번성했던 왕조, 외국과의 교류를 거부감 없이 받아들이고, 문호를 활짝 개방했던 당나라의 대명궁은 궁전 가운데서도 으뜸가는 궁전, 실크로드 동방의 성전으로 칭송되었다.

---

119 유흠(劉歆)·갈홍(葛洪) 엮음, 김장환 옮김, 『서경잡기』, 예문서원, 1999, p.41.

당나라의 위엄과 영화를 보여주던 대명궁에도 피비린내 나는 이야기가 숨어 있다. 대명궁은 '정관의 치貞觀之治'를 열었던 황제 당 태종 이세민李世民이 세운 궁전이다. 당 고조高祖 이연李淵의 둘째 아들이었던 이세민은 현무문玄武門에서 형과 동생을 제거하고, 아버지로부터 황위를 양위 받았다. 이 일로 충격을 받은 태상황 이연은 태종을 멀리했다. 태종은 그런 아버지를 위해 피서용 행궁을 짓기 시작하면서 '영원히 평안하라'는 염원을 담아 '영안궁永安宮'이라고 이름을 붙였다. 그러나 그 이름이 무색하게, 공사가 시작된 다음 해 태상황이 세상을 떠났고, 그러면서 잠시 공사가 중단되었다. 태종은 주인을 잃은 영안궁의 이름을 '대명궁大明宮'으로 바꾸었다.

태종의 뒤를 이어 황제가 된 고종은 정궁을 태극궁에서 대명궁으로 옮겼는데, 이때부터 대명궁은 명실상부한 정치의 중심지가 된다. 무측천의 남편으로도 유명한 고종 이치는 대명궁을 확장하면서 이름을 상서로운 의미의 봉래궁蓬萊宮으로 바꾸고, 다시 함원궁含元宮으로 바꾸어 불렀다. 이렇게 잦은 변화는 무측천의 '언어의 주술'에 대한 믿음에서 비롯되었을 것이다. 고종은 34년 재위 기간 동안 열세 번 연호를 바꾸고, 무측천은 15년의 재위 기간 동안 무려 열여섯 번 연호를 바꾸었는데, 이처럼 잦은 개원은 이전과 이후에도 유례가 없다. 이후, 대명궁은 당나라의 황제들이 정무를 보고, 당 황실의 위엄을 알리는 상징적인 장소가 되었다.

당나라의 대명궁은 복원을 거쳐 대중에게 개방되고 있다. 대명궁국가유적공원大明宮国家遺址公园으로 가는 길목에는 당대의 번영을 재현하는 조각들이 늘어서 있고, 공원 안쪽에는 양귀비를 비롯하여 당대를 잘 보여주는 조각상들이 곳곳에 설치되어 있다. 또한 공원 내부의 박물관과 기념관에는 대명궁터를 비롯한 당 나라의 그림, 조각, 자료들이 과거와 현재를 이어준다. 외국의 사신들이 머리를 조아리며 황제를 접견했던 곳, 다양한 종교가 혼재했던 곳, 관용과 포용으로 문화의 꽃을 피웠던 곳. 당대의 화려함은 기억의 터 위에서 새롭게 복원된다.

당 현종과 양귀비의 로맨스

당나라 현종玄宗은 역사적으로 다양한 측면에서 평가받는다. 무측천의 손자이기도 한 현종은 정관의 치를 이룬 당 태종을 롤모델로 삼아 과감하게 개혁정치를 시행하여 '개원의 치開元之治' 시대를 열었다. 예술적 기질이 다분했던 현종은 이원梨園을 설치하여 몸소 가르쳤으며, 다양한 종교를 관대하게 받아들여 융합의 시대를 열었다. 후인들은 음악, 미술, 서예, 춤 등이 모두 정점에 이른 시대라고 평가한다.

당 현종과 양귀비楊貴妃의 로맨스를 빼놓을 수 없다. 양귀비는 궁전의 삼천 궁녀를 한낱 배경으로 만들어버린 여인, 천하의 부모들이 아들보다 차라리 딸을 낳고 싶다는 마음을 갖게 했던 여인이다. 사회시를 써서 당시의 현실을 통렬히 비판했던 당대의 시인 백거이白居易조차도 현종과 양귀비의 사랑을 지고지순한 로맨스로 묘사하였다.

> 깊은 규방에서 자라, 다른 사람들은 알지 못했지만
> 타고난 자태는 버려두기 어려워
> 하루아침에 선발되어 군왕의 곁에서 모시게 되었다.
> 한번 눈짓하며 웃으면 온갖 아름다움이 생겨나니
> 육궁의 궁녀들은 아무리 화장을 해도 빛을 잃었다.
> 꽃샘추위에 화청지華淸池에서 목욕하라고 하시니,
> 매끄러운 온천물로 희고 기름이 엉긴 듯한 고운 몸 씻으니
> 고운 몸, 힘이 없어 시녀가 부축했다.
> (……)
> 칠월 칠일 (칠석날) 장생전에서
> 아무도 없는 곳에서 비밀한 말을 나누니,
> 하늘에서는 비익조가 되고,
> 땅에서는 연리지가 되고 싶다고 말한다.
> 하늘이 길고 땅이 오래되어도 다할 때가 있겠지만,
> 이 한은 끊임없이 이어져 끝날 때가 없을 듯하다.
> (백거이, 「장한가長恨歌」 중에서)

① 화청지 입구의 대형 조각상 ② 맹서대와 연리수. 현종과 양귀비는 장생전(長生殿)에서 "하늘에서는 비익조가 되기를, 땅에서는 연리지가 되기를 바란다"고 속삭였다. 장생전 옆쪽에는 맹서대(盟誓臺)가 있다. 맹서대 가운데 있는 나무는 연리수(連理樹)이다. 지금도 많은 연인과 부부들이 그들의 소망을 적은 붉은 기념물을 나무에 묶어 영원한 사랑을 기원하고 있다. ③ 화청지 공원 앞의 조각상. 양귀비가 목욕했다는 화청지 공원 앞에는 현종과 양귀비의 아름다운 한때가 작품으로 남아 있다. 현종이 연주하는 반주에 맞추어 예상우의무(霓裳羽衣舞)를 추는 양귀비와 무희들의 모습이 생동감 있게 표현되었다.

그들의 사랑이 꽃을 피운 곳은 서안의 화청지이다. 그곳은 사람들이 많이 찾는 관광지 가운데 하나인데, 공원으로 꾸며진 화청지 입구에는 현종과 양귀비의 사랑이 거대한 입상으로 표현되어 있다.

그들이 영원한 사랑의 밀어를 속삭였다는 장생전長生殿에서는 그들의 사랑을 그려낸 영화가 사람들의 감성을 자극한다. 지금까지도 따뜻한 온천물이 솟아나는 화청지의 많은 조각과 두 연인의 흔적은 사람들을 오래전 과거 속으로 이끈다.

현종은 위대한 왕으로 평가되었지만, 그가 만년에 얻은 양귀비와 사랑에 빠지면서 정치적인 어려움을 겪게 된다. 이 어려움은 현종과 양귀비에게만 국한된 것이 아니라, 찬란한 당 제국의 종언을 앞당기는 직접적인 계기가 된다. 문화적으로 가장 찬란한 시기를 구축했던 현종은 양귀비에 대한 지나친 총애로, 결국은 안녹산의 난을 피할 수 없었다.

널리 알려진 것처럼 양귀비는 현종의 아들인 수왕의 비妃였다. 현종은 양귀비에게 반해 며느리인 것도 개의치 않고 양귀비를 자신의 후궁으로 삼았다. 이민족 출신의 젊은 안녹산安祿山을 총애했던 양귀비는 그에게 많은 군대를 지휘하는 것을 허락하였고, 결국 병력을 장악하게 된 안녹산은 난을 일으켜 장안까지 쳐들어오게 되었다. 이것이 바로 널리 알려진 역사적 사건 '안사의 난'이다. 사랑하는 여인을 데리고 피난길에 올랐으나, 양귀비를 원망하는 사람들의 마음을 달래기 위해 결국 현종은 양귀비가 죽는 걸 보면서도 아무것도 할 수 없었다. 이처럼 무능력한 황제가 된 현종은, 황폐해진 도시로 다시 돌아와 끝내 황위를 아들에게 양보하고 쓸쓸한 노년을 보냈다.

이곳에서 사람들은 현종과 양귀비의 사랑을 떠올린다. 화려했던 문화와 황폐해진 당 제국의 몰락을 상상한다. 이곳은 시와 노래, 사랑과 제국의 폐허를 떠올리게 하는 기억의 장소다.

어게인again 실크로드! '대당서시'

대당서시大唐西市 프로젝트는 시안시정부에서 '황성부흥계획皇城復興計畫'에 따라 기획한 것으로, 실크로드 문화를 특색으로 한 종합적 성격의 상업 지구이다. 본래 당대唐代의 장안長安에는 동시東市와 서시西市가 있었다. 이들은 이름처럼 각각 동쪽과 서쪽에 자리하고 있었는데, 실크로드의 기점이었던 서시는 기이한 물건들, 호인胡人들과 외국인 미녀들로 가득한 떠들썩한 거리였다. 서시는 낙타와 호상胡商들로 북적였다. 장안은 제국의 영화를 상징하는 곳이었다.

중국인들은 당대唐代에 대해 자부심을 갖고 있다. 로마를 능가할 정도의 세계적 제국으로 성장했던 그 당시, 사람들은 수도인 장안으로 모여들었다. 바둑판 모양으로 만들어진 왕의 도시는 활기로 넘쳤고, 왕의 백성들과 외국인들로 북적였다. 실크로드의 출발지이자 도착지점인 장안은 온갖 이국적인 것, 진기한 것, 외국인들로 넘쳤다. 다른 것을 배척하지 않고 그대로 흡수함으로써 더 큰 발전을 이루었던 장안은, 세계의 어느 곳과도 비교할 수 없을 정도로 번화하였다.

지금까지 남아 있는 "장안의 화제"라는 말이 보여주듯, 장안은 모든 사람들이 운집하는 곳, 사람들의 이야기로 꽃피는 곳이었다. 누구든 한번 밟아보고 싶은 땅, 한번 발을 들여놓으면 다시는 떠나고 싶지 않은 곳이 장안이었고, 그중에서도 서쪽에 위치한 거대한 시장, 서시西市는 장안의 꽃이었다.

실크로드를 통해 먼 길을 떠나려는 사람들, 실크로드를 통해 먼 여정을 마친 사람들은 모두 서시로 몰려들었다. 당시 서쪽에 있었기 때문에 서시라는 이름이 붙었던 서시는 낙타를 타고 온 호인과 호희胡姬들로 넘쳐났고, 위대한 제국을 배우려고 세계 각지에서 몰려든 젊은 학자들의 눈과 귀를 사로잡았다. 제국의 영화가 사라진 지 천 년, 후인들은 역사에 이름을 남기지 못한 수많은 사람들, 당대의 화려함에 도취되었던 사람들, 물건을 사고팔며 진기한 것에 환호하고 기뻐했던 사람들의 이야기를 담아 서시를 재현하였다.

당대의 화려한 서시를 복원하고, 재현하겠다는 포부를 담아 중국 정부의 주도로 진행된 이 프로젝트의 이름은 '대당서시大唐西市'. 당대의 건축방식을 재현한 웅장한 건물에는 '지금, 여기'를 살아가는 중국인들의 찬란했던 과거에 대한 무한한 향수와 바람이 담겨 있다. 거리에 촘촘히 달린 붉은 등과 낙타를 타고 가는 상인들의 유쾌한 표정은 당대의 영화를 재현하려는 듯이 보인다.

이 외에도 한·당의 영화를 재현하려는 노력은 도시 곳곳에 나타난다. 테마파크로 조성된 '대당부용원大唐芙蓉園'을 비롯하여, 한·당의 이름을 딴 수많은 거리와 상점, 기념관은 과거와 현재가 섞이는 모습을 잘 보여준다. 서안은 과거의 콘텐츠를 입었지만, 오히려 더욱 완벽하게 현재인 도시가 되어 사람들에게 말을 걸고 있다.

8장
리텔링의 가치와 전망

1. 리텔링의 문화적 가치

고전의 이야기들은 이야기로 만들어지고 전달되며 생명력을 이어왔다. 고전 콘텐츠인 신화와 역사가 생성되고 전달되는 방향은 사뭇 다르지만, 이야기는 끊임없이 전달되어왔다. 끊임없이 새로운 것을 추구하는 이 시대에 오래된 역사책의 책장을 넘기고, 신화와 전설을 이야기하는 것은 시대에 뒤떨어진 진부하고 낡은 것이라고 치부될 수도 있지만, 그들의 가치는 오히려 빛나는 것처럼 보인다. 고전을 통해 사람들은 인생을 되돌아보고 자신을 성찰하며 삶의 의미를 생각하기 때문이다. 그 가치는 결코 물질로 환산할 수 없다.

'원 소스 멀티 유즈One Source Multi Use'. 이 용어는 '한 원천콘텐츠의 다양한 활용'이라는 역어로 번역될 수 있다. 부호·문자·도형·색채·음성·음향·이미지·영상 등의 콘텐츠가 영화, 음악, 게임, 출판, 인쇄물, 만화, 캐릭터, 애니메이션, 광고, 공연, 미술품, 공예품 등으로 표현될 수 있다는 의미이다.[120] 이 가운데서도 오래된 이야기와 노래는 유용한 원천콘텐츠가 된다. 이야기는 지식과 철학을 담고 있을 뿐만 아니라, 사람들에게 감동을 가져다주기 때문이다. 이는 고전古典으로 이야기되는 신화, 전설, 역사 등이 낡고 무가치

---

120 「문화산업진흥 기본법」을 참고할 수 있다. 이 법의 제2조 1·3·4·5항은 콘텐츠, 문화콘텐츠, 문화산업 등의 개념을 다음과 같이 정의하고 있다.
1. "문화산업"이란 문화상품의 기획·개발·제작·생산·유통·소비 등과 이에 관련된 서비스를 하는 산업을 말하며, 다음 각 목의 어느 하나에 해당하는 것을 포함한다(가. 영화·비디오물과 관련된 산업/ 나. 음악·게임과 관련된 산업/ 다. 출판·인쇄·정기간행물과 관련된 산업/ 라. 방송영상물과 관련된 산업/ 마. 문화재와 관련된 산업/ 바. 만화·캐릭터·애니메이션·에듀테인먼트·모바일문화콘텐츠·디자인(산업디자인은 제외한다)·광고·공연·미술품·공예품과 관련된 산업/ 사. 디지털문화콘텐츠, 사용자제작문화콘텐츠 및 멀티미디어문화콘텐츠의 수집·가공·개발·제작·생산·저장·검색·유통 등과 이에 관련된 서비스를 하는 산업).
3. "콘텐츠"란 부호·문자·도형·색채·음성·음향·이미지 및 영상 등(이들의 복합체를 포함한다)의 자료 또는 정보를 말한다.
4. "문화콘텐츠"란 문화적 요소가 체화된 콘텐츠를 말한다.
5. "디지털콘텐츠"란 부호·문자·도형·색채·음성·음향·이미지 및 영상 등(이들의 복합체를 포함한다)의 자료 또는 정보로서 그 보존 및 이용의 효용을 높일 수 있도록 디지털 형태로 제작하거나 처리한 것을 말한다.

한 것이 아니라, 다가오는 시대에 새로운 성장 동력이 될 수 있음을 말해준다.

잘 만들어진, 또는 매력적인 콘텐츠는 광고, 건축, 디자인, 영화, 애니메이션, 웹 프로그램, 음반, 출판, 게임, 오디오북 등 제2차 문화상품으로 만들어질 수 있고, 이는 경제적 효과로 이어진다. 이야기라는 원천 소스는 과학과 기술의 발전으로 멀티유즈Multi Use를 가능하게 하고, 이것은 문화산업 전반으로 확대되어 문화, 도시, 경제의 성장으로 이어진다. 고전과 기술의 거리는 멀지 않다. 나날이 발전하는 과학과 기술은 고전을 종식시키는 것이 아니라, 오히려 고전에 잠재된 가치들을 더욱 다양한 방식으로 드러내는 유용한 도구가 되고 있다.

1) 상상력 제공의 원천

> 상상력은 새로운 것을 만들어내는 것이 아니라,
> 기존의 이미지를 변형시키는 능력이다.
> — 바슐라르

바슐라르는 우리가 말하는 상상력이란 허공에서 만들어진 것이 아니라, 기존의 이미지를 변형시키는 능력이라고 말했다. 이런 면에서 본다면, 인류가 만들어온 이야기, 지금의 우리도 즐기고 있는 이야기들은 상상력을 배태시키는 풍요로운 땅이라고 할 수 있다.

널리 알려진 것처럼, 세계적인 애니메이터 미야자키 하야오宮崎駿는 오래된 고전 '백사전白蛇傳'의 이야기를 그리며 애니메이터를 꿈꾸었다. 그 외에도 그의 수많은 작품에는 일본의 오래된 신화와 전설이 감독의 상상력이 녹아들어 있다. 미야자키 감독의 많은 영화는 단일한 주제를 리텔링하는 것이 아니라, 다양한 콘텐츠의 편집을 통해 완성된 새로운 창작품으로 보이기도 한다. 누구나 다 알 법한 이야기, 어디서 한번쯤 들어본 듯한 이야기에 새로움을 덧입혀 다시 이야기하는 것으로 성공을 거둔 것은 미야자키 하야오에 그치지 않는다. 닮아 있지만 퍽이나 다른 이야기들, 비슷하더라도 사람들은 여전히 열광한다. 그 이야기들은 여전히 삶과 인간을 이야기하고 있기 때문이다.

사서史書에 짧게 기록된 여인을 복원하여 세계적인 성공을 거둔 드라마 〈대장금〉은 콘텐츠와 상상력의 만남으로 가능했다. 흥행 성공으로 이어진 영화 〈왕의 남자〉와 〈명량〉, 프랑스에서 저작권 소송이 진행될 정도로 출판계를 뜨겁게 달구었던 샨사의 『측천무후』의 성공은, 기존 이미지에 대한 균열과 비틀기, 틈입이 만들어 낸 상상력이 있었기에 가능했다.

앞서 살펴본 것처럼 신화나 역사 이야기는 재해석되어, 영화, 드라마, 애니메이션, 게임 산업으로 연계될 수 있다. 과거부터 요괴학

妖怪學을 발전시켜 온 일본에서 요괴 관련 영화, 애니메이션, 게임 산업이 발전한 것을 예로 들 수 있다. 전세계적 유행으로 번진 '포켓몬고pokemongo' 게임은 하루아침에 만들어진 것이 아니다. 이들 뒤에는 낡고 오래된 이야기가 있었다. 풍성한 기존의 이미지는 상상력이 발휘될 수 있는 토양이 되고, 이들은 다양한 매체와 만나 꽃을 피운다. 문화의 다양성을 꽃 피우고, 문화산업의 발전을 추동하며 상상력의 원천이 되는 문화콘텐츠는 다매체 시대의 블루오션이라 할 수 있다.

2) 전통의 복원과 보존

역사 리텔링은 전통의 보존과 전통의 창조적 재현에 유의미하다. 문화 소비자들은 사극 드라마나 영화에서 이야기의 재현뿐만 아니라 복원에도 관심을 둔다. 사극 드라마나 영화에 대한 평가는 작품의 완성도, 배우의 연기뿐만 아니라 과거를 재현하는 방식에서도 이루어진다. 궁실, 복식에 대한 고증에는 연구자와 전문가들이 참여하여 정밀도를 높이는데, 이는 역설적으로 대중성을 확보하는 방식으로 작용하기도 한다. 재미있는 이야기에 덧입혀진 고전은 그 자체로 사람들의 호기심을 자극하고, 관심을 갖게 만들기 때문이다.

대중적인 인기를 얻은 드라마나 영화 뒤에는 건축, 소품, 의상들에 대한 관심이 뒤따르기 마련이다. 예를 들어, 영화 세밀한 고증과 재해석을 거친 영화 〈스캔들-조선남녀상열지사〉(이재용, 2003), 영화 〈황진이〉(장윤현, 2007), 드라마 〈무미랑전기〉(2014)는 아름다운 색감과 복식, 섬세한 소품들로 높은 평가를 받았다. 이어 화사한 한복뿐만 아니라, 고가구와 소품에 대한 대중의 관심을 한껏 끌어모을 수 있었다. 다양한 범위에서 이루어지는 고전 리텔링은 박물관에 잠들어 있던 옛 것을, '오늘' 안으로 걸어 들어오게 한다.

대중문화의 옷을 입은 고전 리텔링은 고전에 대한 막연한 고증이나 재현이 아니라, 현대적 감각에 맞는 재해석으로 소개된다는 점에서 의미가 있다. 박물관에 날 것 그대로의 '옛 것'이 있다면, 리텔링 된 이야기 속에는 고증, 재해석과 변용을 거쳐 우리에게 말을 거는 새로운 형태의 고전이 있다. 우리에게 전해진 전통이라는 것이 변증법적 과정을 거쳐 계승된 것처럼, 대중성을 확보하기 위해 치열한 재해석을 거친 콘텐츠들은 고전의 계승과 발전에 긍정적으로 기여하게 된다.

3) OSMU, 문화산업으로서의 가치

신화와 역사는 리텔링의 주요한 대상이다. 신화와 역사를 콘텐츠로 하여 리텔링된 작품들은 미래소설이나 화려한 SF 영화의 홍

수 속에서도 존재감을 잃지 않고 있다. 역사와 신화 이야기들은 소설, 영화, 드라마 등으로 재현되는 것에서 그치지 않는다. 이들은 사람들을 끌어당기는 매력적인 콘텐츠로 작동하고 있다.

대표적인 예로 중국 장이머우의 '인상印象' 시리즈를 들 수 있다. 중국의 대표적인 공연으로 자리 잡은 인상 시리즈에는 야외를 무대로 하는 실경산수공연이라는 특이점이 있다. 중국에서 경치가 아름답기로 이름난 항주杭州, 운남성雲南省 려강麗江, 계림桂林, 해남도海南島에는 일 년 내내 공연이 열린다. 사람들이 '하늘에 천당이 있다면, 땅에는 항주와 수주가 있다', '계림의 산수는 천하제일이다桂林山水甲天下'라고 입을 모아 칭송하는 이곳이 실경산수공연의 장소로 꼽힌 것은 이상하지 않다. 하지만 이들 지역에 아름다운 이야기가 없었다면 이러한 공연은 만들어지기 쉽지 않았을 것이다. 장이머우 인상 시리즈인 〈인상·서호〉, 〈인상·려강印象·丽江〉, 〈인상·유삼저印象·刘三姐〉, 〈인상·해남도印象·海南岛〉는 호평을 받으며 상시 공연되어 막대한 수익으로 이어지고 있다. 수려한 자연공간에 더해지는 흥미롭고 아름다운 이야기는 사람들의 이목을 사로잡는 역할을 한다. 특히 〈인상·려강〉과 같은 공연은, 현지 주민들이 공연의 배우로 참여하여, 주민들의 직접적인 경제적 이익으로 직결된다는 점에서 높이 평가되고 있다. 이는 문화 리텔링이 고부가가치 산업으로 기능할 수 있는 유용한 사례가 될 수 있다.

스토리텔링, 문화콘텐츠가 문화산업의 블루오션으로 떠오르면서, 우리나라 여러 지자체에서도 콘텐츠 발굴과 개발에 집중하고 있다. 우리나라에서도 OSMUOne Source Multi Use를 활용하여 지역 문화 개발과 경제성장을 모색하는 지자체가 적지 않다. 지역에서 개발된 콘텐츠는 공연, 전시, 축제, 테마파크, 영상, 게임, 교육, 기념품, 애니메이션 등 다양한 방식으로 만들어지고 유통되며 소비된다. 우리나라의 경우, 통영시의 예를 들어보면, 통영한산대첩축제, 창작뮤지컬 이순신, 거북선문화재연구소 전시, 이순신 리더십 아카데미, 사이버 해전체험관, 이순신공원 등을 운영하고 있다. 이는 이순신이라는 하나의 원천콘텐츠를 축제, 공연, 전시, 교육, 가상현실, 테마파크 등으로 나누어 다양하게 운용한 사례라고 할 수 있다. 또한 남원시에서는 남원춘향제, 창극 춘향전, 뮤지컬 가인춘향, 춘향관, 춘향테마파크 등을 운영하고 있으며, 남원시를 대표하는 캐릭터로 '성춘향과 이도령'을 전면에 내세우고 있다. 이외에 막걸리와 동동주 등 식품까지 브랜드화하여 성과를 내고 있다. 이러한 노력은 관광객의 증가로 이어진다. 통계에 따르면 통영시와 남원시를 방문하는 관광객은 꾸준히 증가하고 있다.[121] 성

---

121 김진형, 「지자체의 문화콘텐츠 가치제고를 위한 멀티유즈(Multi Use) 체계 적용방안」, 고려대학교 박사학위논문, pp.119-120; pp.37-39. 이 논문에서는 경상남도 통영시, 전라북도 남원시를 제외하고도 경기도 수원시와 안성시, 강원도 영월군, 충청북도 단양군, 충청남도 부여군, 경상북도 안동시와 영주시, 전라남도 장성군에서 문화콘텐츠를 발굴하여 운용한 사례를 자세히 분석하고 있다.

공적으로 개발된 지역브랜드는 문화브랜드로 성장할 가능성이 있고, 이는 문화콘텐츠 개발의 방향성을 제시하는 사례로 제시될 수 있을 것이다.

문화산업으로서의 성공적인 문화콘텐츠 사례로 드라마 〈대장금〉을 들 수 있다. 역사서의 짧은 기록에 상상력을 불어넣어 완성한 이 드라마는 국내에서 큰 인기를 얻었을 뿐만 아니라, 세계적인 한류의 흐름을 가능하게 했다. 이 드라마는 한국의 고전 복식, 음식문화, 한의학을 알리는 데도 기여한 바가 적지 않다. 이 드라마는 음반, 출판, 인쇄물, 테마파크, 공연 등으로 국내외에서 멀티유즈되어, 경쟁력 있는 콘텐츠로서 가치를 증명하고 있다.

문화콘텐츠의 성공여부를 당장의 경제적 효과로 판단할 수는 없지만, 경제적 수익은 문화콘텐츠의 개발을 추동하는 힘이 될 수 있다. 세계적으로 많은 나라들에서 문화콘텐츠를 전면에 내세워 문화적, 상업적 실익을 거두고 있다. 그들에 대한 밀도 있는 연구를 바탕으로, 우리의 현실에 맞는 콘텐츠 발굴과 개발을 추진한다면, OSMU를 통한 가시적 성과를 기대할 수 있을 것이다.

4) 교육콘텐츠로서의 기능

그간 우리사회에서 있었던 역사교육, 역사과목 수능필수과목 지정, 국정교과서 등의 문제는 이야기의 한 갈래인 '역사'가 우리 삶에서 차지하는 역할이 결코 작지 않음을 보여준다. 이야기로 기억될 수밖에 없는 역사는 사유의 틀을 규정하는 매트릭스가 된다. 하지만 '역사는 과연 하나일까?'라는 풀리지 않는 의문은 지금까지도 뚜렷한 합의점을 찾지 못한 채, 수많은 역사담론과 역사이론으로 만들어져 왔다.

오랫동안 역사학계를 지배했던 랑케의 실증주의적 역사관에 대한 비판적 시각은 역사에 대한 단 하나의 이론이 불러오는 경직성을 인식하는 계기가 되었고, 더욱 다양한 시각의 역사관에 대한 필요성을 생각하는 기회가 되었다. "해답은 하나가 아니라 복수이기 때문에 오히려 더 의미가 있다고 주장하는 것이 탈근대 역사이론이다."[122] 복수의 시각을 인정하는 움직임은 역사학계뿐만 아니라, 이를 다양한 시선으로 바라보고, 틈입의 유희를 만끽하려는 여러 결과로 나타났다. 전 세계적으로 문화계에 훈풍으로 작용했던 '역사물', '사극'의 유행은 이와 무관하지 않다.

'유사성'이 아니라 '상사성'을 코드로 해 현재와 과거의 대화를 시뮬레이션하듯이 자유롭게 시도하는 장르가 사극이다. 역사와 드라마의 복합장르인 사극은 역사가 아닌 드라마의 계보에 속한다. '상사성'을 코드로 해 차이와 반복을 생성문법으로 하면 정통 사극의 계

---

122 김기봉, 『히스토리아, 쿠오바디스』, 서해문집, 2016, p.64.

보를 잇는 것이다. 하지만 기존 사극과의 차이만을 극대화시켜서 시대착오를 범해서는 안 되는 규정이 아니라 오히려 그것을 유희로 즐기면 '퓨전 사극' 내지 '픽션 사극'으로 분류되며, 이는 더 이상 역사가 아닌 드라마의 장르에 속한다.[123]

강제된 역사를 가르치는 것이 아니라, 역사를 배우는 학생들, 역사의 이야기를 선택한 사람들이 비판적 관점을 가지도록 하는 것이 중요하다. 그러기 위해서 역사 공부는 즐거워야 하며, 따라서 이런 다양하고 유희적인 '역사 리텔링'은 유의미한 방법이 될 수 있다. 다양한 각도에서 흥미진진하게 이루어지는 리텔링은 사람들의 호기심을 자극하고, 여기에서 촉발되는 문제들은 역사에 대한 관심과 토론, 지식 추구라는 긍정적인 방향으로 나아갈 수 있다.

리텔링이란 원전에 대한 기본적인 이해를 바탕으로 상상력과 창의력이 접목되었을 때 얻어지는 결과물이다. 이는 수업 현장에서 신화전설, 역사에 대한 이해를 심화시킬 뿐만 아니라 학생들의 상상력과 창의력 발휘에도 긍정적으로 기여하게 된다. 다양한 가치를 배우는 교육현장에서 유용하게 활용될 수 있을 것이다.

---

123 김기봉, 위의 책, 서해문집, 2016, p.78.

2. 리텔링의 전망

비슷하지만, 새로운 이야기

몽골 신화 속의 '소호르 타르바', 그는 세상에 무엇을 가져가겠냐는 질문에 '이야기'라고 대답했다. 그 덕분에 이 세상은 이야기들로 넘쳐나게 되었다. 기쁘고, 슬프고, 행복하고 참혹한 이야기들. 이야기들은 모두 저마다의 운명을 지니고 있어서, 때로 사라지기도 하고 전해지는 과정에서 덜어지거나 보태지기도 했다. 그렇게 오늘까지 전해진 이야기에는 고대인들의 메시지가 암호처럼 담겨 있다. 이 암호는 그것을 오래 들여다보거나, 비틀어 보고 뒤집어 보는 과정에서 발견되기도 한다. 이것이 다시 쓰기를 하는 이유이며 다시 쓰기의 묘미이기도 할 것이다.

신화와 전설은 태생적으로 변이가 가능한 구두전승으로 명맥을 유지해왔다. 이야기의 각기 다른 요소들은 시공간에 따라 과감하게 생각되거나 덧붙여졌다. 같은 이야기라 하더라도 지역마다 조금씩 다른 것은 각기 다른 요구와 가치관들이 뒤섞여 반영되었기 때문이다. 신화와 전설은 시대나 공동체가 요구하는 방향으로 나아가기도 했고, 거꾸로 시대나 공동체가 나아가야 할 방향을 이끌기도 했다. 신화와 전설은 인류의 변화만큼이나 변화해왔다고 볼 수도 있을 것이다.

신화와 전설의 변화는 필연적이고 자연스럽다. 낡았지만 나날이 새로워질 수 있는 비결은 바로 여기에 있다. 신화는 인간과 세상을 설명하는 과학이자 종교, 신념이었으니 새롭게 다시 쓰기 된 신화는 사람들의 이러한 바람을 담아 부단히 변화한다. 여성의 정조를 강조하던 아랑전이 소설 〈아랑은 왜〉와 영화 〈아랑〉에서 말하는 것처럼 공정하고 합리적인 법의 시행과 공적인 해원을 요청하는 메시지를 전달하는 것처럼, 또 중국의 무측천이 악하고 끔찍한 여성 황제에서 진정한 사랑을 나누는 여성 리더로 그려지거나, 배경도 없고 가난한 여성의 성공스토리로 그려질 수 있는 것처럼 말이다.

영화 〈해리포터〉, 〈반지의 제왕〉, 〈미녀와 야수〉, 〈명량〉 등의 공통점은 이들이 OSMU로 생성된 결과물이라는 것이다. 이들이 거둔 상업적 성공은 일일이 거론하지 않아도 좋을 것이다. 이들의 성공은 단순히 영화 수익에만 그치지 않는다. 캐릭터, 인쇄물, 테마파크, 축제 등의 다른 형태로 재생산된다. 하나의 이야기가 원천 소스가 되어 수많은 방식으로 멀티 유즈Multi Use되고 있으며, 이는 사회적·문화적·경제적 파급력으로 이어진다.

역사를 다시 쓰기 하는 문제는 신화를 다시 쓰기 하는 것만큼 쉽거나 간단하지 않다. 근래 폭발적으로 늘어난 역사소설, 역사드라마, 역사영화가 사람들의 관심을 역사에 돌리게 한 것은 틀림없는 사실이다. 하지만 역사물에 대해 부단히 제기되는 다양한 문제에 대해서는 관심과 더불어 논의와 토론도 필요하다. 이는 결국 역사물 또는 도시 스토리텔링의 발전뿐만 아니라 풍부한 역사담론으로 이어질 수 있을 것이다.

리텔링, "비비디 바비디 부"

재투성이 소녀 신데렐라를 공주처럼 꾸며주기 위해 요정이 나타나 외친 마법의 언어, "비비디 바비디 부"는 오늘도 계속된다. 착하고 용기 있는 마음으로, 결국 해피엔딩의 주인공이 되는 신데렐라의 이야기는 각기 다른 버전으로 이야기되고 있다.

17세기 샤를 페로에 의해 수집된 이야기, 그러나 부단한 각색을 거쳐 어느 새 아이들의 읽는 동화책으로, 애니메이션으로, 또 어른들이 즐기는 영화로 만들어지고 있다. 그뿐인가? 〈미녀와 야수〉, 〈헨젤과 그레텔〉, 〈장화 신은 고양이〉, 〈라푼젤〉 등 수많은 옛 이야기들은 누구나 알 법한 이야기를 재미있게 비틀기 하여 독자들, 관객들과 만난다. 수십 년 전 디즈니 애니메이션으로 발표되어 선풍적 인기를 끌던 〈미녀와 야수〉는 기술의 발전에 힘입어 실사판으로 꾸준히 제작되고 있고, 흥행 성적도 나쁘지 않다. 이러한 성공요인 뒤에는 오래된 이야기에 대한 사람들의 선호와 기대가 있다.

리텔링은 재투성이 소녀인 신데렐라를 공주로 변화시킨 마법의 언어, "비비디 바비디 부"와 같다. 신데렐라는 변함이 없지만, 재투성이 소녀는 새로운 옷과 구두 덕분에 다른 장소에서 다른 사람들을 만난다. 작가와 감독의 마법을 통해 새롭게 단장된 이야기들은 시공간을 달리하는 독자와 관객들과 만나고 소통한다. 12시가 되면 마법이 풀리듯 이야기의 마법도 효력을 잃겠지만, 마법의 언어는 이후에도 계속될 것이고, 이야기들은 계속해서 새롭게 만들어지고 사람들을 매혹시킬 것이다.

기술은 나날이 발전하고 있지만, 이것만으로 문화산업의 진전을 말하기는 곤란하다. 기술을 접목시킬 수 있는 콘텐츠의 발굴이 수반되어야 하기 때문이다. 사람들은 새로운 이야기, 다가오지 않은 미래에 대한 이야기에도 쉽게 빠져들지만, 이른바 고전이라고 이야기되는 오래된 이야기나, 구전되는 이야기에 빠져들기도 한다. 그것은 그 이야기가 인류의 보편적인 생각이나 감정 등을 담고 있기 때문이기도 하고, 익숙하지만 잘 모르는 내용에 대해 끌리기 때문이기도 할 것이다. 실제로 이러한 요소는 사람들의 이목을 끄는 요소로 작용하고 있다.

신화와 역사는 유용한 문화콘텐츠이다. 리텔링된 소설과 드라마, 영화와 텔레비전 시리즈, 뮤지컬, 문화상품과 테마파크, 문화도시 등 이미 그 가능성과 유용성을 충분히 보여주고 있다. 이들이 상업적으로 소비되는 것에 그치는 것이 아니라, 시대적 고민과 가치관을 보여주고 있다는 데 더욱 큰 의미가 있다. 사람들은 익숙하면서도 전혀 새로운 이야기에 열광하고, 이야기는 시시각각 변해가는 시대의 가치와 의미를 담아내며 색다르게 변화하게 될 것이다. 고전을 담아낼 매체에 따라 이야기는 부단히 변주되며, '지금, 여기'의 사람들에게 말을 걸게 될 것이다.

| 참고문헌 |

■ 원전 및 작품

강은교, 『바리연가집』, 실천문학사, 2014.

강은교, 『어느 별에서의 하루』, 창작과비평사, 1996.

강은교, 『풀잎』, 민음사, 1974.

김영하, 『아랑은 왜』, 문학과지성사, 2008.

김용옥, 『논어 한글역주』(2), 통나무, 2012.

김탁환, 『나, 황진이』(주석판), 푸른역사, 2006.

김형경, 『세월』(2), 문학동네, 1995.

김훈, 『칼의 노래』(1·2), 생각의 나무, 2005.

김훈, 『현의 노래』(개정판), 문학동네, 2012.

김훈, 『남한산성』, 학고재, 2007.

김훈, 『흑산』, 학고재, 2011.

박정윤, 『프린세스 바리』, 다산북스, 2012.

신경숙, 『리진』(1·2), 문학동네, 2007.

이순신, 노승석 옮김, 『난중일기』, 여해, 2015.

전경린, 『황진이』(1·2), 이룸, 2006.

조선희, 『모던 아랑전』, 노블마인, 2012.

최인호, 『잃어버린 왕국』(1), 열림원, 2003.

황석영,『바리데기』, 창비, 2007.

황석영,『심청, 연꽃의 길』, 문학동네, 2011.

데이비드 그로스먼(David Grossman), 정영목,『사자의 꿀』, 문학동네, 2006.

유흠(劉歆), 갈홍(葛洪) 엮음, 김장환 옮김,『서경잡기(西京雜記)』, 예문서원, 1998.

리루이(李銳), 김택규 옮김,『사람의 세상에서 죽다』, 시작, 2010.

마거릿 애트우드(Margaret Atwood), 김진준 옮김,『페넬로피아드』, 문학동네,
    2005.

허옌장(何然江), 김지은 옮김,『인간 공자』(1·2), 알에치코리아, 2012.

맥신 홍 킹스턴(Maxine Hong Kingston), 서숙 옮김,『여(女)전사』, 황금가지, 1998.

사마천(司馬遷), 김원중 옮김,『사기본기』, 민음사, 2018.

샨사(山颯), 이상해 옮김,『측천무후』, 현대문학, 2004.

쑤퉁(蘇童), 김은신 옮김,『눈물』(1·2), 문학동네, 2007.

쑤퉁(蘇童), 김재영 옮김,『측천무후』, 비채, 2010.

알렉산더 매컬 스미스(Alexander McCall Smith), 이수현 옮김,『꿈꾸는 앵거스』,
    문학동네, 2007.

알리 스미스(Ali Smith), 박상은 옮김,『소녀, 소년을 만나다』, 문학동네, 2008.

임어당(林語堂), 조영기 옮김,『측천무후』, 예문당, 1996.

재닛 윈터슨(Janette Winterson), 송경아 옮김,『무게』, 문학동네, 2005.

카렌 암스트롱(Karen Armstrong), 이다희 옮김, 이윤기 감수,『신화의 역사』, 문
    학동네, 2007.

한비(韓非), 이운구 옮김,『韓非子』(1), 한길사, 2008.

Karen Armstrong, *A Short History of Myth*, New York: Canongate Books
    Ltd, 2005

Maxine Hong Kingston, *The Woman Warrior : Memoirs of a Girlhood
    Among Ghosts*, New York : Vintage Books, 1977.

蘇童,『武則天』, 上海文藝出版社, 2008.

李銳,『人間』, 重慶出版社, 2007.

章學誠, 『文史通義』, 中華書局, 1961.

司馬遷 撰, 裵駰 集解, 司馬貞 索隱, 張守節 正義, 『史記』, 中華書局, 1997.

■ 논문

강내영, 「'신(新) 주선율'과 '범(汎) 주선율'–중국 주선율 영화의 변천과 이데올로기 창출 연구」, 『중국문학연구』(49), 2012.

권성우, 「서사의 창조적 갱신과 리얼리즘의 퇴행 사이–황석영의 『바리데기』론」, 『한민족문화연구』(24), 2008.

김광욱, 「스토리텔링의 개념」, 『겨레어문학』(41), 2008.

김영순·정미강, 「공간 텍스트로서 '도시'의 스토리텔링 과정 연구」, 『텍스트언어학』(24), 2008.

김종식, 「아산 현충사의 사회교육적 가치와 활용방안」, 공주대학교 석사학위논문, 2005.

김진형, 「지방자치단체 문화콘텐츠'의 개념과 OSMU 가치실현 방안」, 『비교민속학』(44), 2011 .

김진형, 「지자체의 문화콘텐츠 가치 제고를 위한 멀티유즈(Multi Use) 체계 적용 방안」, 고려대학교 박사학위논문, 2014.

류은영, 「내러티브와 스토리텔링: 문학에서 문화콘텐츠로」, 『인문콘텐츠』(14), 2009.

문정현, 「공공미술로 조성하는 광화문 광장의 소통가능성 모색」, 건국대학교 석사학위논문, 2014.

박기수·안숭범·이동은·한혜원, 「문화콘텐츠 스토리텔링의 현황과 전망」, 『인문콘텐츠』(27), 2012.

박덕규, 「지역문화 스토리텔링 활성화를 위한 시론」, 『한국문예창작』(7-1), 2008.

서동원, 「문화콘텐츠 OSMU 시나리오 개발 프로세스 연구: 원천콘텐츠 '바리공주'의 영상매체 전환 과정 고찰을 중심으로」, 서강대학교 석사학위논문, 2010.

서정은, 「1960-1970년대 '밀양아랑제'와 아랑 기억의 각축: 지역민과 여성의 입장을 중심으로」, 이화여자대학교 석사학위논문, 2012.

신호성, 「문화콘텐츠로서의 '아랑전설'」, 고려대학교 석사학위논문, 2007.

안영숙, 「스토리텔링으로서 '통영정신'의 가치와 문화콘텐츠 개발 방안」, 『도서문화(島嶼文化)』(44), 2010.

안영숙·장시광, 「문화현상에서 스토리텔링 개념 정의와 기능」, 『온지논총(溫知論叢)』(42), 2015.

유강하, 「21세기의 새로운 '변신이야기'-『벽노(碧奴)』속의 '변형' 이미지와 신화가 가지는 의미에 대하여」, 『중국어문학논집』(54), 2009.

유강하, 「스토리텔링과 리텔링-「妻妾成群」과 「大紅燈籠高高掛」의 비교연구를 통한 인문치료 방법론 모색」, 『중국소설논총』(31), 2010.

유강하, 「이야기의 재구성, 치유를 위한 스토리텔링-목란(木蘭) 고사(故事) 재편(再編): 킹스턴의 『여인무사』「흰 호랑이들」장을 중심으로」, 『중국어문학논집』(56), 2009.

유강하, 「전복적 사유 양식으로서의 '신화 다시 쓰기'-『인간(人間)』에 드러난 우생학적 알레고리를 중심으로」, 『중국문학연구』(48), 2012.

유강하, 「중국의, 중국에 의한, 중국을 위한 영웅의 귀환-마추청(馬楚成)의 〈화목란(花木蘭)〉을 중심으로」, 『중국소설논총』(32), 2010.

유강하, 「틈새를 메우는 문학적 상상력, 리텔링-'왕소군(王昭君) 고사(故事)'의 리텔링을 예로」, 『중국어문학논집』(63), 2010.

유강하·김호연, 「역사소설을 통한 자전적 글쓰기의 한 연구- 샨사(山颯)의 『측천무후(Impératrice)』를 중심으로」, 『아시아여성연구』(47-2), 2008.

윤준섭, 「함흥본 '바리데기' 연구」, 서울대학교 석사학위논문, 2012.

이규현, 「소설에서의 역사적 활용과 글쓰기 -김훈의 『남한산성』과 앗시아 제바르의 Vaste est la prison을 중심으로」, 『불어문화권연구』(17), 2007.

이수미, 「아랑 설화의 현대적 변용 연구」, 성신여자대학교 석사학위논문, 2007.

이웅규·이영관, 「충무공 이순신 장군 체험관광상품의 마케팅전략에 관한 연구」,

『이순신연구논총』(2-1/2), 2004.

이원지, 「한국설화의 연극적 변용 연구」, 한양대학교 석사학위논문, 2010.

이주명, 「도시재생사업의 공간스토리텔링에 관한 연구: 광화문광장의 세종이
　　야기, 충무공이야기를 중심으로」, 중앙대학교 예술대학원 석사학위논문,
　　2010.

이하나, 「『논어(論語)』의 문화콘텐츠 활용 방안 연구」, 고려대학교 박사학위논
　　문, 2014.

이현경, 「현대영화가 '황진이'를 소환하고 재현하는 방식-〈황진이〉(배창호, 1986)
　　와 〈황진이〉(장윤현, 2007)를 중심으로」, 『한국고전여성문학연구』(15), 2007.

최윤정, 「우리 신화, 그 탈주-담론의 심층사회학-바리데기 신화 다시 쓰기」, 『비
　　교한국학』(20-2), 2012.

최혜실, 「스토리텔링의 이론 정립을 위한 시론」, 『국어국문학』(149), 2008.

홍원기, 「현대연극에 나타난 바리데기 설화의 변용 양상 연구」, 고려대학교 인문
　　정보대학원 석사학위논문, 2011.

황인순, 「'아랑설화' 연구: 신화생성과 문화적 의미에 대하여」, 서강대학교 석사
　　학위논문, 2008.

황희선, 「지역설화를 이용한 문화콘텐츠 OSMU 활용방안에 관한 연구: 익산시
　　와 익산설화를 중심으로」, 호서대학교 석사학위논문, 2011.

鄧筱溪, 「從《白蛇傳》到《靑蛇》一次顚覆性的再創作」, 『北京電影學院學報』(5),
　　2007.

共享, 「留學法國的中國才女, 山颯」, 『學子』(12), 2003.

霍小娟, 「從"花木蘭"到"女勇士"-試析湯亭亭對中國古事的改寫」, 『華東師範大
　　學學報』(4), 2006.

權立峰, 「美國動畵片『花木蘭』與中國『木蘭詩』中所蘊含的女性意識」, 『南京大學
　　匡亞明學院』(1) 2010.

唐渊媛, 「東西方視閾下的巾幗傳奇—兩部『花木蘭』影片之比較」, 『四川大學文
　　學与新聞學院』(3), 2010.

董上德,「"白蛇傳故事"與重釋性叙述」,『中山大學學報』(47-6), 2007.

羅興萍,「論白娘子形象的現代全釋-兼評李銳的『人間-重述白蛇傳』」,『合肥師範學院學報』(29-5), 2011.

李小娟,「"重述神話"中自由與秩序的困惑─論《青蛇》與《人間》對"白蛇傳"的"神話重述"」,『重慶三峽學院學報』(27-6), 2011.

李岩 主編,「關于『人間』的問答」(2007/5/21).

李彥文,「身份認同困境的寓言-評李銳·蔣韻的『人間-重述白蛇傳』」,『邯鄲學院學報』(19-2), 2009.

馬華,「動畫創作中"中國風"的"變"與"不變"-『花木蘭』與『功夫熊猫』給中國動畫創作的啓示」,『北京電影學院學報』(3), 2009.

潘雅莉,「文化的差異在《女勇士》中的體現」,『文藝爭鳴』, 2008.

薛紅宏,「一部出自幻想的自傳-評《女勇士》的體裁·寫作手法和真實性」,『重慶工學院學報』(第20卷 第12期), 2006.

孫正國,「論表演媒介中《白蛇傳》的故事講述者」,『民族文學研究』(2), 2011.

孫煥英,「《木蘭詩》破解與斷讀」,『名作欣賞』(2).

水龍吟·李銳·蔣韻, (採訪)「著名作家李銳、蔣韻夫婦搜狐聊天實錄」(2007/5/25).

楊春,「作爲"歷史編纂元小說"的《女勇士》」,『山東師範大學學報』(51-4), 2006.

閆宁,「從電影《白蛇傳說》看文化經典的現代傳播」,『電影文學』(7), 2012.

王玉國,「革命叙事與人性叙事的更迭─論白蛇故事在現代重述中情節動因的演變」,『安慶師范學院學報』(29-1), 2010.

王增紅,「多元文化語境下中美文化的衝突化和諧」,『集美大學學報』(10-4), 2007.

王澄霞,「《白蛇傳》的文化內涵和白娘子形象的現代闡釋」,『揚州大學學報』(12-1), 2008.

王春林,「"身份認同"與生命悲情-評李銳·蔣韻長篇小說『人間』」,『南方文壇』(3), 2008.

于春元,「淺談《女勇士》中神話意象的改編」,『大學英語』(4-1), 2007.

劉桂蘭,「回歸話語本身, 重建言語家園-湯亭亭《女勇士》中的言語策略」,『宜賓
　　學院學報』(8), 2008.

劉雙,「以表現"心理"制胜-評影片『花木蘭』」,『青年作家』(3), 2010.

李陽,「"熟悉的陌生人"-迪斯尼樂園的花木蘭」,『湖南醫科大學學報』(11-3),
　　2009.

李銳,「關于『人間』」,『名作欣賞』, 2007.

任晟姝,「馬楚成電影中"泛情感化"敍事策略研究-從『花木蘭』說開去」,『電影新
　　作』, 2010.

林婷,「東方化語境下的中國形象-以美國動畫電影爲例」,『今日科苑』(13), 2009.

張延軍,「湯亭亭《女勇士》中的多重身分認同與文化融合」,『世界文學評論』(2),
　　2008.

張旭,「從經典到僞經典─論《白蛇傳說》的電影改編」,『棗庄學院學報』(28-3),
　　2012.

張昊翀,「馬楚成: 唯有坦誠, 才能保持電影的風格」,『世界電影之窓』, 2009.

翟永明,「試論李銳小說對人類存在困境的追問」,『綿陽師范學院學報』(30-9),
　　2011.

趙雪,「解讀《女勇士》中東方話語形態下的"中國"」,『世界華文文學論壇』, 2007.

周雪,「馬楚成拍出十年內最好的電影」,『電影』, 2009.

陳發明,「重述神話 拷問人性-讀李銳新作『人間』」,『名作欣賞』, 2007.

秦蘇珏,「以《女勇士》爲例談美國華裔文學中的文化誤讀」,『當代文壇』, 2007.

陳洪英,「論『木蘭辭』與『花木蘭』電影的改編」,『文本研究』(9), 2010.

何葉舟,「花木蘭, 過于平庸的大愛」,『世界電影之窓』, 2009.

韓東,「大歌劇《木蘭詩篇》的思考」,『藝海』(8), 2009.

韓晋花,「傳統與現代的交匯-評李銳和蔣韻的長篇小說『人間』」,『晋中學院學
　　報』(25-5), 2008.

胡藝丹,「煥然一新"除妖人"-論『人間: 重述白蛇傳』中的法海形象」,『常州工學院
　　學報』(29-2), 2011.

Feng Lan, "The Female Indivisual and the Empire: A Historicist Approach to Mulan and Kingstons' Woman Warrior", *Comparative Literature*(Vol.55, No.3), Summer, 2003.

Nancy Leys Stepan, "Race and Gender: The Role of Analogy in Science", *Isis*(77), 1986.

Rufus Cook, "Cross-Cultural Wordplay in Maxine Hong Kingston's China Men and The Woman Warrior", *MELUS*(Vol.22, No.4), Ethnic Autobiography, Winter, 1997.

Sau-Ling Cynthia Wong, "Necessity and Extravagance in Maxine Hong Kingston's The Woman Warrior: Art and the Ethnic Experience", *MELUS*(Vol.15, No.1), Spring, 1988.

Yuan Shu, "Cultural Politics and Chinese-American Female Subjectivity: Rethinging Kingston's Woman Warrior", *MELUS*(Vol. 26, No. 2), Summer 2001.

■ 단행본

Skandera-Trombley, Laura E., *Critical Essays on Maxine Hong Kingston*, New York: G. K. Hall; London: Prentice Hall International, 1998.

T. C. Heller, M. Sosna and D. E Wellbery eds. 1987. *Reconstructing Individualism: Autonomy, Individuality, and the Self in Western Thought*, Stanford: Stanford Univ. Press.

Paul Skenazy·Tera Martin, *Conversations with Maxine Hong Kingston*, Jackson: University Press of Mississippi, 1998.

김기봉, 『역사들이 속삭인다』, 프로네시스, 2009.

김기봉, 『히스토리아, 쿠오바디스』, 서해문집, 2016.

김선자, 『오래된 지혜』, 어크로스, 2012.

김열규, 『한국신화, 그 매혹의 스토리텔링』, 한울, 2012.

김우창, 『자유와 인간적인 삶』, 생각의 나무, 2007.

김의숙·이창식, 『한국신화와 스토리텔링』, 북스힐, 2008.

김주연, 『문학, 영상을 만나다』, 돌베개, 2010.

김태곤·최운식·김진영, 『한국의 신화』, 시인사, 2009.

김호연·유강하, 『인문치료학의 정립을 위한 시론적 연구』, 강원대학교 출판부, 2009.

문학과 영상학회, 『영화 속 문학이야기』, 동인, 2002.

밀양아랑제 집전위원회, 『밀양아랑제 사십년사』, 밀양아랑제 집전위원회, 1998.

서경식, 『고통과 기억의 연대는 가능한가』, 철수와영희, 2009.

송정란, 『스토리텔링의 이해와 실제』, 문학아카데미, 2006.

신동흔, 『살아 있는 우리 신화』, 한겨레출판, 2004.

염운옥, 『유전자에도 계급이 있는가?』, 책세상, 2009.

유강하, 『역사의 쉼터 이야기 박물관 사기(史記)』, 단비, 2016.

이정원, 『전을 범하다』, 웅진지식하우스, 2010

조태남, 『문화콘텐츠와 스토리텔링』, 경남대학교 출판부, 2008.

천정환, 『대중지성의 시대』, 푸른역사, 2008.

최원오, 『당금애기 바리데기』, 현암사, 2010.

최혜실 외, 『문화산업과 스토리텔링』, 다홀미디어, 2007.

최혜실, 『문화콘텐츠 스토리텔링을 만나다』, 삼성경제연구소, 2007.

최혜실, 『스토리텔링, 그 매혹의 과학』, 한울, 2011.

한국중국현대문학학회, 『중국 영화의 이해』, 동녘, 2008.

한혜원, 『디지털 시대의 신인류 호모 나랜스』, 살림, 2010.

허정아, 『디지털 시대의 문화콘텐츠 기획』, 연세대학교 출판부, 2006.

E.H.카(Edward Hallett Carr) , 김택현 옮김, 『역사란 무엇인가』, 까치, 2005.

게오르크 루카치(Georg Lukács), 이영욱 옮김, 『역사소설론』, 거름, 1999.

리링(李零), 황종원 옮김, 『논어, 세 번 찢다』, 파주, 글항아리, 2011.

데이비드 캐너다인(David Cannadine) 엮음, 문화사학회 옮김, 『굿바이 E. H. 카』,

푸른역사, 2005.

도야마 군지(外山軍治), 박정임 옮김,『측천무후』, 페이퍼로드, 2006.

루샤오펑(魯曉鵬), 조미원·박계화·손수영 옮김,『역사에서 허구로』, 길, 2001.

아서 클라인만(Arthur Kleinman)·비나 다스(Veena Das) 외, 안종설 옮김,『사회
　　적 고통: 인간의 고통에 대한 사회학적, 의학적, 문화인류학적 접근』, 그린비,
　　2002.

에른스트 캇시러(Ernst Cassirer),『인간이란 무엇인가』, 창, 2008.

장 폴 사르트르(Jean Paul Sartre), 정명환 옮김,『문학이란 무엇인가』, 민음사,
　　2011.

조셉 캠벨(Joseph Campbell)·빌 모이어스빌 모이어스(Bill Moyers) 대담, 이윤기
　　옮김,『신화의 힘』, 이글리오, 2002.

필립 르죈(Philippe Lejeune), 윤진 옮김,『자서전의 규약』, 문학과지성사, 1998.

華東師範大學中國文字研究與應用中心 編,『說文解字』, 廣州: 南方日報出版社,
　　2004.

郭茂倩,『樂府詩集』, 里仁書局, 1984.

襲學增·胡岩 主編,『當代中國民族宗教問題』, 中共中央黨校出版社, 2010.

青覺·嚴慶·沈桂萍 等,『現段階中國民族政策及其實踐環境研究』, 社會科學文
　　獻出版社, 2011.

章學誠,『文史通義』, 中華書局, 1961.

■ 기타(인터넷 자료)

http://hcs.cha.go.kr

http://baike.baidu.com/view/211829.htm?fr=ala0 _ 1 _ 1

http://book.sohu.com/20070521/ n250131091.shtml

http://book.sohu.com/20070525/n250220622 _ 3.shtml

http://culture.asan.go.kr/ _ esunshin/

http://dict.baidu

http://dict.baidu.com/s?wd=storytelling

http://korean.go.kr/09 _ new/dic/word/word _ refine _ view.
　jsp?idx=23369

http://mulan.ent.sina.com.cn

http://www.choongmoogongleesoonsin.co.kr/sub _ 04/sub _ 04 _ 03.asp

http://www.cine21.com/Article/article _ view.php?mm=005001001&
　article _ id=42301

http://www.hani.co.kr/section-021150000/2007/07/
　021150000200707050667031.html

http://www.jinnamje.com

http://www.korean.go.kr

http://www.miryang.go.kr

http://www.yes24.com/ChYes/ChyesView.aspx?title=003001&cont=1438

http://www.yxwestlake.com

http://yonseisinology.org/archives/1055

http://www.archives.go.kr

http://www.choongmoogongleesoonsin.co.kr

http://www.hansanf.org

http://www.yxlsj.com

■ 기타

유강하, 「삶 속에서 '나의 철학' 발견하기」, 『공군』(447), 2015.

■ 기타(영화, DVD 등)

(韓) 다큐멘터리 〈명량: 회오리바다를 향하여〉(김한민, 2015)

(韓) 영화 〈명량〉(김한민, 2014)

(韓) 영화 〈아랑〉(안상훈, 2006)

(韓) 영화 〈황진이〉(장윤현, 2007)

(韓) 텔레비전 드라마 〈아랑사또전〉(2012)

(韓) 텔레비전 드라마 〈황진이〉(2006)

(中) 다큐멘터리 〈大明宮〉(2011)

(中) 영화 〈孔子〉(胡玫, 2010)

(中) 영화 〈花木蘭〉(馬楚成, 2009)

(中) 영화 〈白蛇傳說〉(程小东, 2011)

(中) 영화 〈青蛇〉(徐克, 1993)

(中) 텔레비전 드라마 〈孔子〉(2010)

(中) 텔레비전 드라마 〈武媚娘傳奇〉(2015)

(美) 영화 〈Mulan〉(Barry Cook·Tony Bancroft, 1998)

고전 다시 쓰기와 문화 리텔링

2017년 4월 25일 초판 1쇄 펴냄

글쓴이 | 유강하
펴낸곳 | 도서출판 단비
펴낸이 | 김준연
편집 | 이범수
등록 | 2003년 3월 24일(제2012-000149호)
주소 | 경기 고양시 일산서구 일중로 30, 505동 404호(일산동, 산들마을)
전화 | 02-322-0268
팩스 | 02-322-0271
전자우편 | rainwelcome@hanmail.net

ISBN 979-11-85099-90-3 03800

국립중앙도서관 출판시도서목록(CIP)

고전 다시 쓰기와 문화 리텔링
글쓴이: 유강하. — 고양 : 단비, 2017
    p. ;   cm

ISBN 979-11-85099-90-3 03800 : ₩16000

문화(문명)[文化]
스토리 텔링[story telling]

331.5-KDC6
306-DDC23   CIP2017009661

이 저서는 2012년 정부(교육부)의 재원으로 한국연구재단의 지원을 받아
수행된 연구임(NRF-2012S1A6A4019930)